KB174208

청소년 비평의 이론과 실제

남송우 · 이진서 편

국학자료원

고석규비평문학관 전경

고석규비평문학자료전시실

책머리에

함께 했던 우리들의 여정을 기억하며

이진서(고석규비평문학관 본부장)

지난 한 해 동안 고석규비평문학관에서는 어린이를 포함한 청소년을 대상으로 청소년 비평학교를 열었다. 세상을 깊이 들여다보는 공부를 통해 제대로 된 비평수업을 해보자는 게 출발점이었다. 다양한 비평수업이 실험적으로 이루어졌으며, 이 공부의 첫 결실로 아이들의 작품집이 만들어졌다. 결과는 놀라웠다. 글쓰기에 재능이 있는 아이들만을 따로 선별해서 모아진 글도, 글쓰기를 위해 특별한 교육과정을 이수한 아이들의 글도 아니었다. 코비드가 전방위적으로 일상을 잠식해 들어갈 즈음에도 아이들은 멈추지 않고 그저 함께 읽고, 토론하고, 쓰기를 반복했을 뿐이었다. 그렇게 모아진 아이들의 글은 수려하고 예리했다. 그리고 그 빛나는 글들이 모여 다시 한 권의 책이 되었다.

임진왜란의 전적지로 유서깊은 김해 삼방동에 3년전 고석규비평문학관이 세워졌다. 50년대 살별처럼 나타나 혼신을 다해 써낸 시와 비평을 남기고 스물여섯의 짧은 삶을 마감한 천재 비평가 고석규를 기리는 공간이다. 전후의 척박한 토양에서 꽃피워진 고석규의 비평을 '지금, 여기'로 불러내는 다양한 시도들이 이전에도 있긴 했다. 1990년대 문학계를 주도했던 일군의 비평가집단이 그의 원고를 묶어 고석규 전집을 만들었으며, 그의 비평 정신을 기리는 고석규비평문학상도 제정하였다. 그리고 또 십수 년이 흘렀다. 바래질 대로 바래진 그의 이름에 다시 생기를 불어넣고 그를 세상 속으로 불러낸 이가 비평가 남송우이다. 그는 최근 출간한 고석규평전을 통해 "고석규가 남긴 흔적은 1950년대 한국 문학사 속에서 독특한 모습을 하고 빛을 발하고 있다. 그의 문학을 향한 열정과 실천은 그 어느 문인으로부터도 찾아보기 힘든 예술혼을 남겨놨다."며 "그의 남다른 비평 정신이 이어지고 한국 문학비평이 발전하는 데 보탬이 되길 바란다."고 말한다.

이 책에 실린 글은 모두 아이들의 작품이다. 창작 뿐만 아니라 독후감이나 사회문화 전반에 대한 일종의 단평도 나름의 입장과 시각을 보여주고 있다는 점에서 향후 비평가의 가능성을 엿보게 한다. 기후위기, 전쟁, 극단적인 불평등으로 전례없는 위기상황을 맞고 있는 지구촌에서, 온갖 악재를 유산처럼 받아 안아야 할 미래세대들이 더 이상 이 상황을 좌시하지 않고 이 책 속의 글처럼 올곧은 비평정신으로 나아간다면, 어쩌면 다음세대는 지금의 기성세대와는 다른 삶을 살게 될 지도 모른다는 작은 희망의 불씨도 품어 본다.

끝으로, 이 어렵고도 힘든 여정을 아이들과 함께 하면서 한국사회의 교육현실에 또 한 번 절망하지 않을 수 없었다. 자라나는 세대들이 자신들이 살아가는 세상을 올바르게 바라볼 수 있도록 도와주는 공부는 어디에도 없다는 절망감이 너무나 컸다. 게다가 어린이－청소년 비평에 대한 이해가 없는 현실 속에서 비평적 읽기와 쓰기를 가르친다는 것 자체가 고역이었다. 이 모든 것을 전심전력으로 해낸 비평학교 교사들에게 찬사를 보낸다. 특히 신생문학관이라는 어려운 여건 속에서 비평학교를 아낌없이 지원하고, 청소년 비평이라는 새로운 논의의 물꼬를 틔워주신 남송우 관장님의 노고는 결코 가볍지 않다. 그리고 이 모든 걸 가능하도록 아이들 곁을 지켜주신 비평학교 학부모님과 우리 아이들에게도 감사의 마음을 전한다.

2022.2.28

목차

Ⅰ. 청소년 비평의 필요성과 그 방향성

남송우(문학 평론가, 고석규비평문학관 관장)

말문을 열면서

일반적으로 비평은 지금까지 성인들의 전유물로 인식되어 왔다. 그래서 청소년들에게 비평을 제대로 인식시킨 일도 없었고, 비평이란 개념을 교육시킬 이유도 논의된 적이 없었다. 비평은 무엇에 대한 판단이며, 그 무엇이 지닌 결점을 비판하는 힘이기에, 이런 사고능력이 청소년들에게는 아직 형성될 수 없다고 여기고 있다. 청소년들은 종합적인 세계 인식의 능력을 이제 형성해 나가는 시기이기에 자신을 포함한 타자와 세계를 이해하고 해석하는 비평적 능력을 제대로 갖추기 힘든 세대라고만 인식해온 것이다.

정말 청소년들에게는 무엇을 판단하고 문제를 제기할 수 있는 힘이 없는 것일까? 있다면 청소년들이 지니고 있는 비평의 힘은 과연 어디로부터 비롯되는 것이며, 이를 어떻게 키워나갈 수 있을까? 이러한 근본적인 문제를 논의해봄으로써 청소년 비평의 필요성과 그 방향을 짚어보고자 한다. 이 방향성을 모색하는데는 『교실 속 어린이 철학』(Matthew Lipman 외, 박찬영 역, 씨아이알, 2020)이 그 토대가 되었다.

현재 학교 교육에서 놓치고 있는 심각한 결여

현재 청소년들이 제기하고 있는 가장 큰 불만은 지금의 학교 수업이 자신의 삶과도 직접적인 관련이 없고, 재미도 없고, 의미도 없다는 것이다. 그러나 학부모들은 이를 심각하게 받아들이지 않고 있다. 학부모들의 학교 교육에 대한 생각과 기대는 학교란 청소년들을 학습시키는 데 그 존재의의가 있다고만 생각한다. 그런데 여기에서 우리는 학부모와 청소년들 사이의 수업(교육)에 대한 인식 차이를 당장 느낄 수 있다. 사실 현재의 교육과정 내용이 청소년들에게 직접적으로 관련된 내용과 흥미, 의미를 갖췄다면 억지로 그들을 학습시킬 필요가 없다. 학습시키는 것이 아니라, 스스로 재미있게 학습해 가게 된다. 그런데 현재의 교육내용은 그렇지 못하다. 어른들은 교육이란 학교체제를 통해 청소년들을 사회문화 전통 속으로 입문시키는 것이라고 생각한다. 청소년들의 현재의 입장을 크게 고려하지 않고 있는 것이다.

그래서 청소년들이 수업에서 다루어지고 있는 모든 것이 무엇을 의미하는지 알 수 없다고 항의할 때, 기성세대는 그들에게 "결국 다 알게 될 거야"라고 말을 건네며 그들을 달랜다. 이 달램을 전적으로 이해하는 것은 아니지만, 청소년들은 그렇게 될 수 있기를 바라며 그냥 지나갈 뿐이다. 이 부분이 현재 학교 교육이 지니고 있는 중대한 과오이다.

여기에서 우리는 기존 학교 교육이 얼마나 수동적이며 청소년들을 수단화시키고 있는지를 발견하게 된다. 청소년들에게 수업은, 나아가 전체 교육과정은 모든 단계에서 그리고 단계와 단계의 전개 과정에 있어서도 청소년들에게 의미가 있어야 한다. 청소년들의 학습

경험이 유의미성을 발견할 수 있도록 해주어야 한다. 이로 통해 재미를 경험할 수 있도록 해야 한다. 이것이 학교의 역할이고, 학교수업이 지녀야 할 핵심이다. 여기서 말하는 재미란 단순한 흥미거리 정도의 차원을 말하는 것이 아니다.

윤문홍, 최윤정은 「유아 그림책 읽기에 나타난 재미의 교육적 의미」(『육아지원연구』 제15권 2호, 2020)에서 3－5세의 유아들의 그림책 읽는 과정의 연구를 통해 재미가 지니는 교육적 의미를 다음과 같이 제시하고 있다.

그림책을 읽는 과정에서 유아는 혼잣말을 하거나 그림책이나 함께 읽는 대상과 상호작용을 시도하기도 하면서 집중과 몰입을 하며 다 읽고 나서 "재미있어요"라는 반응을 나타낸다는 것이다. 유아 입장에서 그림책을 읽는 이유는 '재미'임을 알 수 있다. 그렇다면 유아들에게 그림책 읽기의 재미는 어떠한 의미가 있는지를 좀 더 구체적으로 살펴볼 필요가 있다.

먼저, 유아에게 그림책 읽기란 무엇인가. 그림책은 글과 그림으로 구성된 이야기이다. 그림책은 글, 그림, 그리고 둘의 결합을 통해 의사소통이 가능하도록 창작된 책이다. 즉 그림책을 읽고 있는 유아의 개인적인 경험이 그림책을 구성하는 중요한 요소란 것이다. 따라서 그림책 읽기는 유아의 흥미와 경험에 따라 다양한 문학의 경험을 제공하는데, 유아는 즐겁고 재미있게 그림책을 읽는 과정에서 그림책에 대한 긍정적인 태도가 형성되며, 아름다운 그림을 감상하는 경험을 통해 유아의 상상력과 사고가 발달하고, 정서적 경험과 심미감이 발달한다는 것이다. 이러한 가치가 있는 그림책을 유아들이 유치원에서 향유하면서 시간을 보내는 것, 그림책 읽기에 열중하여 재미를 느낀다는 것, 그러한 시간들이 유아에게 의미가 있다는 것에 주목할 필요가 있다고 본다.

다음으로 재미란 무엇인가라는 점이다. 재미의 사전적 의미는 '아기자기하게 즐거운 기분이나 느낌'(국립국어원, 2020)인데, 재미를 언급한 인물로 네덜란드의 역사가 후이징가Huizinga(1955 - 1993)는 그의 저서 『호모 루덴스』에서 재미는 인간이 태생적으로 타고난 내면의 욕구이며, 이를 지속해서 추구하기 때문에 '놀이하는 인간'이라고 명명했다는 것이다. 독일의 극작가이자 철학자인 쉴러Schiller(1975 - 1995) 역시 인간은 재미를 추구하는 본능적 욕구인 유희충동을 가지고 있다고 강조하였다. 즉 재미는 인간 어디에나 존재하는 보편적인 동기의 감정, 내적 동기란 것이다. 여러 학자들의 정의를 종합하면 재미는 인간의 본질이자 내면의 본성, 욕구, 감정 등을 의미하며, 유희적 관점에서 보편적인 동기, 에너지, 몰입, 즐거움 등과 관련된다고 보았다.

그리고 현대 21세기의 인간의 삶에서는, 재미는 유희적 욕구 충족에 관심을 가지는 경영, 마케팅, 콘텐츠, 서비스, 게임, 여가활동 등 산업 분야에서도 활발하게 다루어지고 있다는 것이다. 재미 가치에서 상품을 소비하고, 재미학(funology)이라는 새로운 용어도 등장하였는데, 이와 같이 현대는 개인의 재미 가치가 중시되고 재미는 관심사, 욕구와 같은 개인 내면의 성향에 초점을 두고 행복을 추구하는 것으로 이어진다는 것이다. 나아가 현대는 인간의 노동을 물질적 생산에 얽매이는 것에서 벗어나 일과 놀이의 경계를 무너뜨리고 좋아하는 일, 더 창조적인 일, 더 재미있는 일을 찾아 나서는 기회로 인식하고 있다는 것이다. 이처럼 재미는 현대사회를 이끌어 갈 원동력으로 자리매김을 하고 있다고 보았다. 이러한 근거에서 재미는 현대사회를 살아가는 유아들의 삶에서도 보다 중요한 질적 의미가 있다는 것이다.

이상과 같이 사회심리학적 관점에서 재미는 사람이 살아가면서 타인이나 사물과의 관계를 보여주는 동기로 작용한다. 문화심리학적 관점에서도 재미는 학습의 동기로 인식된다고 본다. 학습 과정과 재미의 관계에 있어서 재미는 자극에 대한 긍정적 반응이며, 인지적, 정서적 능력과 관련되는 뇌와 마음 현상의 조합이며, 학습의 과정에서 새로운 패턴을 흡수할 때 보내는 긍정적 피드백으로 인식하고 있다. 재미는 어떤 활동에 대한 의식적인 선택과 자유가 있다는 전제하에 그 활동에 적극적으로 참여하고 열중함으로써 경험되는 것으로, 보상이나 목적을 기대하지 않고 그 활동에만 몰두하여 얻는 적극적인 감정 상태이며 흥분을 유발한다고 본다. 칙센트미하이Csikszentmilhalyi(1975)도 내적 동기의 목적은 개인의 내재적 경험이며 항상 재미에 넘치듯 몰입되어 활동 자체에 완전히 일치되는 경향이라고 하였다. 이처럼 재미는 정서, 욕구, 감정, 행위의 동기, 삶의 놀이, 자발적이고 능동적인 학습 행위의 내면적 동기가 되며, 호기심에서 출발하여 동기, 몰두까지 단계적으로 심화 발전해 나가는 것으로 보고 있다.

이와 같이 사회 · 문화 · 심리학적 관점에서 재미(fun)를 인간 욕구에 근간한 유희적 측면에서 학습의 동기로 인식해 온 반면 교육학에서는 학습의 동기에 관심을 가져왔으나 재미와는 결이 조금 다른 의미로 강조되어 왔다. 즉 구성주의 이론의 대가인 Dewey(1913)는 학습의 동기로 흥미(interest)를 강조하였고, 진정한 흥미는 근원적으로 가치를 인식한 결과이고, 활동에 열중, 몰입, 완전히 빠져 있는 것을 의미한다고 보았다. 따라서 재미와 흥미는 인간의 삶과 학습의 동기로 작용한다는 관점에서 공통적이지만 유희적 관점에서 보느냐, 가치적 관점에서 보느냐에 따라 차이가 나타난다는 것이다.

이처럼 교육학 분야에서 교육적 가치가 있는 내용을 가르치는 것을 강조했던 과거에 비해 현대에는 학습자의 욕구와 발달에 기반한 학습자중심 방법으로 더욱 변화되고 있다. 마찬가지로 유아교육 분야에서도 그동안 유아 중심교육, 놀이 중심교육에 기반하고 있었으나 미와 관심에 따라 놀이에 자유롭게 참여하고 즐기며, 유아의 연령, 발달 등을 고려하여 개별 특성에 적합한 방식으로 배우는 유아놀이 중심 교육이 강조되는 것을 볼 때, 이는 의미상 유아의 욕구를 중요시하여 유희적 관점에서 교수학습을 강조하고 있다고 해석할 수 있다는 것이다. 유아들의 학습에 있어서 재미가 지니는 의미가 이러한 상태라고 한다면, 이후의 초등학교 학생들의 교육에 있어서 재미가 지니는 가치는 아무리 강조하더라도 지나치지 않은 것이다.

그런데 현재 학교 수업은 청소년들에게 재미를 통한 유의미성을 제공하기보다는 힘들게 학습해야 하는 고통스런 노동이 되고 있다. 이는 학교 수업이 청소년들의 삶과 관련이 없고, 재미도 없으며, 아이들에게 의미도 없기 때문이다. 청소년 교육의 핵심은 자신의 삶에서 의미를 발견할 수 있도록 도와주고, 그 의미는 재미를 통해서 체험할 수 있도록 해주어야 한다. 이것이 청소년 교육의 토대이다. 문제는 의미를 어떻게 발견할 수 있도록 해주느냐 하는 점이다.

의미의 발견

우리가 일상의 삶에서 필요한 정보는 전달될 수 있고, 교리(원리)는 주입될 수 있으며, 느낌은 공유할 수 있다. 그러나 의미는 발견되어야 한다. 사람은 다른 사람에게 의미를 줄 수는 없다. 스스로 발견해 내야 한다. 사람은 다른 사람이 읽을 수 있는 책을 쓸 수는 있지만, 결국 독자들이 찾아내야 하는 의미는 자신들이 직접 그 책에서 얻은 것이다. 그렇다고 그 의미가 저자가 책 속에 부여한 것과 반드시 같은 것도 아니다. 동일한 책에서도 독자가 파악하는 의미는 각각 제 색깔을 지닌다. 이런 의미의 발견은 청소년들에게서도 마찬가지다. 청소년들이 갈망하는 의미는 미사에서 성채를 나누어주듯 줄 수 있는 것이 아니다. 청소년들은 대화와 탐구에 참여하여 스스로 의미를 찾아야 한다. 그리고 의미 또한 한 번 찾았다고 해서 문제가 끝난 것이 아니다. 그것은 마치 자기 집의 식물이나 애완용 동물, 다시 말해 고귀한 생명체를 돌보듯이 보살피고 키워야 하는 것이다.

그런데 청소년들은 자신이 겪은 경험의 의미를 이해하지 못하고, 세계가 이질적이고 파편적이며 당황스러움에 견딜 수 없을 때, 그들은 전체적 경험에 대한 손쉬운 지름길을 찾고자 한다. 심지어는 약물에 손을 대거나 정신질환에 걸릴 수도 있다. 진정한 교육은 청소년들이 그러한 절망적인 해법에 이르기 전에 우리가 그들의 결여된 의미를 찾을 수 있도록 도와주는 데 있다. 왜냐하면 아이들도 모든 다른 사람들처럼 의미 있는 풍부한 경험의 삶을 갈망하기 때문이다.

아이들은 단순히 소유하고 나눠 갖는 것이 아니라 유의미하게 소유하고 나눠 갖길 바란다. 그들은 단순히 좋아하고 사랑하는 것이 아니라 유의미하게 좋아하고 사랑하고자 한다. 그들은 단순히 배우는 것이 아니라 유의미하게 배우고 싶어 한다. 우리는 청소년들이 텔레비전에 매달려 있는 것을 보면서 이를 스릴과 흥미를 좋아하는 그들의 성향 탓으로 돌린다. 그러면서 우리는 그 밖의 오락거리가 무엇이든 그것은 파편적 형식이 아니라 극적인 전체적 형식으로 제시된다는 것에 주목하지 않으려 한다. 물론 이런 오락거리들의 의미는 종종 피상적일 수 있지만 무의미한 것보다는 낫다.

그러나 이는 청소년기의 경험에 대한 어른들의 무지나 오해의 또 다른 사례일 뿐이다. 이는 마치 어른들이 청소년을 탐구적 존재라기보다는 기발하고 변덕스러운 존재로, 모험적인 존재라기보다는 분별없는 존재로, 잠정적인 결론을 내리는 존재라기보다는 결단력이 없고 우유부단한 존재로, 갈등과 애매함에 대한 감수성이 있는 존재라기보다는 비논리적인 존재로, 자신의 진실성을 보호하기 위한 단호한 존재라기보다는 비합리적인 존재로 보는 것처럼 말이다.

이런 청소년들의 특성을 제대로 이해한 바탕 위에서 학교 수업 계획이 세워져 청소년들에게 유의미한 학교 수업과 방과 후 경험을 주지 못한다고 하면, 온당한 청소년 교육은 힘들다. 물론 지루한 책이나 교과서가 결국 청소년들을 계발시킬 것이라는 사실을 온전히 부인할 수는 없다. 그것은 마치 숟가락 위의 쓴맛 나는 물질이 결국 병을 낫게 한다는 사실을 청소년들이 부인할 수 없는 것과 같은 것이다. 그러나 우리는 미래를 알지 못한 채 태어난다. 미래에 대한 인식은 어른들이 과거의 경험과 검증을 통해 구성한 것이다. 청소년들은 의지할 미래가 없다. 그들은 현재가 의미가 있다거나 혹은 의미가 있지 않다는 것만을 알 뿐이다. 청소년들이 유의미한 교육 즉 이야기, 놀이, 토론, 신뢰할 수 있는 인간관계를 가질 때 이를 고마워하는 것은 이 때문이다.

그러므로 청소년들이 대하는 교과서는 발견으로 가득한 모험이어야 한다. 교과서는 발견 패러다임이어야 한다. 예상 밖의 일들이 늘어선 긴장감 넘치는 흥미로운 가능성을 갖추고, 매혹적인 해명과 암시뿐만 아니라 감칠맛 나게 하는 미스터리로 가득해야 한다. 청소년들이 교육에 대해 지니고 있는 이미지가 판에 박힌 일보다는 모험에 가까운 것이라면, 무단결석, 비행, 학교 내에서 가만히 앉아 있지 못하는 문제들은 충분히 줄어들 것으로 보인다.

이 뿐만 아니라 청소년들에게 재미와 긴장으로 가득 찬 교과서로서 교육이 이루어진다면, 이 청소년들은 자의식이 발달하여 자아개념을 강화할 수 있고, 이 자아개념은 결과적으로 청소년들의 목적감각과 방향감각을 강화시키게 된다. 청소년들이 자부심을 느낄 수 있는 역량과 힘을 키울 수 있도록 도와주지 않으면서, 스스로에 대해 자부심을 느끼도록 권하는 것은 무의미한 일이다. 청소년들에게 보다 직접적으로 필요한 것은 자신들의 경험이 갖는 개별성과 개인적 견해를 표현할 수 있도록 도와주는 것이다. 그런데 그러한 조력이 없이, 단순히 그들에게 인간으로서의 위엄과 가치를 가진 존재라는 말만 계속하는 일은 무의미한 일이다. 왜냐하면 그 청소년들은 자신의 분별력 외에 삶에서 의지할 수 있는 다른 어떤 자원이 거의 없기 때문이다. 우리가 청소년들의 이 분별력을 폄훼한다면, 그 청소년들은 이제 그 밖의 어떤 것에 의지할 수 있겠는가? 이 분별력이 청소년들 속에 내재한 비평의식이다.

사고훈련은 비평 교육의 밑바탕이다

청소년들이 자신들의 학습 과정에서 의미를 발견하기 위해서는 자신에 대해서 생각하는 법을 우선 배워야 한다. 사고는 의미를 획득하는데 필요한 과정이기 때문이다. 사고는 호흡하고 소화하는 것처럼 모든 사람이 행하는 자연스런 과정이다. 그런데 유감스럽게도 이로부터 우리는 어떤 것도 사고를 증진시킬 수가 없다는 결론을 내리는 경향이 있다. 특히 청소년들의 사고는 언제나 불완전하다고만 생각한다. 우리는 마치 숨 쉬거나 소화하는 방법을 별도로 증진할 수 없다고 느끼는 것처럼 사고에 대해서도 우리가 할 수 있는 한 가장 잘 하고 있다고 생각한다.

그러나 이는 사실이 아니다. 물론 사고는 자연적인 것이지만 그것은 훈련과 교육을 통해 완벽해질 수 있는 기능으로서 인정받을 수 있다. 보다 효과적인 사고방식도 있고, 그렇지 못한 사고방식도 있다는 말이다. 우리는 능숙한 사고와 서투른 사고를 구별할 수 있는 기준을 갖고 있기 때문에 이에 대해 확신을 갖고 말할 수 있다. 그 기준은 다름 아닌 논리의 원리이다. 우리는 이 논리에 의해 유효한 추론과 그렇지 못한 추론을 구별할 수 있다.

이 말은 보다 효율적으로 사고할 수 있도록 청소년들에게 논리를 가르쳐야 한다는 의미로 오해할 수 있다. 그러나 그렇지 않다. 아이는 언어를 배울 때 논리도 따라 배운다. 그들은 문법의 규칙처럼 논리의 규칙 또한 말하기를 배울 때 습득한다. 아주 어린 아이에게 "너, 그러면 벌 받을 거야"라고 말하는 것은 "벌을 받지 않으려면 그것을 하지 않아야 한다" 라는 아이의 이해를 가정하고 있는 것이다. 이 가정은 대개의 경우 올바르다. 다시 말하면 어린 아이들도 뒷말을 부정하면 반드시 앞말도 부정되어야 한다는 것을 알고 있다는 것이다. 이는 복잡한 추론이지만 아주 이른 생애 단계에서도 가능하다는 것을 보여주는 부분이다.

그리고 타당하지 않은 추론을 끌어내는 것도 좋은 사고로 간주될 수는 없지만 그럼에도 이 또한 사고이다. 적합한 결론을 끌어내지 못하고, 정의를 잘못하거나 그릇되게 분류하며, 사실을 무비판적으로 평가하는 이 모든 것이 서툴다고 하더라도 이 또한 사고의 일례이다. 비평교육의 핵심은 적어도 교육을 받는 첫 단계에서부터 사고하는 청소년들을 더 잘 사고할 수 있는 청소년으로 만드는 데 있다. 그렇다고 이 비평 교육이 청소년들을 단순히 철학자나 의사결정자로 만드는 데 있지 않다. 비평 교육의 목적은 일차적으로 청소년들이 보다 사려깊고, 보다 성찰적이며, 주의깊고 합당한 개인이 될 수 있도록 돕는 데 있다. 보다 분별력 있는 청소년이 되도록 교육받았다면, 그는 언제 행동해야 하고, 언제 행동해서는 안 되는지에 대해서 잘 알 수 있을 것이다. 또한 청소년들은 자신이 직면한 문제를 처리하는 데 신중하고 사려깊을 뿐만 아니라, 정면으로 대결하는 것보다 다룰 문제를 언제 연기할 것인지 혹은 문제를 언제 우회할지 적당한 시기를 결정할 수 있는 힘을 가지게 될 것이다. 이렇게 비평 교육이 지닌 목적 중의 하나는 판단능력의 함양에 있다. 왜냐하면 판단은 사고와 행위 사이의 연결고리이기 때문이다. 성찰적 청소년은 판단을 잘 하는 경향이 있으며, 부적절하거나 경솔한 행동을 하지 않을 가능성이 많다.

그러므로 사고 기능을 모든 청소년들의 교육과정에 통합시킬 경우, 청소년들은 연관짓고, 구분하고, 정의하고, 분류하고, 사실적 정보를 객관적이고 비판적으로 평가하고, 사실과 가치의 관계를 반성적으로 다루며, 논리적으로 가능한 것에 대한 이해로부터 자신의 신념과 진리와 구별할 수 있는 능력을 더 발달시킬 수 있다. 이러한 개별 기능들은 청소년들이 보다 잘 듣고, 배우고, 익히며, 표현할 수 있도록 도와준다. 그러므로 이런 기능들은 모든 학습 교과 속에 스며들어 있어야 하는 것이다. 모든 교과 활동을 통해 이런 기능을 활성화해야 한다는 말이다. 교육적 관점에서 볼 때, 사고 기능의 증진은 근본적으로 중요하다. 사고 기능이 능숙한 청소년이 성장을 잘 해온 청소년일 뿐 아니라, 계속해서 자신을 성장시킬 역량을 갖춘 청소년이라고 할 수 있기 때문이다.

사고와 창의력

사고는 진공 속에서 이루어지는 것은 아니다. 사고는 앞서도 말했듯이 언어를 매개로 한 지식을 통해서다. 사고의 도구는 지식이다. 유용한 도구를 많이 가지고 있고, 그러한 도구를 손쉽게 쓸 수 있도록 준비되어 있다면, 우리는 문제를 해결하는 데 훨씬 쉽게, 효과적으로, 그리고 재미있게 해나갈 수가 있다. 그러나 이러한 지식만 있다고 창의력이 생성되는 것이 아니다. 지식의 양도 중요하지만 어떤 지식인가가 더 중요하다. 산 지식이어야 한다. 산 지식은 창의적 사고를 통해서만 가능하다. 단편적인 지식들을 새로운 다른 형태로 조합하고 재배열하며 주무를 수가 있어야 한다. 흩어져 있는 지식들을 종합하고, 평가하고, 다듬어 나가는 능력을 발휘해야 한다. 이것이 창의력이다. 이러한 창의적 사고는 어려움, 문제, 지식상의 괴리, 또는 빠져 있는 요소들을 지각하고, 그러한 결손에 대해 추측하거나 가설을 형성하며, 그러한 추측을 검증하고, 필요하다면 수정하거나 재검증하는 작용을 한다. 그러한 결과로 우리는 탐색하고, 질문하고, 어떤 것을 조작해보고, 추측하는 등등의 사고를 제대로 하게 된다. 이같은 창의적 사고가 작동해야 온당한 비평이 가능하게 된다.

그런데 일반적으로 인간이 지닌 사고 활동을 온전히 작동하려면, 수직적 사고와 수평적 사고를 적절하게 사용할 수 있어야 한다. 수직적 사고란 흔히 논리적 사고 또는 전통적 사고라고 부르는 것으로, 우리에게 비교적 친근한 사고유형이다. 이 유형의 사고는 정보와 자료를 가지고 논리적으로 그리고 계열적 형태를 따라 단계적으로 작업해서 해결에 이른다. 이러한 수직적 사고는 '맞느냐'에 관심을 가지며 문제의 해결을 제대로 하려면, 각 단계가 정확해야 한다. 그리고 '예스', '노'에 따른 판단을 요구한다.

이에 반해 수평적 사고는 유머, 통찰 및 사람들이 흔히 '창의성'이라 부르는 것과 관련되어 있다. 이 유형의 사고 과정은 단계적 과정을 별로 따르지 아니하며 기존의 방법과 원리에 계속하여 도전한다. 판단을 유보하고 또 다른 다양한 아이디어들을 탐색하고 생성해 내며 문제를 해결하기 위하여 다양하게 상이한 해결책들을 실험해본다. 수직적 사고와 수평적 사고를 또 다른 입장에서 비판적 사고와 창의적 사고라고 명명하기도 한다. 그런데 이 둘은 완전히 별개의 것이 아니라는 점이다. 훌륭한 비판적 사고는 그 성질상 창의적이며, 훌륭한 창의적 사고에는 항시 비판적인 사고가 진행 중이기 때문이다.

그러므로 청소년에게 중요한 것은 이들 두 가지의 사고 유형을 자각하고 문제를 효과적으로 해결하기 위하여 이들을 어떻게 동시적으로 사용할 수 있는지를 제대로 교육하는 것이다.

사고와 읽기의 문제

읽기에 문제가 있는 청소년은 사고를 할 때도 어려움을 겪는다. 읽기와 사고는 상호의존적인 관계에 있기 때문이다. 읽기와 사고는 서로에게 도움을 준다. 읽기는 사고 증진에 도움을 줄 수 있을 뿐만 아니라, 아이를 사고할 수 있도록 도와주면, 그 역시 글을 잘 읽을 수 있도록 도와줄 수 있다는 것이다.

읽기와 사고가 상호의존적이라면 청소년이 기대 이하로 잘 읽지 못하거나 잘 읽을 수 있는데도 관심이 없을 경우, 이는 심각하게 받아들여야 한다. 그렇다면 무엇이 청소년들이 책을 읽도록 하는 것일까? 읽기를 권할 수 있는 것이 무엇일까? 또 청소년들은 읽기를 통해서 무엇을 얻을 수 있는가? 이런 질문에 대한 어떤 대답도 의미를 얻기 위해 읽는다는 답보다 더 그럴듯한 것은 없다. 청소년들이 어떤 책을 읽고 싶어 책장을 열지만, 읽어도 무의미하다는 확신이 들면 책을 던져버린다. 읽기에서 의미를 찾을 수 없을 때 읽기를 그만둔다. 그러면 청소년들은 어떤 종류의 의미를 찾는 것인가? 그들이 갈망하는 의미는 자신의 삶과 관련될 수 있는 –삶을 비출 수 있는– 것들이다. 그래서 청소년들이 계속 읽기에 흥미를 갖게 하려면 읽기 자료는 청소년의 주된 관심 –그들의 삶에서 그들에게 가장 문제가 되는 것들– 과 유의미하게 관련된 것이어야 한다. 중요한 것은 단지 책 속에 등장하는 낱말을 단순히 읽는 것이 아니라, 낱말, 구, 문장에 나타나는 맥락 속에서 이들 낱말, 구, 문장의 의미를 이해하는 읽기 훈련이 필요하다. 읽기 초보자들은 책 속에 전개되는 문장의 연관성을 발견하는 것을 배워야 한다. 중요한 것은 어떤 문장이 말하고 있는 바가 아니다. 문장은 무엇을 암시하는가? 그것은 무엇을 함축하고 있는가를 읽어낼 수 있어야 한다.

문구에서 의미를 발견하기 위해서는 청소년들이 의미에 민감해야 한다. 그리고 그것을 어떻게 추론하고 의미를 어떻게 끌어내어야 하는지 알아야 한다. 추론은 문자 그대로 주어진 것에서 전제되거나 함축된 것을 추리하는 것이다. 누구나 삶의 매 순간마다 추론한다. 길을 가다가 경적 소리를 듣는다면, 우리는 차가 오고 있다고 추론한다. 우유로 얼룩진 빈 유리잔을 본다면 우리는 누군가 그 유유를 마셨을 것으로 추론한다. 추론 덕분에 우리는 생각하는 것뿐만 아니라 보고, 듣고, 맛보고, 만지고, 냄새 맡는 것으로부터 무수히 많은 의미를 끌어낼 수 있다.

청소년들이 추론을 보다 쉽게 하면 할수록 그들은 읽기 자료에서 의미를 더 잘 추출할 수 있다. 이 때문에 읽기가 더 만족스럽게 여겨지게 된다. 그리고 청소년들이 자신이 읽은 것에 만족하면 할수록, 재미로 읽든 위안으로 읽든, 아니면 이해를 위해서든 청소년들은 더욱더 자주 읽고자 하는 의욕을 가지게 된다.

인간의 사고가 어떻게 일어나는지를 정확하게 밝혀내기는 힘들다. 그러나 많은 사람들은 사고와 언어는 밀접하게 연결되어 있고, 말의 습득과 사고의 습득, 그리고 추론의 습득은 서로 연결되어 있다고 생각한다. 어린아이 때부터 낱말을 문법적인 문장으로 조직하는 것은 놀라운 사실이다. 분명 아이들은 문법적으로, 논리적으로 사고와 말하기를 조직할 수 있는 경향성을 갖고 태어났다. 그러나 아이들은 언어를 사용하는 것과 비문법적으로 사용하는 것의 차이를 배워야 하는 것처럼 건전한 추론과 부주의한 추론을 구별할 수 있어야 한다. 그런데 우리는 보다 나은 추론과 보다 못한 추론의 구별을 가르치는 데는 거의 시간을 쓰지 않는다. 이는 아이가 추론하는 방법을 알 필요가 없어서도 아니고, 추론을 배울 능력이 부족하기 때문도 아니다. 그것은 우리 자신이 일반적으로 논리를 잘 알지 못하기 때문이고, 논리를 이해하는 것이 어렵다는 것을 인정하는 것이 부끄럽기 때문이다. 그러나 추론은 가르쳐야 한다. 막연한 읽기가 아니라, 추론을 통한 읽기가 필요한 이유이다.

청소년들의 읽기 능력을 제대로 키우기 위해서는 추론을 가르치고, 읽기를 목적 그 자체로 보지 말고 청소년들이 사고하는 데 도움이 되는 수단으로 삼아야 한다. 추론과 읽기는 가르칠 수 있고, 서로 강화시킬 수 있는 기능이다. 사고를 가르칠 수 있는지에 대해서는 논쟁의 여지가 있지만, 그것을 고무시킬 수 있는 것은 확실하다. 그리고 추론의 절차를 가르치는 것이 사고의 기능을 발달시키는 데 도움을 준다는 것은 확실하다. 이와같이 추론을 밑바탕으로 삼고 있는 비평은 청소년들에게 부주의한 사고를 알아차리게 하고, 동시에 사고를 잘 할 수 있도록 도와주는데 그 역할이 있다.

사고 활동을 촉진하는 질문

앞서 우리는 읽기와 사고는 서로 깊은 연관성을 갖고 있음을 확인했다. 그런데 학생 스스로의 읽기 활동을 통해서도 사고의 증진이 이루어지지만, 이러한 사고 활동의 촉진 매개가 바로 교사의 질문이란 점을 기억해야 한다. 이경화는 「사고 활동을 촉진하는 읽기 수업

탐색」(한국교원대학교, 한국독서학회, 『독서연구독서연구』 제12호, 2004) 연구에서 사고 활동을 촉진하는 읽기 활동의 특성을 살펴보고 실제 읽기 수업을 탐색한 바 있다. 이를 위해 2학기 2개 초등학교 교실에서 이루어진 두 교사의 동일 차시 국어 수업을 사고 활동이라는 측면에서 분석하고 기술하였다. 교사의 질문은 각기 따로 나타나는 작용 양상이 아니라 복합적으로 작용하여 드러난다는 것을 이 수업을 통해 확인했다.

즉 읽기 수업에서 사고 활동을 촉진하는 교사의 질문은 교사별로 두드러진 특징이 나타났다고 결론을 제시하고 있다. 그 핵심 내용은 첫째, 읽기 수업에서 사고 활동을 촉진하는 교사는 사실적이고 해석적인 질문보다는 적용적이고 교류적인 질문 전략을 사용해야 한다. 둘째, 학습자의 반응을 확장하고 반응의 오류를 수정하기 위해서, 초점화하기, 확장하기, 명료화하기, 상승하기 등의 질문 전략을 적절히 사용해야 한다. 셋째, 사고 활동을 촉진하는 교사는 읽기 교과서나 국어 교사용 지도서에 제시된 질문을 재구성하거나, 상황에 따라 읽기 교과서 이외의 질문을 해야 한다.

그러므로 우리는 청소년들에게 읽기를 단순히 요구하는데 그칠 것이 아니라, 읽기과정에서 적절한 질문을 던짐으로써 그들의 사고 활동을 촉진시킬 필요가 있다. 그런데 더 중요한 것은 교사가 학생에게 던지는 질문보다는 학생들이 스스로 교사나 읽는 책에 대해서 질문을 할 수 있도록 하는 방안이다. 교사의 질문이 너무 지배적일 때, 학생은 읽기를 통해 자발적으로 의미를 찾아가기보다는 수동적으로 변해가기 때문이다.

일반적으로 아동은 4세 정도가 되면 수많은 질문을 해대기 시작한다. 그리고 학령이 높아지면 지적 호기심으로 질문은 더욱 많아진다. 보통 부모들은 아이들의 질문이 귀찮고 성가실 때가 많으며 그래서 '그만 물어'라고 윽박질러 버리기가 쉽다. 학교생활이 시작되면 교사가 자기의 이야기에 귀 기울여 줄 시간이 별로 없다는 것을 알고, 점차 호기심과 질문은 억압되고 질식되어 간다. 이러한 결과로 사람들은 세상사와 공부에 대한 유의미한 질문을 하는 습관을 잃어버린다. 이로 인해 모든 것은 당연하고 의례히 그런 것이라고 치부해 버리게 된다. 창의적인 사고를 훈련하기 위해서는 다음과 같은 내용의 질문을 학생들이 스스로 할 수 있도록 분위기와 환경을 조성해 주어야 한다.

첫째, 열린 질문을 많이 하게 한다. 열린 질문이란 대답이 여러 가지 있을 수 있는 질문을 말한다. 달리 말하면, 발산적 사고를 필요로 하는 질문이다. 열린 질문은 보다 자극적이고 도전적일 수 있으며, 창의적 사고의 핵심인 유창성, 융통성, 독창성, 정교성을 강조할 수 있는 질문이다. 열린 질문은 '예', '아니오' 또는 하나의 정답만을 요구하는 닫힌 질문과는 달리 청소년들의 창의적 사고를 격려할 뿐 아니라 청소년들 사이에서 토론을 유도할 수도 있다. 토론을 하기 위해서는 질문을 하고 난 다음 청소년들끼리 서로의 대답에 대하여 논의할 수 있는 환경을 만들어 주어야 한다.

둘째, 상상과 추리를 자극하는 질문을 많이 하게 한다. 보다 구체적으로 말하면, '만약에'라는 질문과 '…라고 상상하면 … 어떻게 될까?'란 질문을 자주하게 한다는 것이다. 예컨대 다음과 같은 질문을 할 수가 있을 것이다. '만약에 지구의 인력이 50%로 줄어든다면 어떻게 될까?', '만약에 예고 없이 정전이 1시간 이상 된다면 어떻게 될까', 또는 '만약에 이순신 장군이 거북선을 만들 수 없었으면 어떻게 되었을까?' 등 이들은 모두 '만약에 …'의 질문이다. 이러한 질문은 가상의 세계나 시나리오를 떠올리고 예측해 보게 한다. 그리고 어떤 것이 어떻게 되었을 때의 결과 내지는 효과를 상상해 보게 한다. 이처럼 결과를 상상하는 능력은 더 많은 생각과 아이디어를 생성케 한다. 그래서 청소년들이 더 나은 결정에 이르게 할 수 있어야 한다.

그리고 '만약에 …'의 결과를 상상할 때 떠오르는 한 개의 생각에서 그치지 아니해야 한다. 예컨대 지구의 인력이 50%로 감소되는 경우를 상상해 보자. 물체의 무게나 사람이 걷고 뛰어내리는데 영향을 미칠 것이다. 뛰어내리는 경우를 더 상상해 보면 1층 높이쯤은 쉽게 천천히 뛰어내릴 것이다. 만약에 그렇게 된다면 소방시설, 장식 또는 페인팅 등과 같은 여러 영역에서의 변화도 상상해 볼 수 있을 것이다. 이런 식으로 청소년들이 질문을 생성해 나가면, 상상은 끝이 없이 이어질 수 있다.

사고와 대화의 관계성

사람들은 대화에 참여할 때 빈번하게 반성하고, 집중하고, 대안을 생각하고, 잘 듣고, 정의와 의미에 주의를 기울이고, 이전에 미처 생각하지 못한 것을 인식하며, 대화가 없었더라면 생기지 않을 많은 정신적 행위를 수행한다. 즉 토론 참여자는 자신들의 사고 과정으로 대화의 구조와 전개를 만들어 낸다. 사고는 대화의 내면화를 가능하게 한다. 대화를 내면화할 때 우리는 다른 사람이 나타낸 사고를 재현할 뿐만 아니라 마음 속으로 그것에 대해 반응을 보이기도 한다. 더 나아가 우리는 대화를 나누는 과정에서 추론을 이끌고, 가정을 확인하고, 서로에게 근거를 제시하며, 비판적인 지적 상호작용에 참여하는 방법을 찾아낸다. 대화에서 엉성한 추론은 지적받고 비판받는다. 그러한 추론은 항상 이의제기를 받을 수밖에 없다. 다른 사람이 말하는 내용에 대한 비판적 태도는 토론참여자에게서 발달된다. 그러나 이러한 비판적 태도는 자기 자신의 반성으로 되돌아간다. 일단 다른 사람의 사고과정과 표현 양식을 비판적으로 검토하는 기술을 배우고 나면 사람들은 자신의 발언에 대하여 다른 사람이 무어라 말할지에 대해서도 주의깊게 고려할 수 있게 된다.

이런 관점에서 인지심리학 혹은 사회심리학에 근거한 교실 내의 대화 공동체의 형성은 사고를 장려하는 데에는 매우 중요하다는 주장이 제기된다. 청소년들이 혼자 문제를 해결할 때보다는 교사와 다른 학생들과 함께 협력할 때 큰 차이가 있다는 것이다. 즉 개별적으로 행동했을 때보다는 함께 했을 때에 높은 수준의 사고와 행동이 나타났다는 것이다. 그래서 더 나은 사고를 위해서는 대화할 수 있는 교실 공동체가 필요하다고 본다. 물론 모든 대화가 탐구 공동체를 이루는 사고의 증진을 가져다주지는 않는다.

청소년들은 종종 킬킬거리며 웃고, 재잘거리고, 주의를 집중하지 않으며 모두들 자기 이야기만 하려고 한다. 순서를 지켜 이야기할 때조차 그들은 서로 무엇을 말하고, 서로의 발언에 토대해서 무엇을 더 개진하려고 하는지 들으려 하지 않는다. 대화가 어떻게 진행되고 있는지를 모르고, 자기 말에만 신경을 쓰는 한, 그들은 탐구 공동체의 참된 참여자가 될 수 없다. 나아가 대화를 뒤쫓아 가는 노력을 하지 않고 관련 있고 유의미하게 보이는 말을 하지 않을 때, 이 또한 참된 참여자라고 할 수 없다. 청소년들은 사회적 경향성이 건설적인 방식으로 표현될 수 있는 환경을 요구한다. 그런 의미에서 종종 학급에서 침묵하는 청소년들을 표현할 욕구가 없는 아이들로서 간주해서는 안 된다. 오히려 그들은 대체로 자신들이 말하고자 하는 것이 다른 친구들에 의해 하찮은 것으로 무시될까 두려워하는 청소년들이다. 만일 교실에서 청소년들이 말할 기회를 갖고, 들을 때는 경청해서 들으며, 참된 의미의 상호관심의 공동체가 교실에 나타나면 그들은 껍질을 깨고 나와 공동체의 대화에 자발적으로 참여하게 될 것이다. 입을 다물고 있는 대부분의 청소년들은 실은 어떤 중요한 문제에 대해 친구들 앞에 서서 발표한다면 그것이 얼마나 멋질까 하고 백일몽을 꾸는 청소년들이다.

청소년들이 수업에 적극적으로 참여하도록 하는 교실 토론이 종종 평가절하되기도 한다. 예를 들면, 교사가 학생들에게 주제를 주고 다음 날 논술시험을 요구할 수도 있다. 그러나 자신의 지적 펌프로부터 생각을 길어 올리기 위해서는 청소년들은 사전에 특별한 주제에 접근할 수 있는 방법들을 말로 나타내보이는 전이 과정을 거쳐야 한다. 청소년들은 서로에 대해 자신들의 생각을 시험해보고, 피드백에 귀 기울이고, 서로의 경험에서 배우기 위해 전체 집단에서 시험해보고, 자신들의 말이 불합리하거나 관련성이 결여되었다는 감을 느끼고 이 문제를 극복하며, 끝으로는 논술의 주제가 함의하는 바를 이해하게 되었을 때 흥미를 느끼기 시작한다. 그럴 때 비로소 과제는 청소년들에게 매력적으로 보이기 시작한다.

성인들의 입장에서는 토론을 하지 않고도 어떤 것을 쓸 수 있고, 읽고 이해할 수 있기 때문에 이러한 과정 자체가 꼭 필요한 것은 아니다. 그러나 청소년들에게는 이러한 과정이 필요하다. 대화란 원경험이 세련된 표현으로 전이될 때 일어날 수밖에 없는, 서투르고 세련되지 못한 경험과정의 한 단계이기 때문이다. 청소년들이 추론을 통한 논리적이고 비평적인 글쓰기를 위해서는 대화란 필수불가결한 과정이란 점을 강조할 필요가 있다.

그러므로 청소년들의 비평 교육에서 교사는 한편으로 읽기와 말하기, 또 다른 한편으로는 쓰기와 말하기 사이에 존재하는 강한 연관성을 잘 이해하고, 이를 비평교육을 위한 토대로 삼아야 한다. 말하기와 듣기는 아주 밀접하여 발언의 의미를 주의해서 듣지 않거나, 덜 중요한 대화 부분에 귀를 기울이면서 화자의 말을 오해할 수도 있다. 다른 사람이 중시하는 것에 귀 기울이고 대화에서 발견해야 할 의미를 분별할 수 있는 청소년은 자신들이 읽은 내용을 무의미한 것이 아니라 의미 있는 것으로 이해할 가능성이 크다. 이는 청소년들이 대화를 통해서 경험하는 의미가 그들의 사고를 추동하는 계기가 될 수 있음을 말하는 것이다. 읽기가 사고작용을 매개하는 귀중한 역할을 함과 동시에 대화(토론) 역시 사고를 증진시키는 중요한 매개체임을 확인할 수 있다. 그러므로 청소년 비평 교육에 있어서, 이 두 영역을 다양하게 효과적으로 활용할 수 있어야 한다.

비판적 사고와 창의적 글쓰기

비평은 사고로부터 출발하지만, 이 사고는 추론을 통한 비판적 사고가 되어야 한다. 비판적 사고는 따져 읽는 비판적 읽기의 훈련을 통해서 키워지지만, 온전한 비평을 실현하려면, 비판적 사고에서 창의적 사고로 나아가야 한다. 비평의 실현은 글쓰기로 나타나야 하기 때문이다. 즉 비판적 읽기에서 창의적인 글쓰기로 이어져 가야 한다. 그래서 제대로 된 비평교육은 비평적 읽기와 창의적 글쓰기의 통합 교육으로 나아가야 한다.

오늘날 독서 교육은 글을 잘 읽기 위한 기술의 숙련을 넘어 학생들의 전인적 교육과 논리적이며 창의적인 사고를 고양함으로써 전반적인 인성함양이라는 측면에서 더욱 중요해지고 있다. 특히 오늘날과 같은 디지털 시대 독서교육의 방향성은 학습자들의 미래지향적 삶을 반성할 수 있는 비판적인 읽기와 창의적 글쓰기의 방법으로 제시되어야 한다고 본다. 사실 읽기와 쓰기는 서로 분리될 수 없는 행위들이며 동전의 양면과도 같다. 영미권에서는 세 단어를 마치 한 단어(reading-and-writing)인 것처럼 말하는 것이 일반적인 추세이다. 비판적 사고 교육은 거시적으로 바라보자면, 결국은 학습자 자신으로부터 자신의 삶에 대한 성찰을 통한 강력한 동기유발을 필요로 한다.

이를 바탕으로 다양한 비판적 관점을 통해 텍스트와 사물을 다각적으로 바라보고, 자기만의 방식으로 자신의 생각을 주체적으로 표현해 낼 수 있도록 하는 교육이 필요하다, 즉 비판적 읽기와 창의적 글쓰기의 통합 교육을 통해 이를 가장 효과적으로 실현해 갈 수 있다(오연희, 「비판적 사고력 함양을 위한 독서교육의 두 가지 방법」, 충남대학교 인문과학연구소인문학연구, 『인문학연구』 제53권 제3호, 2015)고 보고 있다. 그러면 읽기와 쓰기는 서로 어떤 관계에 놓여 있는가?

읽기와 쓰기의 통합

읽기와 쓰기의 관계를 한마디로 요약하면, 상보적 관계이면서 통합이 이루어져야 하는 언어활동이라고 할 수 있다. 읽기는 잠재적 쓰기이며, 쓰기는 잠재적 읽기라는 측면에서 접근한다면 읽기와 쓰기는 이해와 표현, 수용과 생산과정에서 분리되지 않고 서로 연계되거나 통합될 수 있다. 이러한 점을 감안할 때, 오늘날 융합, 통합, 통섭이라는 사회 · 문화적 맥락에서도 읽기와 쓰기의 통합을 이루어야 하며, 온전한 비평교육을 실현하기 위해서도 통합은 필연적이다. 그러나 현재 학교 교육의 상황을 들여다보면, 이를 제대로 실현하기에는 장애가 많다. 읽기와 쓰기 교육이 중심인 국어 교과의 과목 구조를 살펴보면, 국어과 내의 불균형한 선택 과목 이수 비율이 문제이다. 예를 들어 화법이 6.0%, 독서가 26.9%, 작문이 20.3%, 문법이 6.2%, 문학이 40.6%의 선택율을 보이고 있기 때문이다.

이는 대학수학능력시험과 일정한 상관관계를 맺고 있다고 볼 수 있는데, 문학이나 독서가 대학수학능력시험 읽기 영역과 일정한 관련을 가지고 있고 쓰기 영역과 관련하여 작문이 관련을 맺고 있을 뿐, 다른 과목은 특별한 연관성이 없다는 교사와 학생들의 판단이 선택 과목 이수 비율에 큰 영향을 미친 것으로 판단된다. 이러한 점을 감안하여 2009년과 2011년 개정 국어과 교육과정에서 화법과 작문을 한 교과로 묶어 〈화법과 작문〉으로, 독서와 문법을 한 교과로 묶어 〈독서와 문법〉으로 만들었다.

그러나 이보다 더 중요한 것은 국어교과의 내적인 측면에서 통합의 원리를 찾아야 한다는 것이다. 이런 통합의 원리는 이미 오래 된 고전에서 명백하게 밝혀진 바 있다. 논어(論語) 위정편에서 '배우되 생각하지 않으면 어둡고, 생각하되 배우지 않으면 위태롭다.(學而不思則罔 思而不學則殆)'라고 한 공자의 말은 사고의 가치를 내포하고 있으며, 문심조룡(文心雕龍)에서 논은 '모든 사고의 과정이며, 모든 일의 경중을 재는 척도이다.(百慮之筌蹄 萬事之權衡也)'라고 한 유협의 말은 사고의 중요성을 일깨우고 있다. 진사도(陳師道)의 후산시화(後山詩話)에 전하는, '많이 보고 많이 짓고 많이 생각한다.(看多做多想量多)'라고 한 구양수의 말 또한 그렇다. 우리가 흔히 '많이 읽고 많이 생각하고 많이 쓰라.(多讀多商量多作)'라는 말은 글쓰기로 가는 직선적인 과정을 보여주는 것이기는 하지만, 이 말 또한 생각의 단계를 거쳐야 한다는 점에서 사고의 중요성을 보여준다. 그런데 여기서 주목해야 할 점은 '상량'이 읽기와 쓰기의 연결고리를 형성한다는 것이다. 이는 읽기와 쓰기에 대한 통합의 연결 고리로 '사고력'을 들 수 있다는 것을 시사한다.

국어과 교육과정에서 읽기가 "의미를 구성하는 고등 사고 과정"이라는 것과 쓰기가 "의미를 구성하는 사고 과정으로서 일련의 과정을 거쳐 이루어진다."라는 것을 보면, 국어교육에서 '사고 과정'은 읽기와 쓰기에 공통적인 핵심 요소로 작용한다. 과거나 지금이나 사고는 언어활동에서 그만큼 중요하다는 것을 알 수 있다. 그 중요도만큼 국어과 교육과정에서도 그 성격이나 목표에 이를 반영하고 있으며, 그 평가 또한 사고력에 초점을 맞추어 실시되고 있다. 그러나 문제는 교육과정에서 보여주는 읽기 관련 사고력과 쓰기 관련 사고력이 달라 읽기와 쓰기가 통합되지 못하고 분리되고 있다는 점에 있다. 이 점을 해결하기 위해 김종률은 「사고력 중심의 읽기와 쓰기 통합 방법 연구-설득을 위한 텍스트를 중심으로」(『우리말글』 53, 2011)라는 과제를 연구하여 발표한 바가 있다. 온전한 해결방안은 아니지만, 읽기와 쓰기를 통합함으로써 비판적 읽기와 창의적 글쓰기를 가능하게 하는 비평 교육의 터를 만들 수 있다는 가능성, 즉 사고력의 증진을 시사하고 있어, 이를 참고하여 논의를 이어가고자 한다.

의사소통은 사고 활동과 결부되어 이루어지며, 사고 활동 없이는 의사소통은 불가능하다. 그러면서 인간은 의사소통을 끊임없이 하면서 사고를 발전시키기도 한다. 여러 언어활동은 사고의 측면에서 통합되며, 궁극적으로는 언어－사고의 일치를 꾀한다.

비고츠키(Vygotsky)는 언어와 사고의 관계는 어떤 실체가 아니라 과정이며, 언어에서 사고로, 사고에서 언어로 끊임없이 주고받는 계속적인 움직임이라고 말한다. 이는 언어와 사고의 상호의존적 관계를 강조한 것으로 볼 수 있는데, 그러한 관계를 [그림 1]로 나타내면 다음과 같다.(이하의 그림은 오연희의 「비판적 사고력 함양을 위한 독서교육의 두 가지 방법」에서 가져 옴.)

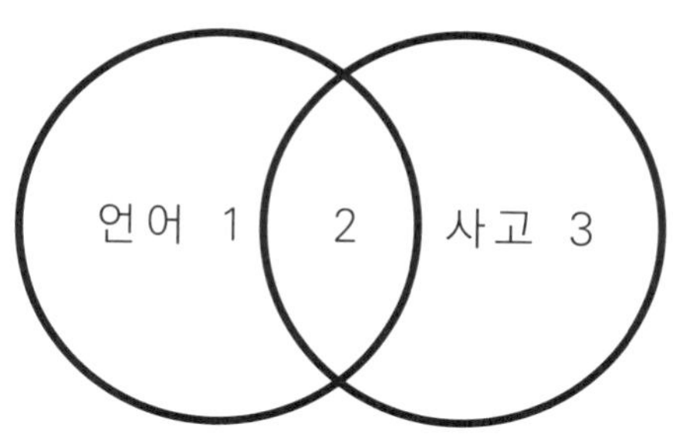

[그림 1] 언어와 사고의 상호의존성

1은 일상적인 언어생활에서 사고가 없는 언어가 있음을 의미한다. 꿈을 꾸면서 무슨 말을 하는 '잠꼬대'가 여기에 해당할 것이다. 3은 언어없는 사고가 일상생활에 존재하고 있음을 의미한다. 그림이나 영화, 그리고 음악 등을 감상하면서 머릿속에서 일어나는 사고작용이 여기에 해당될 것이다. 2는 언어와 사고가 만나는 부분으로, 모든 형태의 언어와 사고를 단순 조합하는 곳이 아니라 의미를 구성하는 과정이 일어나는 곳인 언어적 사고(verbal thought)이다. 이는 언어적 사고의 속성을 성분 요소인 언어와 사고로 분할하여 설명할 수 없음을 의미한다.

이러한 관점에서 국어교육으로서의 읽기와 쓰기도 사고력과 상호의존적이자 유기적인 관계를 지니며, 읽기 관련 사고력과 쓰기 관련 사고력이 상이할 수는 없다는 것이다. 물론 텍스트의 유형에 따라 사고력의 주된 유형은 달라질 수 있다. 다음 〈표 2〉는 텍스트 유형에 따른 '주된 관련 사고력'을 나타낸다.

텍스트의 유형	텍스트의 종류	주된 관련 사고력
정보 전달을 위한 텍스트	설명문, 기사문, 안내문 등	사실적 사고력
설득을 위한 텍스트	논설문, 비평문, 칼럼 등	논리적, 비판적, 창의적 사고력
사회적 상호작용을 위한 텍스트	식사문, 서간문 등	관계적 사고력
자기 성찰을 위한 텍스트	감상문, 회고문 등	성찰적 사고력

〈표 2〉 텍스트의 유형에 따른 주된 관련 사고력

'텍스트의 유형'과 '텍스트의 종류' 축은 언어와 문화의 요소를 고려한 것이며, '주된 관련 사고력'은 사고력의 유형을 반영한다. 텍스트의 유형 중, 설득을 위한 텍스트의 주된 관련 사고력은 논리적 · 비판적 · 창의적 사고력이다. 물론 이 사고력이 다른 유형의 텍스트에 전혀 나타나지 않거나 아예 없다는 것을 의미하는 것은 아니다. 설득을 위한 텍스트 이외의 유형에서도 부분적으로 논리적 · 비판적 · 창의적 사고력은 나타날 수 있다. 다만, 그 사고력의 유형이 다른 사고력의 유형에 비해 설득을 위한 텍스트에서 상대적으로 강하게 요구된다는 것이다. 여기에는 다른 텍스트의 유형도 마찬가지일 것이다. 즉, 정보 전달을 위한 텍스트, 사회적 상호 작용을 위한 텍스트, 자기 성찰을 위한 텍스트는 각각의 주된 관련 사고력이 중심이 되지만, 각 텍스트의 유형에는 다른 유형의 주된 관련 사고력이 부분적으로 나타날 수 있다. 이는 읽기를 할 때에도, 쓰기를 할 때에도 동일하게 적용될 것이다. 국어활동의 영역이 다르다고 해서 보편적인 언어적 사고력이 달라질 수는 없다.

읽기에서 쓰기로, 쓰기에서 읽기로 이어지는 통합적 국어활동이 되려면 적어도 두 영역의 활동에 대한 공통 기제가 필요할 것이다. 그러한 공통 기제가 바로 주된 관련 사고력이라고 할 수 있다. 이를 [그림 3]으로 나타내면 다음과 같다.

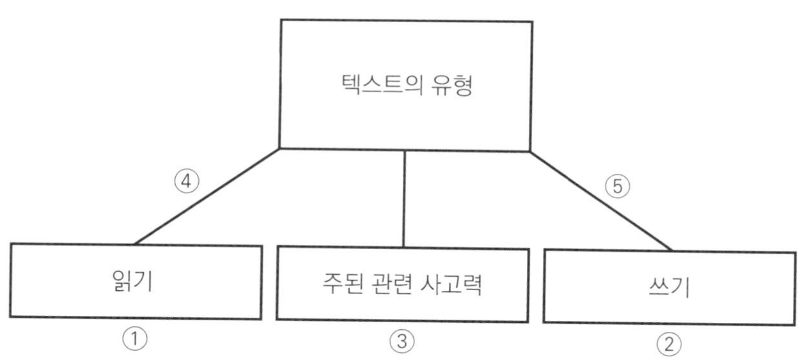

[그림 3] 읽기와 쓰기의 공통 기제로서의 사고력

①은 읽기를 할 때의 주된 관련 사고력으로 읽기 관련 사고력이라 할 수 있으며, ②는 쓰기를 할 때의 주된 관련 사고력으로 쓰기 관련 사고력이라 할 수 있다. ③은 텍스트의 유형에 따른 각각의 주된 관련 사고력이다. ④는 텍스트의 유형에 따른 읽기를, ⑤는 텍스트의 유형에 따른 쓰기를 의미한다. 따라서 텍스트의 유형에 따라 읽기를 할 때, 그 읽기는 각 텍스트의 유형에 적절한 주된 관련 사고

력으로 이루어진다. 마찬가지로 텍스트의 유형에 알맞은 쓰기를 할 때, 그 쓰기는 각 텍스트의 유형에 맞는 주된 관련 사고력으로 활동하게 된다. 여기에서 읽기와 쓰기에서 이루어지는 각 텍스트의 유형에 따른 공통 기제가 주된 관련 사고력인 것이다. 이러한 공통 기제를 공유함으로써 읽기에서 쓰기로, 쓰기에서 읽기로 이어지는, 즉 공통 기제인 주된 관련 사고력이 읽기와 쓰기를 이어주는 연결고리가 되어 '읽기-사고력-쓰기'의 통합교육이 가능할 것이다.

그런데 '읽기-사고력-쓰기'의 연결체는 단순히 수평적 연결에 의한 통합교육을 의미하는 것은 아니다. 읽기 관련 사고력과 쓰기 관련 사고력은 최근의 교수법 동향으로서 프랑스 고교에서 몇 년 전부터 이미 의무적으로 실시하고 있는 '통합 학습'을 2000년도부터 중학교에도 적용하여 중 3년생부터 시작했다. 통합 학습은 여러 학과목 교사들이 공통의 학습 주제나 학습 방법을 설정하여 연간 교수 계획을 세워 학과별로 수업을 하되 과목 간의 학습 연계성을 살려 학습자들이 단편 · 지엽적인 지식 쌓기가 아닌 통시적이고 범교과적인 학습 능력을 키울 수 있도록 하는데 목적을 두고 있다. 이러한 프랑스의 통합 학습은 한 번쯤 생각해 볼만 하지만, 이를 그대로 우리 교육과정에 수용할 수는 없을 것이다. 다만, 통합의 측면에서 우리의 국어과에 해당하는 언어활동적인 측면의 통합에 대해서 연구할 필요는 있다고 본다.

말하기 · 듣기(화법), 읽기(독서), 쓰기(작문)는 모두 유사하거나 동일한 사고력이 작동되면서 이루어지는 언어활동이다. 물론 텍스트의 유형에 따라 각각 주된 관련 사고력을 갖지만, 그 사고력은 상호 유기적인 관계를 지니고 있다. 따라서 통합은 이러한 관점에서 이루어져야 할 것이다. 사고력에 의한 읽기와 쓰기의 통합교육이 이루어져야 한다. 순환적 과정에 의한 읽기와 쓰기의 통합교육이 이루어져야 한다. [그림 4]는 그러한 순환적 과정을 보여준다.

[그림 4] 읽기 사고력과 쓰기 사고력의 순환적 과정

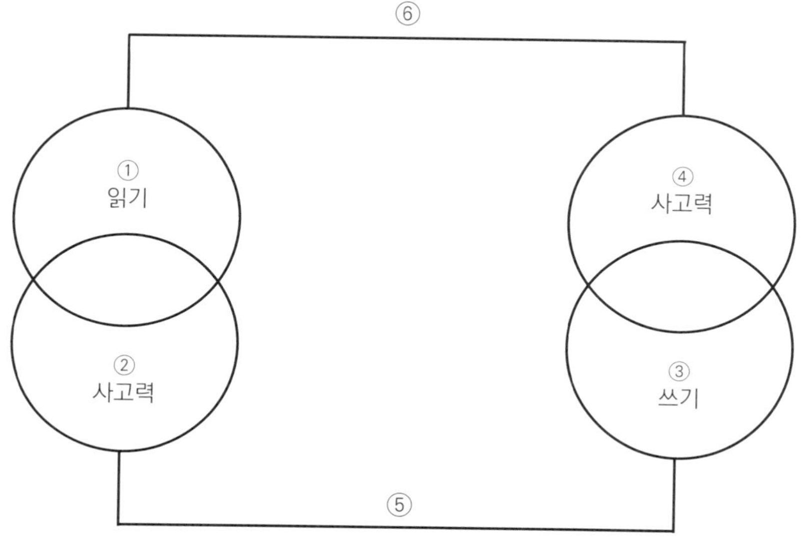

①은 텍스트의 유형에 따른 읽기를 할 때 작동되는 주된 관련 사고력으로 읽기 관련 사고력에 해당한다. 예를 들어 설득을 위한 텍스트에 대해 읽기를 하는 경우, 읽기 관련 사고력은 논리적 · 비판적 · 창의적 사고력이 된다. 이것은 읽기를 할 때 읽기와 함께 동시에 작동되는 사고력이다. ②는 읽기를 하지 않는 상태에 있는 주된 관련 사고력이다. 예를 들면 설득을 위한 텍스트에 대해 읽기를 한다면, 그 나머지 텍스트의 유형들에 해당하는 주된 관련 사고력을 말한다. ③은 텍스트의 유형에 따른 쓰기를 할 때 작동되는 주된 관련 사고력으로 쓰기 관련 사고력에 해당한다. 설득을 위한 텍스트에

대해 쓰기를 하는 경우, 쓰기 관련 사고력은 논리적 · 비판적 · 창의적 사고력이 된다. 이것은 쓰기를 할 때 쓰기와 함께 동시에 작동되는 사고력이다. ④는 쓰기를 하지 않는 상태에 있는 주된 관련 사고력이다. 설득을 위한 텍스트에 대해 쓰기를 한다면, 그 나머지 텍스트의 유형들에 해당하는 주된 관련 사고력을 말한다. ⑤는 읽기관련 사고력이 쓰기 관련 사고력으로 이어지는 과정이고, ⑥은 쓰기 관련 사고력이 읽기 관련 사고력으로 이어지는 과정이다.

그런데 이러한 과정에서 각 텍스트의 유형에 따른 주된 관련 사고력은 다른 텍스트의 주된 관련 사고력과 어느 정도 상호의존 관계(②, ④)를 맺으면서 순환 과정이 이루어지는데, 설득을 위한 텍스트의 주된 관련 사고력을 예로 들어 나타내면 [그림 5]와 같다.

[그림 5] 주된 관련 사고력의 의존 관계에 따른 전이

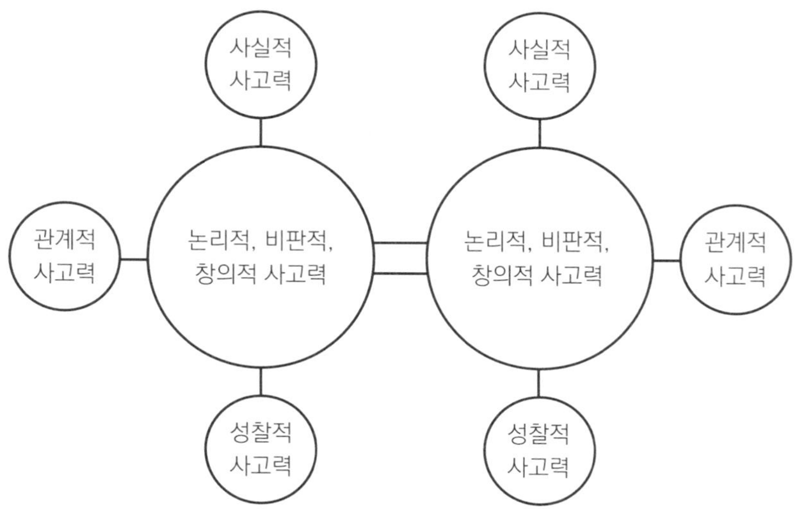

읽기 관련 사고력은 읽기의 출발점이 된다. 이것이 쓰기로 이어질 때 텍스트의 유형에 해당하는 각각의 주된 관련 사고력에 변화가 일어나는 것은 아니다. 가령, 설득을 위한 텍스트에 대한 읽기 관련 사고력은 그대로 쓰기 관련 사고력으로 전이되는데, 이때 논리적 · 비판적 · 창의적 사고력은 사실적 사고력, 관계적 사고력, 성찰적 사고력과 함께 상호 의존적 관계를 형성하면서 쓰기 관련 사고력으로 전이될 수 있다. 마찬가지로 쓰기 관련 사고력은 쓰기의 출발점이 된다. 이 또한 읽기로 이어질 때 텍스트 유형에 따른 주된 관련 사고력에는 큰 변화가 일어나지는 않는다. 즉, 읽기 관련 사고력이 쓰기 관련 사고력으로 전이되는 것과 마찬가지로 설득을 위한 텍스트에 대한 쓰기 관련 사고력도 그대로 읽기 관련 사고력으로 전이되는데, 이때에도 나머지 유형의 주된 관련 사고력이 어느 정도 동시에 작동되면서 함께 전이될 수 있다. 결국, 설득을 위한 텍스트의 주된 관련 사고력인 논리적 · 비판적 · 창의적 사고력이 핵심적 역할을 수행하면서 작동되기는 하지만, 그렇다고 해서 나머지 사고력이 작동되지 않는 것은 아니다. 부분적으로 상호의존 관계를 맺으면서 함께 전이될 수 있다.

읽기 관련 사고력과 쓰기 관련 사고력의 순환적 과정에 의한 읽기와 쓰기의 통합은 읽기와 쓰기가 분리되어 이루어지는 것보다 국어사용 능력을 더욱더 효과적으로 신장시킬 수 있다. 국어교육에서 국어사용 능력에 대한 신장이 곧 사고력에 대한 신장을 의미한다면, 통합은 그러한 순환적 과정을 기반으로 하면서 읽기와 쓰기의 공통 기제인 사고력을 수준 높게 신장시키기 위해서는 [그림 6]과 같은 순환적 위계가 필요하다.

[그림 6] 읽기 관련 사고력과 쓰기 관련 사고력의 순환적 위계

읽기 관련 사고력 축과 쓰기 관련 사고력 축 사이에 놓이는 원의 형태(①)는 두 사고력의 순환적 과정을 의미한다. 이러한 순환적 과정은 학년에 따라 위계를 갖는다. 즉, 논리적 · 비판적 · 창의적 사고력은 국어교육에서 지향하는 국어사용 능력을 신장시킨다는 것은 궁극적으로 사고력을 신장시키는 것을 의미한다. 이들 사고력은 그 외의 사고력과 유기적으로 잘 관련될 수 있도록 하여 수준 높은 사고력을 형성하고 신장하도록 해야 한다. 이것이 궁극적으로 비평적 역량을 키우는 방안이기도 하다. 다만, 저학년에서 고학년으로 갈수록 각 글의 유형에 따른 주된 관련 사고력의 수준, 즉 설득을 위한 텍스트에 대한 읽기와 쓰기의 수준을 높이는 방향으로 그 내용이 설계되어야 한다. 이는 사고력의 신장이 비평력의 신장을 보장할 수 있는 바탕이 되기 때문이다.

비평의 대상

지금까지 논의한 비평의 본질과 방향성은 읽기와 쓰기를 통해 사고력을 신장시키고, 이를 바탕으로 논리적 추론을 훈련함으로써 옳고 그름을 가릴 수 있는 힘을 키우는 것으로 요약할 수 있다. 읽기라는 측면에서 그 비평의 대상(텍스트)이 책으로 한정되어 있었다. 그러나 일차적으로 책을 통해 비평교육을 시작할 수 있지만, 그 대상을 언제나 책으로 한정할 필요는 없다. 오히려 복잡다단해진 오늘날의 문화적 상황은 비평 대상을 책으로부터 시작해서 그림, 음악, 영화, 대중예술, 연극, 무용 등 소위 모든 문화예술 영역으로 확대해 나갈 필요가 있다. 뿐만 아니라 책의 대상도 인문학 위주의 텍스트에서 사회과학, 자연과학 등 모든 영역의 책으로 확산시켜 나가야 한다. 비평 대상의 텍스트가 다양화될수록 세계를 이해하고 해석하는 힘은 더욱 깊고 넓어져 갈 수 있기 때문이다. 그러나 청소년들이 일차적으로 소화할 수 있는 텍스트는 한계가 있기에 한꺼번에 모든 영역으로 확산시키기보다는 점진적으로 비평 텍스트를 확대해 나가야한다.

청소년 글들에 대한 촌평

이 책에 실린 청소년 글은 청소년들이 창작한 시와 읽은 책에 대한 독후감, 사회문화적 현상에 대한 입장표명, 그리고 에세이로 구성되어 있다. 시는 청소년들의 상상력의 크기를 가늠해볼 수 있다는 점에서 흥미로운 대상이다. 짧은 기간 동안 시를 읽고, 읽은 시를 두고 서로 이야기를 나누고, 이를 바탕으로 자신의 감정을 시로 표현해보는 과정을 거친 결과물이다. 이들이 보인 시에서의 상상력은 생각보다 놀라웠다. 청소년들의 생각의 방향과 그 크기가 어른들과는 분명하게 다른 차원임을 알아차릴 수가 있다. 이렇게 짧은 시간 내에서도 이 정도의 시 작품을 창작해낼 수 있다는 것은 청소년들이 지닌 감성지수가 얼마나 높은가를 짐작하게 한다. 이 감성은 순수성에 바탕을 두고 있다는 점에서 계속 키워나가야 할 상상력 교육의 토대가 된다. 생각의 터를 마련해주는 상상력 훈련은 청소년들에게 가장 중요한 창의적인 사고의 출발점이 된다는 점에서 시가 산문보다는 더 효과적인 매개가 됨을 확인할 수 있는 장면이었다.

청소년들이 써 놓은 독후감의 대상과 내용은 아주 다양했다. 동화에서부터 소위 명작이라 일컫는 고전에 이르기까지 책의 수준과 종류도 편차가 크다. 그러나 독후감이 내보이는 공통점은 책의 의미를 재구성하는 선을 넘어 그 의미를 내면화 하는 의의를 추구하고 있다는 점이다. 이는 읽기를 통해 사고를 확산시켜 나가고 있다는 증거이다. 나아가 자기성찰의 면모를 엿보이고 있다는 점에서 비평의식의 싹을 만날 수가 있었다. 자기 성찰의 모습이 아직은 단편적이고 철저하지는 못하지만, 문제제기의 단초를 엿볼 수 있다는 점에서 긍정적이었다. 또한 작품이 지닌 사유의 높이에 맞서는 비판의식을 아직은 온전히 드러내 보이지는 못하고 있지만, 나름의 비판적 시각을 견지하고 있는 글들이 상당히 보인다는 점에서는 기대가 되었다.

이는 고석규비평문학관의 비평학교가 궁극적으로 지향하는, 책 읽기를 통한 비평교육의 실천이라는 점에서 값진 성과로 평가한다. 그리고 청소년의 사회문화 현상에 대한 글에서는 놀라울 정도로 예리하고 날카로운 비평의식과 대면할 수가 있어 청소년에 대한 비평교육이 청소년들의 의식을 깨우치고 있다는 점을 실감할 수 있었다.

또한 에세이에서는 청소년들의 비평적 읽기와 쓰기 교육이 그들의 글쓰기 솜씨를 얼마나 향상시키고 있는지도 확인할 수 있는 장이 되었다.

특히 의미 있는 부분은 〈세대를 가로지르는 대화적 비평 광장〉에서 청소년들이 강남주 작가의 〈비요〉를 꼼꼼히 읽고 값진 대화의 시간을 가진 경험이다. 이들이 작품을 읽고 문제로 제기한 질문들이나 현실에 대한, 나아가 역사에 대한 인식은 분명 세대 차이를 느끼지만 그 거리가 대화를 통해 좁혀져 갈 수 있겠다는 가능성을 확인했기 때문이다. 이 대화적 비평광장은 앞으로 계속 이어져 청소년들의 비평적 글읽기와 쓰기에 활력을 제공하는 샘터가 될 것이다. 지난 1년 동안 고석규비평문학관의 청소년 비평 학교 청소년들이 글로써 보여준 비평적 역량은 기성세대와는 분명하게 변별되는 새로운 미래 비평세대의 등장이라고 조심스럽게 부언해 두고 싶다.

Ⅱ. 아이들 글 속으로

시 - 청소년 시인들, 문학을 말하다

소나기

조희경

우산없이
친구랑 같이 뛰면

옷도 젖지
마음도 젖지

친구랑의 우정이 젖어 합해진다

그러면 친구와의 우정이 더 우러나겠지

빛

남유주

아침에는 등불대신
길가를 해로 밝혀주고

저녁에는 해 대신
길가를 달로 밝혀준다

저녁에는 등불보다 더 밝은 달로

아침에는 불빛보다 더 밝은 해로
길가를 밝혀준다

모래

정승원

몰아치는 파도에
어떤 모래는 끌려오고
어떤 모래는 끌려간다

모래야 어디로 가니?
아무도 모르지

모래야 언제 오니?
아무도 모르지

아는 것은
바다를 돌고 돌아
언젠간 오고 가는 것일 뿐

별

안서현

하늘에 반짝이는 별들
오늘 외할아버지와의 추억을 되새깁니다
외할아버지를 떠나 보낸지
오래되지 않아서 더욱 그립습니다

저 하늘의 별들 중에
할아버지가 있으면
언젠가 만날 수 있겠죠?

보고픈 마음을 품고
매일 추억을 되새기며
하늘의 별들을 바라봅니다

오늘따라 외할아버지가 그립습니다
하늘의 별들 중에 계시나요?

달

노연서

울퉁불퉁한 달의 표면
나쁜 우리 오빠의 마음과 같다

물이 흘렀던 자국
오빠의 옛날 착한 모습과 같다

표면색이 회색인 달
오빠의 사춘기인 마음과 같다

이렇게 보니 달과 오빠는 닮았다

밤하늘

배수현

해가 진 뒤
고요한 적막이 흐르던 밤하늘

자연이라는 수채화 속
남색 물감으로
고스란히 칠해지네

어두운 남색 밤하늘
들려오는 곤충들의 작은 음악회
남색 물감에 보이지 않는 음표들을 그리네

고요한 적막이 떠나고
곤충들의 음악회가 한참이던
남색 밤하늘 속
저 멀리 반짝이는 노란색 빛

어두운 남색 밤하늘을 환하게 비춰주네

별

안형준

낯이면 부끄러워 숨고
밤이면 달을 도우리

해는 눈부셔
달은 너무 어두워

하지만 별은
눈부시지도 않고
달처럼 어둡지도 않지
별은 반짝반짝 빛나지

나는야 밤의 요정

계절 가족

구연경

우리 언니 어렸을 때
언니가 나한테 보여준게 있었다
우리집은 계절이라고

엄마와 둘째고모, 돌아가신 할머니는
봄처럼 따뜻하고 상쾌하다

가끔 꽃샘추위가 심하게 오기도 한다

우리 사촌들은 여름처럼 시원하고 화끈하다
장마철만 아니라면 말이다

우리 첫째고모와 할아버지는 가을처럼 시원하고 포근하다
가끔 오들오들 하다

우리 사촌 중 첫째언니는 좀 춥다
마치 1월처럼
그래도 이쁘고 시원하다

하지만 아빠는 사계절이다

Ⅱ. 아이들 글 속으로

독후감 - 청소년 비평을 엿보다

「3.11 이후를 살아갈 어린 벗들에게」

- 후쿠시마가 전하는
원전의 진실과 미래를 위한 제안

다쿠키 요시미쓰 (지은이),
윤수정 (옮긴이) | 돌베개

한 줄 소개

원전 위기의 시대를 살아갈 청소년들에게 보내는 당부와 응원의 메시지.

구연경

이 책은 동일본 대지진으로 후쿠시마 원전이 대규모 방사능 유출 사고를 일으킨 후의 이야기를 담고 있다. 사고 가능성이 로또 복권 1등에 연속 두 번 당첨될 확률만큼 낮다던 기술관료들의 호언장담에도 불구하고, 체르노빌 이후 또다시 재앙이 일어났고 후쿠시마의 비극은 오늘도 진행형이다.

냄새도 형체도 없이 후쿠시마를 점령한 방사능은 그 일대를 유령 도시로 만들었다. 사고 초기에 비해 양이 줄긴 했지만 지금도 방사능 오염수가 유출되고 있고, 녹아 내린 핵연료를 수습하는 데만 몇 십 년이 더 걸릴 것으로 추정된다고 한다. 만약 그때까지 후쿠시마 원전이 버텨 준다면 말이다.

3월 11일 오후 후쿠시마 쪽에 아주 무서운 지진이 덮쳤었다. 유리창이 깨지거나 벽에 금이 간 정도는 아니었다. 분명 아니었지만 지진 직후에 집 주변 원자력 발전소 내에서 완전한 정전이 일어났다. 정전, 별거 아니게 생각할 수 있지만 원자력 발전소 내에서 정전이 일어난다면 당장 도망쳐야 한다. 원자로가 제어되지 않으면 언제 폭발할 지 모른다. 한마디로 정전이 되면 안 되는 곳에 정전이 된 것이다.

그럼에도 정부는 진실을 말하지 않았다. 남겨진 사람들을 버리기만 했고 남겨진 사람들은 버림을 당하기만 했다. 소방관도 구하지 못했고 취재는 당연히 할 수 없었다. 정부는 방사능의 피해는 없다면서 사람들을 안심시키는 것처럼 했지만 정작 자신들은 현장에 다가가지 않았다. 모든 것이 다 거짓말이었던 것이다. 심지어 원자력 발전소 30km 내에 있으면 바로 죽을 수 있다. 그 정도로 위험한데도 정부는 아무 것도 하지 않았다. 이 상황은 핵폭발과 다를 게 없었다.

이러한 현실에서 행동하는 작가이자 원전 사고 피해 주민이기도 한 작가는 미래를 살아갈 청소년과 청년들에게 '당부와 응원'의 메세지를 띄웠다. 후쿠시마 원전 사고의 실상과 원자력을 둘러싼 온갖 모순을 가감없이 알리고 있다. 또한 원전에 대한 문제의식을 던지는 것 뿐만이 아니라 석유가 바닥을 보인 현재 우리가 어떤 삶의 방식을 추구해야 할지 생각할 거리를 제시하기도 한다.

작가는 후쿠시마 원전 사고가 단지 과학기술만의 문제가 아니라 정치, 경제, 문화적 모순이 총체적으로 합쳐진 문제임을 지적한다.

고속성장, 원자력에 대한 그릇된 환상, 저성장 고령화 시대 돌입, 핵연료 재처리와 고속증식로 추진을 핵심으로 하는 원자력 정책 등, 일본의 전철을 그대로 밟고 있는 우리나라 젊은 세대에게 많은 것을 일깨워 준다.

내가 이 책을 읽기 전까지만 해도 원자력 발전소를 짓는 것을 반대했지 원자력 발전소가 없어지는 것은 딱히 생각해본 적이 없다. 지금 당장 불 끄고 있지도 않은 반딧불이를 가져와 생활할 수는 없으니 말이다. 하지만 나의 생각은 바뀌었다. 지금은 내가 조금 불편하고 어둡게 생활하더라도 원자력 발전소를 당장 없애버리고 싶다. 원자력이 우리에게는 편하더라도 수질오염과 대기오염, 또 우리의 삶까지 오염시키고 있다는 것을 이제는 알아야 한다. 이런 현실을 알면서 어른들은 왜 자꾸 원전을 줄이기보다는 더 지어야 한다고 야단들일까? 참으로 이해할 수 없는 논란들이다. 미래세대를 생각하지 않는 어른들에게 이 책을 꼭 읽으라고 권하고 싶다.

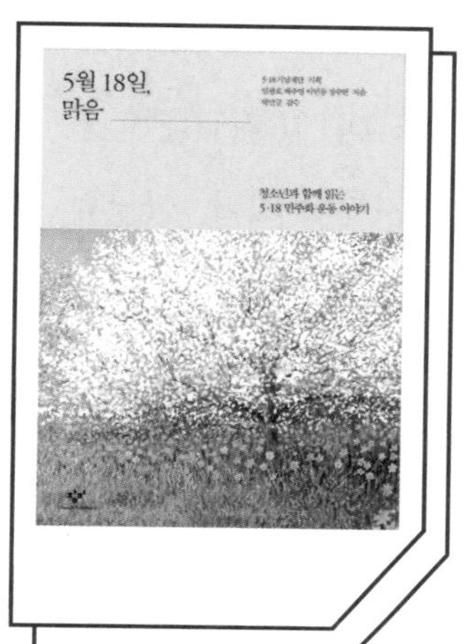

「**5월 18일, 맑음**」

- 청소년과 함께 읽는
5.18 민주화 운동 이야기

임광호, 배주영, 이민동, 정수연 (지은이),
박만규 (감수), 5.18 기념재단 (기획) | 창비

한 줄 소개

1980년 5월부터 지금까지 이어지는 아픔의 이야기.

구연경

우리나라는 1980년대에 산업화를 추진하면서 많은 발전을 이루게 되었다. 88올림픽으로 나라의 이름을 널리 알리기도 하였고, 꾸준히 자체기술을 발전 시켜나갔던 우리나라 기업들의 제품이 전 세계로 수출됨으로써 지금 현재까지도 다양한 분야에서 뛰어난 기술력과 품질을 인정받고 있다. 근대에 들어서 30년이 넘는 시간동안 일제의 식민지로 자원과 기술력, 노동력, 민족성이 약탈당하고, 해방이 되고 나서는 동족상잔의 비극. 6.25 전쟁을 겪고나서 대한민국은 폐허가 된다. 남한의 사상자만 150만명에 달했고, 수많은 사람들이 생명과 재산을 잃었다. 전쟁고아와 이산가족이 생겼고, 남북

한 할 것 없이 사회 전체가 황폐화 되었다. 그러나 2021년의 대한민국은 당당히 선진국에 진입하였다. 전 세계 GDP 10위권대 안의 경제 생산국이며, 조선업 최고 1위의 자리를 지키고 있다. 이처럼 지금의 대한민국은 옛날에 비해 매우 발전하였고, 세계화 시대에 맞게 다른 나라들과의 교류도 활발히 이뤄지고 있다.

2021년의 대한민국은 전쟁을 겪고 폐허가 되었던 시기가 있었단 것을 상상도 할 수 없을 만큼 발전했다. 외부는 반짝반짝 빛나 보인다. 하지만 내부는 외부와 다르게 빛을 보지 못했다. 백신이 존재하지 않는 바이러스처럼 뇌물, 청탁이 사회 전반에 관행처럼 퍼져있고, 간접민주주의로 인해 소수의 권력자에게 권력이 집중되고, 때문에 국민들의 원성도 불어날 만큼 불어나 있다. 우리 국민은 대외적 이미지만큼 내부의 상황도 비슷하길 원했다. 4.19혁명, 5.18 민주화 운동, 6월 항쟁도 국민들의 절대적 염원이 반영된 결과이다. 우리 국민들은 물욕을 채우기 위해, 권력을 가지기 위해 정부와 싸운 것이 아니다. 자신의 목숨을 지키기 위해 싸운 것이다. 자신의 동료와 자국을 위해, 우리의 미래를 위해 싸운 것이다.

권력이 힘이고, 돈이 전부라고 하지만 권력과 돈 없이 열심히 대항했다. 하지만 그들은 인정받지 못했다. 정부는 그저 북한에서 온 간첩이나 무장폭도라고만 말했기 때문이다. 광주시민을 따돌리려는 정부의 속셈이 담긴 거짓말이 텔레비전에 나오고 있었고, 광주는 외롭게 싸우기만 하였다. 그때 독일의 도쿄특파원인 힌츠페터가 광주의 외로운 싸움을 알게 된다. 신분을 속이고 위기를 겪으면서 무사히 광주에 도착하지만 그는 차마 눈을 뜰 수 없었다. 참혹해도 너무 참혹한 광경. 그러나 함께 묵묵히 길을 걷는 광주 시민들을 보면서 눈물 때문에 촬영을 멈추기도 했다고 한다.

그 과정에서 수많은 사람들이 목숨을 잃었지만, 삐뚤어진 정부에 도전장을 내밀고 맞서 싸운 것 자체가 우리 국민들의 의지를 보여 주었다고 생각한다. 결과적으로 완벽한 승리를 얻지는 못했다고 평가되지만 5.18을 시작으로 6월 항쟁까지 이어져 온 우리의 역사가 결국 승리라고 생각한다. 우리는 스스로의 힘으로 나라를 만들어 나갔다.

서로의 영웅이 되었고, 서로가 서로를 지켜 주었던 때였다. 있는 것, 없는 것 전부 나누면서 하나로 똘똘 뭉쳐 싸워 승리를 얻은 영광의 순간이었다. 우리의 손으로 진실을 세상 밖으로 내보내고 우리의 피와 눈물로 이 나라를 만들었다는 그 사건 자체가 사람들을 기뻐하고 슬퍼하게 했었을 것이다. 이 아픈 이야기를 통해 우리는 무엇을 다시 생각해야 할까? 온전한 민주주의는 결코 쉽게 주어지는 것이 아님을 깨달았다. 우리 세대가 민주주의의 발전을 위해 무엇을 해야 할 것인지를 다짐할 수 있었다. 내가 생활하고 있는 작은 학교 사회에서는 힘 있는 자가 약자를 괴롭히는 비민주적인 일들은 일어나지 않고 있는지, 다시 한번 돌아보는 계기가 되었다. 5.18은 단순히 지나긴 과거 이야기가 아니라, 오늘의 우리 현실 속에서 계속 완성시켜 나가야 할 과제임을 알아 차렸다. 어른이 저지른 욕된 역사를 우리 세대들이 다시 반복할 수는 없지 않은가?

「80일간의 세계 일주」

줄 베른 (지은이), 세바스티엥 무랭 (그림), 윤진 (옮긴이) | 비룡소

한 줄 소개

전 세계를 무대로 펼쳐지는 박진감 넘치는 80일간의 모험담.

장인서

『80일간의 세계 일주』는 전형적인 영국 신사 포그와 낙천적이고 자유스러운 기질을 가진 프랑스인 하인 파스파르투, 투철한 집념으로 강도를 쫓는 픽스 형사 등 개성 넘치는 매력적인 캐릭터들의 향연이다. 또 이들이 씨줄과 날줄로 엮이면서 벌이는 갈등과 사건들은 세계라는 상상을 자극할 만한 공간과 만나 그 매력을 배가시키며 박진감 넘치게 펼쳐진다. 런던을 출발하여 파리, 수에즈, 아덴, 뭄바이와 캘커타를 거쳐 싱가포르와 홍콩, 요코하마, 샌프란시스코와 뉴욕, 리버풀을 지나 다시 런던으로 돌아오는 긴 여로에서 쥘 베른은 여러 민족의 성격과 생활 모습, 각 지방의 풍물을 포착해 적절하게 잘 표현했다. 특히 일본의 긴코배기 서커스나 인디언 습격, 퍼시픽 철도 같은 당시 세계의 모습들은 이국적인 풍미를 불러일으키면서 이야기를 탄탄하게 전개시킨다.

이 책의 주인공인 필리어스 포그는 자산가이자 매우 계산적인 사람이다. 자신의 클럽인 리폼 클럽으로 가는 동안의 발걸음 수, 자신이 마시는 물의 온도까지 철저하게 지킨다. 그런데 영국의 은행에서 5만5천 파운드가 사라지는 절도사건이 발생한다. 이때 포그는 클럽에서 친구들과 카드놀이를 하고 있었다. 그때 범인의 도주로 이야기가 나오고 포그는 80일 만에 세계일주가 가능하다는 이야기를 한다. 친구들은 그의 말을 믿지 않았고, 포그와 친구들은 내기를 하게 된다. 포그는 2만파운드를 걸고 80일 만의 세계일주 내기를 했다.

이 일은 영국사람들에게 큰 화젯거리가 되었는데 내기 금액이 2만 파운드였기 때문에 사람들은 포그를 5만5천 파운드를 훔친 범인으로 생각하고 경찰에서도 그를 의심하여 픽스라는 형사를 포그의 감시자로 붙인다. 포그의 집에서 새롭게 일하게 된 파스파르투와 일행은 배를 타고 프랑스에 도착, 다시 기차를 타고 이태리를 거쳐 수에즈 운하를 통과한 후 몽골라아 호를 타고 인도 뭄바이에 2일 빨리 도착한다. 인도에서 기차를 타고 이동하던 중 철도가 미완성인 부분 때문에 일행은 2000파운드를 내고 코끼리를 사서 타고 가게 된다. 가는 길에 늙은 남편과 결혼했다가 함께 화장 당할 뻔한 아우다 부인을 구출해 같이 길을 떠난다. 콜카타에 도착하였을 때 픽스의 방해로 파스파르투는 법정에 서게 된다. 죄목은 힌두 사원을 신발도 벗지 않고 들어간 것이었다.

다행히 보석금을 주고 풀려나온 파스파르투와 함께 길을 떠나게 된다. 아우다 부인과는 홍콩에서 작별할 계획이었지만 부인의 반대로 유럽까지 함께 가기로 한다. 일본에 도착했을 때 파스파르투는 다른 배에 탔다가 주인을 잃어버리게 된다. 그러다가 서커스 공연단에 들어가게 되고 그곳에서 서커스 관람을 온 포그와 만나게 된 후 미국으로 떠난다. 포그는 횡단 철도에 타게 되고 그곳에서 프록터 대령과 시비가 붙어 결투를 하기도 한다. 결투를 하기 직전 인디언들의 공격으로 파스파르투가 잡혀간다. 포그는 프록터 대령과 함께 인질들을 구출해온다. 하지만 시간이 너무 지체되게 되고 20시간이 늦게 된다. 같이 있던 픽스의 생각으로 돛을 단 썰매를 타고 가까스로 배를 타게 된다. 그러나 배의 연료가 없어 아일랜드의 퀸스타운에 겨우 도착한다. 퀸스타운에서 우편선을 타고 리버풀에 도착한 후 집으로 가려고 할 때 픽스가 그들을 경찰서로 끌고 간다. 5만5천파운드를 훔쳤다는 죄목이었지만 정작 그 범인은 3일 전에 잡혔던 것이다. 허겁지겁 집에 도착한 포그는 자신의 패배를 인정하고 아우다 부인은 포그에게 청혼한다. 파스파르투는 날짜변경선을 돌았기 때문에 하루를 벌었다는 사실을 알게 되고 포그를 데리고 클럽에 가게 된다. 포그의 친구들은 포그가 실패했다고 생각하지만 곧 로비에서 들려오는 환호성에 놀라움을 감추지 못한다. 친구들과의 내기를 마무리한 포그는 교주에게 부탁해 아우다 부인과 결혼을 하게 되는 것으로 이야기가 끝이 난다.

이 작품 속에 묘사된 다양한 나라들의 지리와 풍속은 책을 읽는 내내 미지의 세계에 대한 호기심과 더불어 여행을 떠나고 싶은 충동이 들도록 만들었다. 또한 엄청난 폭우를 만나고, 절벽에서 기찻길이 끊기는 위기에 놓이고, 코끼리나 썰매를 타기도 하는 등 비행기를 이용하는 오늘날의 여행보다 훨씬 흥미진진하다는 생각을 했다.

그러나 자산가였던 포그에게는 가능한 여행기이지만 평범함 사람들에게는 그림의 떡처럼 여겨지는 여행기이다. 그러므로 특별한 자들의 여행기도 의미가 있지만 평범한 사람들의 평범한 여행기도 눈 여겨 볼 필요가 있지 않을까?

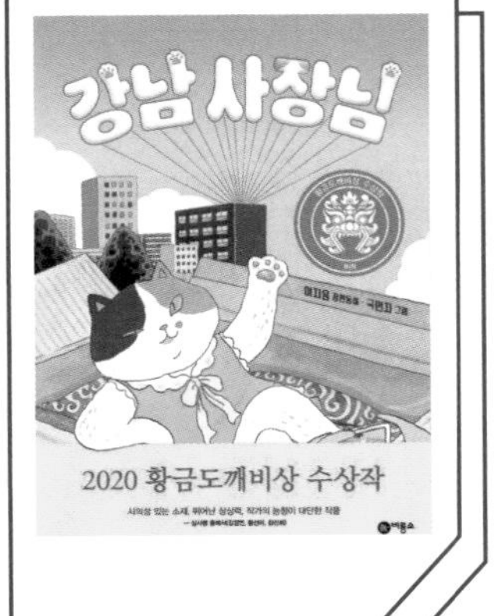

「강남 사장님」

이지음 (지은이),
국민지 (그림) | 비룡소

한 줄 소개

고양이 사장님과 인간 알바생이 전하는 치유의 이야기.

노연서

유튜버는 어린이뿐만 아니라 많은 사람들이 꿈꾸는 주목받는 '직업'이 된 지 오래다. 이 책은 유튜버가 되고자 하는 아이가 주인공이 아니라, 유튜브를 통해 이미 성공을 이뤄 낸 고양이가 등장한다는 면에서 특별하다. 카메라 앞과 뒤에서 다양한 모습을 보여 주며 자신만의 인생철학을 늘어놓는 할배 고양이 '강남냥'과 아르바이트로 돈을 모아서 흩어진 가족을 재결합하려는 패기 넘치는 초등학생 지훈이의 코믹한 우정 이야기는 인생의 달고 쓴맛을 보여 주며 꿈과 노력의 대가에 대한 새로운 메시지를 전하고 있다.

찾아보니 작가님은 실제로 네 마리 고양이의 '집사'이기도 하다고 한다. 길고양이를 품에 안아 주는 아이의 사진을 우연히 보고 이야기의 영감을 얻었단 내용을 보고 마음이 따듯해졌다. 고양이의 행동과 습성에 대한 관찰이 녹아든 능청스럽고 독보적인 고양이 캐릭터와 더불어 자신이 처한 상황을 패기 있게 이겨 내려는 열두 살 아이의 모습이 코믹한 대사와 어디로 튈지 모르는 전개를 통해 재미와 감동을 둘 다 느낄 수 있었다.

책의 간략한 줄거리는 이렇다. 지훈이는 집이 가난해 알바를 찾으러 다니던 중 어떤 전단지를 보았다. 그 전단지에 적혀져 있던 곳으로 가서 실장님을 만났다. 그 곳의 큰집에는 고양이가 있었고 그 고양이가 사장님이었다. 그 고양이를 돌보고 유튜브를 찍는 것이 일이었다. 일 주일이 지나니 실장님이 혼자 해도 되겠다고 하였다. 그 일을 열심히 하니 월급날이 왔다. 학교를 마친 뒤 일을 하러 가보니 사장님은 담벼락에서 울고 있고 사람들이 짐을 빼가고 있었다. 알고 보니 집, 통장 이런 것들이 실장님 명의로 되어있었는데 통장은 가져가고 집은 한 달 전에 이미 팔아버렸다고 한다. 그래서 사장님은 지훈이 집에서 지낼 수밖에 없게 되었다.

그래서 지훈이 집에서 '김 피디와 애옹할배'라는 유튜브를 개설하였다. 개설한지 1년만에 팀원이 3명이나 늘었다. 구성원은 지훈이의 친구인 희철이와 민지, 실장님이다. 실장님은 빈털털이인 상태로 찾아왔다. 하지만 사장님은 좋아하셨다. 나는 실장님이 들어오는 것은 반대했지만 사장님이 원해서 결국 실장님도 들어오게 되었다.

'고양이는 절대 고생하지 않는다는 고양이 계의 철칙을 어기고 고생해서' 스타 유튜버 자리에 오른 강남 사장님이 들려주는 말 한마디 한마디는 여러 번 읽어 볼수록 내게 다른 의미로 다가왔다. 태어난 지는 12년이 지났지만 인간 나이로 치면 예순 살에 버금가는 할배 고양이인 만큼 성숙한 통찰력을 가진 고양이였다. 배고픈 길고양이 시절을 악착같이 견뎌 냈기에 떠돌이 고양이들에 대한 애착도 남다르다. 고생을 톡톡히 치르고 성공한 강남냥이 말하는 꿈과 노력의 대가는 부와 명성이 아닌 "보이지 않는 걸 보는 눈이 뜨이고, 들리지 않는 걸 듣는 귀가 트이는 것" 이다. 꿈보다 중요한 게 돈이라고 생각한 지훈이에게 "돈 고생이 제일 쉬운 고생이다냥." 하고는 어깨를 으쓱이며 뜬금없는 인기 자랑을 하다가도, 하루하루 살아 내는 일이 그야말로 기적인 길고양이의 삶을 쓸쓸히 덧붙인다. 집이 있고, 가족이 아직 살아 있다면, 게다가 '공짜로' 내리비치는 햇살을 느긋하게 즐길 수 있다면 감사할 만한 삶이라고 유쾌하고도 통쾌한 언변으로 깊은 의미가 담긴 말들을 들려준다. 곁에 놓여 있는 게 너무도 당연해 쉽게 잊어버리고 마는, 무심코 지나칠 수 있는 인생의 사소한 진실들을 통통 튀는 경쾌한 고양이의 목소리로 다시금 일깨워 준다.

그래서 고양이의 시선에서 바라본 지극히 인간 중심적인 세상의 모습이 떠올랐다. 철저하게 인간의 입장에서 정의되고 구분지어지는 사회에서 목소리를 낼 수 없는 존재는 약자일 수밖에 없다. 삶의 터전을 빼앗긴 데다 멸시 받기 일쑤인 길고양이, 그리고 그런 길고양이와 닮은 우리 사회의 그늘로 내몰린 작은 존재들을 위해 나설 수 있는 일이 과연 무엇일지 깊숙이 고민해 봐야만 하는 질문을 떠올린다. 아직도 길고양이를 천대하고 있는 현실 속에서 고양이가 인간에게 건네는 절박한 애원이 무엇인지를 생각나게 한다. 개보다 못한 인간이 아니라, 고양이보다 못한 인간이 얼마나 많은 세상인가 하는 소리가 들려오는 듯하다.

「개를 훔치는 가장 완벽한 방법」

바바라 오코너 (지은이),
신선해 (옮긴이) | 놀(다산북스)

한 줄 소개

인생이 버거울수록 우리는 사소한 것에 의지한다. 가령 강아지라던가.

조희경

내가 개를 훔치려고 결심한 날, 내 가장 친한 친구 루앤 고드프리가 내가 자동차에서 산다는 걸 알아챈 바로 그날이다. 나는 엄마한테 새 아파트로 가자고 했지만 엄마는 안된다고 했다. 며칠 뒤 차를 딴 데로 옮기고 나는 나의 동생 토비와 개를 훔칠 준비를 했다. 새 아파트로 가려면 돈이 필요하다. 그래서 개를 훔치면 그 개 주인이 현상금을 붙여 찾는다. 그 때 그 개를 갖다 주고 현상금을 찾는 형식이었다. 나는 토비와 딱 순진하고 안 짖고 주인이 강아지를 좋아한단 조건을 가진 강아지를 찾기 시작했다.

그러던 중 카멜라 키트모어가 기르는 강아지 윌리를 찾았는데, 조건도 딱 좋았다. 그래서 나는 토비와 개가 잘 곳과 준비물을 갖추고 강아지를 잡으러 갔다 성공적으로 데리고 왔다. 나와 토비는 다음날부터 사례금이라는 글자가 적힌 종이를 찾는데 찾을 수가 없었다. 그날도 찾고 있던 중 어떤 아주머니가 개를 보았냐고 해 우리가 어떻게 생겼냐고 하니 아주머니가 윌리를 설명했다. 토비와 나는 개를 찾는 일을 도와드린다고 했다. 그리고 포스터를 붙이는 건 어떤지 물어보았다. 그리고 사례금도 적어야 되지 않겠냐고 했다. 한 500달러쯤 돼야 한다고 말하고 500달러라고 썼다.

나는 윌리를 찾아갔다. 그날도 갔는데 어떤 아저씨가 보였다. 아저씨 이름은 무키였다. 근데 며칠 뒤 윌리가 없어졌다. 알고 보니 무키아저씨를 따라 간 것이다. 근데 무키 아저씨가 와서 떠난다고 했다. 나는 그래서 카멜라 뤼트모어 아줌마에게 내가 훔쳤다고 사실을 말하기로 결심했다. 말씀드리니 아줌마는 고개를 떨구며 내일 토비와 함께 오라고 했다. 그런 후 우리 가족은 다른 사람의 도움으로 집에서 살게 되었다.

이 책에는 여러 명의 인물이 나온다. 나는 그 중에서 조지나의 엄마에 대해 이야기하고 싶다. 조지나의 엄마는 완벽한 부모는 아니다. 자기 자식을 문제없이 보살펴야 하지만 그러지 못했고 간신히 버티고 있으며, 조지나에게 도리어 기대기도 한다. 조지나가 철이 들 수밖에 없었던 이유는 엄마의 불완전함에서 온 것이다. 그렇기에 둘은 티격태격 하면서도 힘들 때는 서로를 보살피고 다독여 준다.

조지나 엄마와는 달리 사랑스러운 강아지 윌리의 주인인 카멜라 아줌마는 한 눈으로 봐도 멋들어진 큰 집과 자신의 성이 거리의 이름인 명예를 가지고 있었다. 그러나 그 화려함은 과거의 것들로 현재에는 가난하기 그지없다. 조지나는 카멜라 아줌마로부터 '강아지 윌리'의 존재가 돈보다 훨씬 중요한 것이라는 것을 배우게 된다. 카멜라 아줌마에게 윌리는 한 가족이나 다름없었다. 사랑은 돈을 꼭 필요로 하지 않는다는 걸 조지나는 배우게 된다.

이에 비해 무키 아저씨는 어쩌면 어른으로서 가장 완벽하지 않은 존재일지도 모른다. 그는 이리저리 떠돌며 노숙을 하고 있고 직업도 없다. 그저 누군가 도움이 필요하면 도움을 줄 뿐, 그야말로 자유로운 존재인데 세상이 그를 보는 눈은 결코 그가 누리는 자유만큼 자유롭지 않다. 세상은 그에게 존재하는 것조차 도움이 되지 않는 실패한 인생으로 취급한다. 과연 그럴까? 그가 직업이 없다는 이유로, 남들처럼 집이 없다는 이유로 그는 정말 아무것도 아닌 사람일까? 그는 조지나의 '집 구하기 프로젝트'의 메인 이벤트인 개 훔치기를 알고 있었음에도 모른 척 해준다. 스스로 깨달을 수 있도록 작은 연극을 해 주었던 셈이다. 그렇기에 조지나는 무키로부터 자존감, 즉 내면을 지키는 법을 배울 수 있었다고 생각한다. 세상은 꼭 완벽하게 갖추고 모든 걸 가진 성공한 사람들로부터 무엇을 배울 수 있는 것은 아니다. 그들에게서 배울 수 없는 것들도 있다. 그들이 알지 못하고, 실제로 사람들의 삶에 꼭 필요한 배움을 얻기 위해서는 화려함 만을 좇으면 안 된다는 것을 조지나도 배웠고 나 또한 배울 수 있었다. 그렇기에 무키 아저씨는 이 소설에서 가장 빛나는 존재이고 또한 가장 그림자같은 존재이기도 하다. 조지나 같은 '햇빛'이 없으면 무키는 계속 그림자였을 테니 말이다.

그런데 우리는 늘 그림자보다는 빛을 선호하고 빛만을 좇아다니고 있다. 화려함의 이면에 숨겨져 있는 것들의 의미를 제대로 찾아 낼 수 있을 정도로 빨리 성장하고 싶다.

「곁에 있다는 것」

김중미 (지은이) | 창비

한 줄 소개

어두울수록 빛나는 별처럼 사회의 어두운 부분을 비추는 따듯한 이야기.

구연경

지우는 이런저런 고민이 많은 19살이다. 공부도 해야하고 진로도 고민해야 하지만 지우는 그저 먹고 살 방법만 고민했다. '내 성적으로 어느 대학을 가야 돈을 많이 쓰지 않을 수 있을까?' 라는 고민과 함께 가난한 집때문에 지방대를 선택하려고 하거나 돈이 없어 벌써부터 취직에 관한 일을 준비하기도 한다. 이런 일로 인해 '소설을 쓸 거다'라는 꿈은 접었다. 다른 애들처럼 전문학원을 다니지도 못했고 작가나 시인에게 과외를 받지 못했다는 이유로 자신의 꿈을 숨겼다.

강이는 엄마를 일찍 잃었다. 할머니와 같이 엄마의 제사를 지내기도 하고 옛날의 아빠모습을 할머니에게 물어보기도 한다. 엄마와 아빠 사이에 있었던 일과 아빠 없이 강이를 품은 엄마의 이야기를 들으며 '엄마의 열여덟살 꿈을 대신 이루어야겠다.'라는 생각을 한다. 머리카락이 기계에 빨려 들어가거나 손가락이 잘리는 것을 보면서도 공장을 계속 다니며 공부를 하는 것이다. 그리고 대학을 다니게 되면 사람들을 돕는 것이다. 소박하지만 큰 엄마의 꿈을 이뤄주고 싶은 강이었다.

여울이는 공부는 잘하지만 대학에 욕심이 없는 아이이다. 계속 서울권 대학을 가라는 엄마의 말에 반대하며 오로지 자신의 길만 바라보겠다는 말만 한다. 주변 사람이 아무리 설득하더라도 지치지 않는다. 또 자신의 마을에 생길 예정인 빈민체험단을 보고 빈곤을 사업에 쓰려는 것에 반대운동을 준비한다. 여울이는 가난을 상품으로 만들고 싶지는 않았다.

우리는 잘 겪지 않는 가난과 노동을 주변에서 느낀다면 어떨까? 가난때문에 꿈을 포기하며 살아가는 사람이 있는 반면 돈이 많고 엄마가 대통령과 친하다는 이유로 대학을 쉽게 가는 사람들이 있다. 우리 모두가 다 평등하게 살기에는 어려움이 있지만 평등을 위해 한 발짝 다가갈 수 있는 세상이 되어야 한다.

자본주의가 힘이 세지면서 모든 판단 기준이 돈이 되었다. 사람은 연봉으로, 동네는 집값으로 평가된다. 가난조차 상품화되어 진열되고 있다. 작가는 돈이 지배하는 세상 속에서 사람의 가치를 찾으려고 한다. 굴곡진 인생을 사는 주인공들을 보여주고 묵묵히 삶을 이어가는 사람들의 모습을 보여준다. 가난하고 불행하게 살고 싶은 사람은 아무도 없다. 누구나 부자가 되길 원하고 행복을 꿈꾼다. 하지만 운명의 잔혹함은 우리를 짓누른다. 원치 않는 가난과 질병, 운명의 울타리를 벗어나고 싶어도 올라갈 사다리조차 없는 경우가 허다하다.

금수저, 흙수저로 나뉘는 세상 가운데서도 서로 도우면서 살 수 있는 방법은 한 가지 뿐이다. 서로의 곁에서 힘이 되어주는 것, 함께 하는 것이다. 연대의 힘은 우리가 생각하는 것보다 크다. 방직공장 해고 노동자로 수십년을 싸워 온 할머니 때문이 노동환경이 개선되었고, 빈민 체험 촌으로 전락할 위기에서 모인 작은 힘의 연대가 은강을 지키는 버팀목이 되었다. 연약한 흙이 물을 만나 단단해지고 불에 구워지며 도자기로 다시 태어나는 것처럼 사람도 서로에게 기대며 힘이 되어 줄 때 더 단단한 삶이 되는 것이다.

소설 속 이야기처럼 지금 우리 주변에는 관심이 필요한 사람들이 많다. 일방적인 도움보다 그들의 사람됨을 먼저 이해해야 한다. 자신이 처한 환경을 운명의 무게로 여기고 힘겹게 살아가는 사람들에게 도움을 줄 수 있는 것을 찾아야 한다. 경제논리와 다수의 힘이 지배하는 세상에서 자기 뜻과 상관없이 소외되고 아파하는 이들에게 사다리가 되어줄 수 있는 게 무엇일지 고민해야 한다. 기부금보다 관심과 애정이 먼저다. 우리가 사는 세계가 진짜 사람이 사는 세상이 되기 위해서는 힘없고 부족한 사람도 똑같이 대우받고 자기 주장을 펼칠 수 있어야 한다.

"우리는 뭐든 똑바로, 정면으로 봐야만 더 잘 보인다고 생각하잖아. 그런데 가끔 이렇게 가장자리로 볼 때 더 잘 보이는 것들이 있어. 신기하지 않아?" 세상은 앞면만 있는 것이 아니라 뒷면도 있고 옆면도 있음을 알아야 한다. 고정된 시각이 아닌 다양한 눈으로 주위를 바라볼 때 진짜 아름다운 세상이 보일 것이다. 어른들은 언제나 우리를 정면에서만 세상을 바라보라고 강요하고 있는 것은 아닌가?

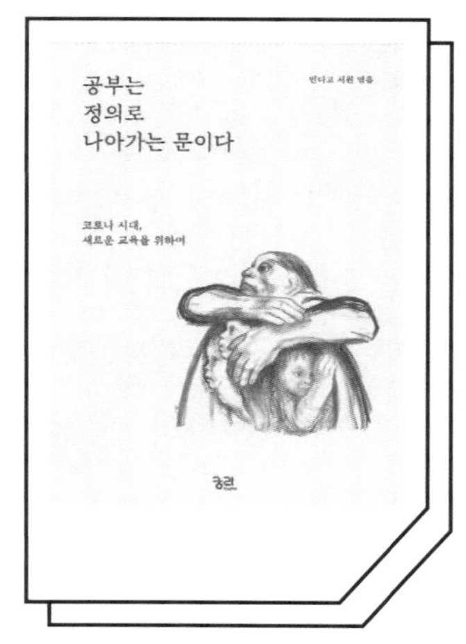

「공부는 정의로 나아가는 문이다」

- 코로나 시대, 새로운 교육을 위하여

인디고 서원 (지은이) | 궁리

한 줄 소개

코로나 시대에 청소년들이 진정으로 배워야 할 것들에 대하여.

박우진

정의란 무엇일까? 정의는 평등, 권리 등 올바르고 옳은 것을 말한다. 그렇기때문에 우리는 정의를갈망하고 정의로운 사람이 되려고 한다. 하지만 막상 정의를 어떻게 실현하는지 물어보면 우리는 대답을 하지 못한다. 왜냐하면 정의는 남을 보며 따라하거나 짧게 생각하여 얻어지는 것이 아닌 오랜 시간 동안 배움과 지혜를 통해 얻어지기 때문이다. 그래서 우리는 공부를 통해 자신이 모르는 것을 보완해 나가고 알아가며 정의가 무엇인지 스스로 판단해야 한다.

그러나 현재는 공부가 정의로 나아가는 문을 제시하는 것이 아닌 되려 정의를 갈망하는 사람들을 억제하고 있는 것이 사실이다. 공부는 자신이 모르는 것을 시행착오를 겪으면서 발전해 나가라고 있는 것이다. 그러나 현재 교육은 누가 어려운 문제를 정해진대로 빨리 푸는지 시합만 할뿐이다. 그래서 우리는 학원 등 사교육으로 다른 아이들과 격차를 벌리는 것이나 오로지 좋은 성적에만 집착한다. 그러나 이러한 교육은 진정한 의미의 배움과는 거리가 멀다. 실제로 우리나라에서 중요한 영어과목만 봐도 알 수 있는데 10년간 영어학원을 다녀도 원어민과 대화는커녕 말 한마디도 꺼내지 못하는게 사실이기 때문이다. 이처럼 실속없는 교육은 교육을 받지않은 것 보다 안좋은 영향을 끼칠수 있다. 교육을 받지 않았을 경우에는 자신의 무지함을 알고 노력하는 모습을 보일 수 있지만 교육을 받은 경우에는 자신이 무엇을 안다고 생각하여 자만하는 태도를 보일 수 있기 때문이다.

교과과목에 집중된 교육의 폐해는 점점 더 심해지고 있지만 문제를 해결하기 위해 나서는 사람은 점점 줄어들고 있다. 왜 이러한 문제가 더 심해지고 있을까? 앞서 말했듯 어느 정도교육을 받은 사람은 자신이 정의에 한발짝 다가갔다고 생각하기 때문에 공부로 정의를 판가름 하는 것이 올바르다고 생각하기 때문이다. 또한 교육을 받지 못한 사람들은 이러한 정의에 대한 불합리함을 표출하지 않거나 막상 말한다고 하더라도 교육을 받지 못한자의 말을 들어줄 사람은 없다고 생각한다. 그렇기에 최고를 뽑는 교육보단 모두가 최고가 될 수 있도록 돕는 참교육이 무엇인지 성찰하고 개선하려는 노력이 필요하다.

대다수의 청소년들이 정의를 이해하지 못하는 것은 이런 일에도 관심이 없기 때문이라고 생각한다. 우리가 시야를 넓혀 세상 일에 좀더 관심을 가지고 비판하는 태도를 가진다면 자신도 모르게 정의에 한발짝 다가갈 수 있을 것이다. 요즘따라 사회에 악영향을 끼치는 사람이 많아지고 있는데 이러한 상황에서 모두가 교육을 잘 받아 정의로운 행동을 시도한다면 사회의 부패를 없앨 수 있는 기회가 올 것이다. 그렇기에 우리는 현 교육의 문제를 알리고 진정한 교육의 터로 발 딛을 준비를 해야한다. 현 교육의 문제를 근본적으로 바꾸는 일은 교사나 교육행정가만의 힘으로는 불가능하다. 깨어있는 학생들이 이제 스스로 문제를 제기할 때가 되었다.

「과거를 쫓는 탐정들」

- 과학은 어떻게
고고학의 수수께끼를 풀었을까?

로라 스캔디피오 (지은이),
류지이 (옮긴이) | 창비

한 줄 소개

미지의 과거를 탐험하는 즐거움을 담은 책.

안형준

책의 제목 '과거를 쫓는 탐정들'이란 다름 아닌 고고학자를 가리킨다. 고고학자들은 꼭 이 제목처럼 유물과 유적 속에서 건진 몇 가지 단서로, 아직 미지로 남아 있는 과거의 수수께끼를 풀어내는 사람들이다. 역사의 수수께끼는 곳곳에 있다. 저 멀리 캄보디아의 정글 숲에도 있고, 알프스 산맥 골짜기에도 있다. 고대인들이 다녀간 동굴 속에도 있고, 북극의 빙하 밑에도 있다. 이 책에서는 그런 고고학 발굴의 현장을 탐험하면서, 고고학자들이 일견 사소해 보이는 몇 가지 단서로 어떻게 엄청난 과거의 비밀을 풀어내는지 그 과정을 흥미진진하게 들려준다.

작은 단서를 시작으로 수수께끼가 하나 둘 풀리기 시작하면, 역사와 인간에 대한 우리의 기존 지식 또한 흔들리게 된다. 마치 잃어버렸던 퍼즐 조각처럼, 일단 조각 하나가 제자리에 들어가기만 하면 전체 그림이 달라지는 것이다. 프랑스의 쇼베 동굴에 남아 있던 벽화가 발견되고 그 연대가 측정되면서, 인간의 창조적인 예술 활동에 대한 연대표가 수정되었다. 캄보디아 정글 속에 감추어져 있던 도시가 발견되면서, 앙코르 제국이 왜 갑자기 사라졌는지 그 이유에 대한 새로운 가설이 제기되었다. 주차장 밑에서 영국 왕 리처드 3세의 무덤을 찾아내면서, 셰익스피어의 희곡에 등장할 정도로 악명 높았던 리처드 3세에 대한 인식도 바뀌게 되었다.

이런 과정을 보면 책 속에 적힌 "하나의 발견으로 모든 교과서가 다시 쓰일 수 있다."라는 표현은 결코 과장이 아니다. 오래된 장소와 사람을 탐구하는 고고학 발굴 과정과, 역사에 대한 상식이 뒤집히는 짜릿한 경험을 통해 고고학이 얼마나 재미있는 분야인지 실감할 수 있었다.

가장 인상 깊었던 이야기는 외치에 관한 이야기였다. 일상에서 벗어나 편안하게 트레킹을 즐기고 있던 독일 부부는 그곳에서 썩 반갑지 않은 손님을 만나게 된다. 그 손님은 바로 5300년 전에 이 산을 넘다 죽은 외치였다. 하지만 외치에게는 일반 산악인들은 가지고 다니지 않은 돌도끼, 화살, 동물의 가죽으로 만들어진 옷 등이 있었다. 하지만 이러한 의문들 역시 첨단과학의 기술로 금방 밝혀졌는데 외치는 사실 신석기 사람이고 심장 질환에 걸리기 쉬운 소인이며 O형이고 갈색 눈동자를 지녔다는 사실도 알게 되었다.

2번째로 알게 된 것은 외치의 위 속에는 음식이 가득했다는 사실이었다. 이게 얼마나 중요한 정보냐 묻는다면 이렇게 말할 수 있겠다. 바로 외치는 산을 넘기 위해 많은 양의 음식을 먹었다고. 마지막으로는 외치가 산을 넘다가 누군가에 의해 살해되었다는 것이다. 이유는 외치의 ct촬영 결과 갈비뼈라고 추정된 것이 바로 누군가의 화살촉이었기 때문이다. 이 말인 즉슨 외치는 그냥 굶어 죽거나 동상에 걸려 죽은 게 아닌 다른 누군가에 의해 죽었다는 것이다. 하지만 외치가 모르는 사람과 함께 산을 올랐을 리는 없기에 한 가지의 시나리오밖에 떠오르지 않는다. 바로 외치가 경계를 늦출 정도로 친한 사람과 함께 가다가 친한 사람이 외치를 배신하고 활로 쏴 죽였다는 것이다. 이렇게 가정하면 외치의 머리에 있는 상처도 설명할 수 있다. 그 이유는 외치를 죽인 사람이 외치를 죽이고 다시 한번 머리에 큰 충격을 가했거나 혹은 화살을 맞은 외치가 쓰러지면서 바위에 머리를 부딪혔거나 둘 중에 하나일 것이다. 하지만 한가지 확실한 것은 있다. 과학 앞에서 대충이라는 것은 없다는 것.

우선 나도 이 책에 나오듯이 이런 옛날 유물이나 유적들을 찾고 조사하는 사람이 되고 싶었다. 외치는 왜 도대체 그렇게까지 산을 넘고 싶었는지 생각해보았다. 과학기술로 이 냉동 인간을 세세하게 조사하였을지 궁금하였고 나중에는 내가 직접 이런 과학기술을 만들어 보고 싶었다. 외치는 왜 친한 사람과 굳이 함께 산을 올랐는지 궁금했다. 과연 그 시대에는 산을 오르다가 어떠한 이유로 죽게 되었는지 의구심을 가지게 되었다. 외치가 그 당시 어떠한 음식을 먹었는지 궁금해졌다. 나였으면 절대 산을 오르지 않았을 것 같은데 왜 외치는 산을 올랐는지 고민해보았다. 그리고 외치를 죽인 사람은 왜 그를 죽여야만 했을까? 하는 풀 수 없는 의문을 던져주고 있는 이 책이 나에게는 하나의 도전장이 된 셈이다.

「긴긴 밤」

루리 (지은이) | 문학동네

한 줄 소개

고통의 시간을 함께한 작지만 위대한 사랑의 연대.

남유주

우리에 갇혀서 살다가 몇 개월을 버티지 못하고 죽은 동물들이 많다. 거기서 죽지 않고 살아남은 동물 중에서 코뿔소같은 경우는 뿔을 잘라 버리기도 했고, 코끼리는 직접 사살하기도 했다. 동물원에서 살던 펭귄들도 영업이 어려워져서 사료 살 돈이 없어서 밥을 주지 않았고, 남극에 사는 펭귄들이 사는 환경인 추운 얼음을 유지해 주지도 못했다. 지능이 인간 수준으로 좋은 돌고래들은 좁은 수족관 안에 갇혀 살아서 스트레스를 자주 받아, 자폐증이 와서 벽 부분에 머리를 박는 자해행위를 하기도 했다. 치타는 좁은 우리에서 뛰어다니지를 못해서 직접 자살을 한다. 작은 우리에 갇혀 사는, 몸집이 작은 동물들은 아무리 불쌍해 보여도, 사육하는 비용이 많이 들지 않아서 사육사들이 거두어 들여서 다시 사람들의 구경거리가 된다.

인간의 잔혹한 행위는 계속된다. 동물들이 탈출을 시도하다가 실패하거나, 탈출을 시도한 흔적을 발견하면 더 강하고 튼튼한 울타리로 교체하여 탈출을 하지 못하게끔 막았다. 인간이 동물을 보살필 수 없는 환경이 되었다면 당연히 동물을 놓아주어야 한다고 생각했는데, 도대체 왜 탈출을 막은 것일까. 동물원에 남은 동물들의 대부분이 죽어갔다. 갓 태어난 새끼들마저 먹지 못해서 말라 죽었다. 동물원 측에서는 형편이 되지 않는다고 말 할 뿐이었다. 최대 10년 이상 살 수 있는 동물들도 5~6년, 길어봤자 7~8년을 살다가 죽었다. 동물원의 참혹한 모습을 보고도 인간들은 동물을 안타깝게 볼 뿐이었고, 돕지 않았다. 사람이라는 존재의 재미 때문에 동물을 가두어 두고 학대를 하고, 행복하지 못하고, 조롱 당하는 것은 인간의 욕심이다. 동물원은 기본적으로 인간의 재미 때문에 존재하면 안 된다고 생각한다. 멸종 위기 동물의 보존이나, 야생동물의 상처 치료, 보호를 위한 목적 이외의 동물원의 존재 이유를 잘 모르겠다. 이 책에서 설명하고 있는 동물원의 참혹한 모습이 현실 세계에서 존재하지 않는 게 아니기 때문에 더욱 슬픈 것 같다.

• • •

안서현

긴긴밤은 불운한 검은 점이 박힌 알에서 목숨을 빚지고 태어난 어린 펭귄의 시점과 그 펭귄의 아버지들인 차쿠, 웜보, 노든의 이야기이다. 아버지들은 작은 알 하나에 모든 것을 걸고 사람들로부터 멀리 떨어진 곳으로 밤낮으로 걸어야 했었다. 마지막까지 살아남았던 흰 바위 코뿔소이자 아버지인 노든은 어린 펭귄을 바다로 보내기 위해 인간들의 관심거리가 되어 자신들의 이야기를 친구들에게 전해달라는 부탁으로 노든은 평화의 부리에 코를 맞댔다. 그렇게 작별인사 후 바다가 보이는 곳으로 달려갔다.

모래언덕을 지나 무섭게 버티고 있는 절벽을 올랐다. 절벽에는 그 펭귄이 올라설 수 있는 틈이 작게 있었지만 틈새조차 없을 때는 부리로 절벽을 쪼아 올라설 수 있는 틈은 만들었다. 어린 펭귄은 부리가 아파도 멈추지 않았고 오르고 떨어지기를 반복해도, 상처가 생겨도 포기하지 않고 절벽 꼭대기에 다다랐다. 어린 펭귄은 축축한 모래를 밟으며 바다로 걸어갔다. 어린 펭귄은 자신이 바다로 들어가면 모험을 하게 될 것을, 홀로 수많은 긴긴밤을 견뎌내야 한다는 것을 알고 있었다. 그는 밤하늘에 반짝이는 별처럼 빛나는 무언가를 찾을 것이라는 다짐과 함께 바다로 들어갔다.

긴긴밤은 자신과 완전히 다른 아빠와 외모와 생김새가 같은 두 아빠가 있는 어린 펭귄의 이야기이다. 비록 인간들이 차로 그들을 쫓아와도 계속해서 바다가 보일 때까지 걸어간다. 어린 펭귄이 무사히 태어나 성장할 수 있게 희생된 치쿠와 윔보, 그리고 노든의 사랑 덕분에 펭귄이 성장할 수 있었다. 바다는 헤엄을 쳐도 같은 풍경이 보이고 어디가 어디인지 알 수 없지만 그 바다를 건너야만 친구들이 있는 곳으로 갈 수 있는 어린 펭귄의 길이다. 어쩌면 어린 펭귄은 끝이 보이지 않는 바다를 건너 친구들이 많이 있는 곳에서 여러 이야기들을 해주고 있을지도 모른다고 생각했다.

이 책을 읽는 동안 계속 떠오른 단어는 '연대'와 '정체성'이다. 노든은 코끼리 고아원에서 다른 코끼리의 도움을 받았고 바깥 세상으로 나와서는 아내의 도움을 받았으며 아내와 딸을 잃고 동물원에 들어와서는 '앙가부'라는 코뿔소의 도움을 받는다. 앙가부는 동물원 밖에서 여러 경험을 한 노든을 존중하면서도, 동물원의 규칙적인 생활에 대해 세심하게 알려준다. 이러한 동물들의 이야기는 동물보다 못한 삶을 살고 있는 인간들에게 던지는 메시지가 분명하고 강력하다.

동물원에 왼쪽 눈이 불편한 치쿠와 윔보라는 수컷 펭귄 커플의 '연대' 또한 빼놓을 수 없다. 치쿠와 윔보는 인간으로 따지만 장애인이고 게이이자 편부 가정으로 사회적 소수이자 약자이다. 치쿠와 윔보의 호들갑스러운 알 품기 이야기와 바깥 세상에서 가족과 함께 지냈던 노든의 이야기를 읽고 가족이 가장 튼튼하고 강한 연대가 아닐까 생각했다. 또한 겉모습이 다르고 피가 섞이지 않았더라도 마음이 통하고 서로를 아끼는 마음만 있다면 누구나 가족이 될 수 있다는 생각도 들었다.

사람들은 겉모습이 조금 다르다거나 자신보다 못하다는 생각이 들면 기본적으로 상대방을 나보다 낮은 사람이라고 인식하는 경향이 있다. 이런 점은 동물들보다 못한 것 같다. 열린 마음으로 타인을 이해하고 어려운 일이 생겼을 때 함께 이겨내는 따듯한 마음을 더욱 많은 사람들이 가진다면 조금 더 좋은 세상이 될 것이다. 그렇지 못한 이 세상을 향해 동물들이 소리치고 있는 것은 아닐까?

• • •

안형준

코뿔소 중에서도 단 한 종류밖에 남지 않은 흰 바위 코뿔소인 노든은 코끼리 사육장에서 길러지다가 테스트를 마치고 야생으로 나오게 된다. 야생에서는 사육장에서는 한번도 보지 못했던 드넓은 초원과 높게 자란 풀 등을 볼 수 있었다. 하지만 그것보다도 좋았던 가족, 노든은 가족과 함께 있는 것이 가장 좋았다. 행운이 있으면 불운도 따르는 법. 보름달이 뜬 밤에 아내와 딸이 뿔이 잘려나간 채로 숨을 쉬지 못했다. 노든은 그 자리에서 정신을 잃었다.

이틀 뒤 노든이 깨어난 곳은 다름아닌 파라다이스 동물원이었다. 정신을 차리고 보니 노든의 옆에는 또 다른 코불소인 앙가부가 있었다. 노든은 앙가부와 함께 지내는 것을 못마땅해 했다. 그날 밤 앙가부가 이곳을 탈출하려는 계획을 세웠지만 실패로 돌아갔다. 이 일을 계기로 둘의 사이는 더더욱 안 좋아졌다. 그 다음날 아침, 앙가부는 긴 뿔이 잘려 나간 채로 죽어있었다. 노든은 그 자리에서 마취총을 맞고 잠에 들었다. 정신을 차리고 깨어난 곳은 똑같은 곳. 다만 다른 점이 있다면 노든의 뿔이 사라졌다는 것이다.

더 이상 인간을 가만히 놔둘 수 없었던 노든은 약해진 쇠창살을 뚫고 멀리 달아났다. 얼마쯤 걸었을까? 그 곳에서 펭귄의 알을 품고있는 치쿠를 보게 된다. 치쿠는 노든의 둘도 없는 말동무가 되어준다. 그렇게 한번도 쉬지않고 걷다가 1주일만에 쉴 곳을 찾아 함께 쉰다. 노든은 오랜만에 가족이 생각났다. 다음날 아침, 노든은 치쿠를 깨우려고 했지만 깨우지 않아도 되었다. 치쿠는 이제 볼 수 없으니까. 코뿔소와 펭귄은 몸집도 다르다. 코뿔소의 안 쉬고 걷는 일주일과 펭귄의 안 쉬고 걷는 일주일은 다를 수밖에 없다. 노든은 갑자기 치쿠가 했던 말인 “알이 깨어나면 바다로 그 아기펭귄을 데려다 줘”란 말이 떠올랐다. 문제는 노든은 알을 품지 못한다는 것이다. 알의 온기를 유지하면서 품어야 하기 때문에 노든은 알을 굴리면서 따뜻한 곳에 알을 놔뒀다. 몇 시간 뒤 노든은 깜짝 놀랐다. 알이 깨지면서 아기펭귄이 태어났기 때문이다.

우선 노든은 펭귄에게 먹어도 되는 풀과 안되는 풀을 가르쳤고 살아남는 법을 가르쳤다. 그러고 나서 몇 주 뒤 드디어 바다에 도착했다. 노든은 익숙한 냄새를 맡았다. 그 냄새는 다름아닌 사람 냄새였다. 그 순간 노든은 문득 이런 생각이 났다. 가족이 보고싶다. 그렇게 노든은 자신이 복수라는 단어를 새기게 한 인간에게 죽임을 당했다. 그리고 펭귄은 바다에서 언제나 노든을 생각할 것이다.

노든이 왜 코끼리 사육장에서 길러졌는지가 궁금했다. 나였으면 인간을 긴 뿔로 다 들이박았을 것 같은데 노든은 스스로 자신의 복잡한 감정을 다스렸던 점이 대단했던 것 같다. 자신이 좋아했고, 사랑했던 동물들이 다 죽어가는 장면이 마치 내가 키우던 동물이 죽는 것과 같은 감정일 것 같다는 것을 느꼈다. 마지막 줄에서 노든이 “이곳은 내 바다야!”라고 외치는 장면이 머리속에 그려졌다. 그리고 누구에게나 아픔은 하나씩 있다는 것도 알게 되었다. 말 못하는 동물에게 끔찍하고도 잔인한 기억을 심은 인간들이 같은 사람으로서 부끄러웠다. 또한 왜 항상 행운이 오면 불운이 오는지에 대해서도 생각해보았다. 내가 노든이라면 가족이 죽으면 같이 죽을 것 같은데 그 슬픔을 이겨내고 견뎌낸 노든이 대단해 보였다. 인간의 수단이 되어버린 동물들의 이야기를 통해 자연생태계 속에서 고통당하고 아파하는 대상들을 어떻게 자유롭게 해방시킬 수 있을지를 생각했다. 인간의 욕망은 대상을 수단화함으로써 그 대상을 없애고 있기 때문이다.

• • •

정승원

노든이라는 코뿔소는 딸과 아내가 사냥꾼에게 죽임을 당했다. 그리고 노든은 동물원에 갔다. 노든이라는 이름은 동물원에서 지어줬다. 거기에는 노든말고도 앙가부라는 이름의 코뿔소가 살고 있었다. 하지만 노든은 별 관심이 없었다. 그는 눈에 보이는 모든 인간을 공격하려 했고 밥도 먹지 않았으며 매일 악몽을 꾸었다.

앙가부는 기분 좋은 얘기를 하다 잠들면 악몽을 꾸지 않을 것이라고 말했다. 노든은 앙가부에게 가족들에 대해 늘어놓았다. 노든은 그날 밤 악몽을 꾸지 않았다. 앙가부는 매일 그런 이야기를 해달라고 졸랐다. 그러던 어느 날 노든은 앙가부에게 탈출하자고 제안을 하였고 다음날 밤 둘은 사람이 없을 때 울타리에 달려들었다. 그러나 사람들에게 발견되어 탈출은 실패로 돌아갔다. 그 후 어느 날 밤 또 다시 시도를 하던 중 예전에 총에 맞았던 노든의 다리가 다시 욱신거리기 시작했다. 동물원 사람들은 노든을 데리고 갔다. 치료를 하고 돌아온 노든은 앙가부가 사람들에 의해 죽은 것을 보았고 노든은 뿔이 잘렸다.

그 무렵 펭귄 무리에서는 버려진 알이 발견된다. 펭귄들은 알을 두고 수근거렸다. 펭귄은 주인이 없는 알을 품기도 했다. 하지만 펭귄의 알은 하얀색이다 그 알은 검은 반점이 있었다. 그러나 치쿠와 웜보는 알을 돌아가면서 품어줬다. 이 둘은 동물원에서부터 단짝이었다. 알을 품게 되면서 부화를 하지 못하면 어쩌지부터 시작해서 곧 태어날 아기펭귄의 생존에 대해 걱정하였다.

그러던 어느 날 동물원이 굉장히 조용했다. 전쟁이 난 것이었다. 노든은 철조망이 부러진 것을 보고 밖으로 향했다. 그 때 밑에서 어떤 소리가 들렸다. 검은 새 한 마리, 즉 펭귄 치쿠가 철조망 밖으로 나왔다. 둘은 함께 동물원을 떠났다. 치쿠와 노든은 어느새 친구가 되어 이런저런 이야기를 나누며 하염없이 걸었다. 함께 걷던 중 치쿠는 노든에게 자신이 죽으면 알을 부탁한다는 이야기를 하였다. 그리고 다음날 아침 노든은 일어났으나 치쿠는 영원히 잠들었다.

노든은 치쿠와의 약속을 지키기 위해 열심히 알을 품었고 “내”가 태어났다. 나는 태어나자마자 노든에게 살아남는 법을 배웠고 노든은 나에게 지금까지 있었던 일들을 말해주었다. 내게 노든은 가장 친한 친구였다. 그러던 어느 날 노든과 나는 사냥꾼들과 마주치게 되었고 노든은 총을 맞았다. 함께 도망친 우리는 그 긴긴밤을 넘어 살아남았다. 노든과 나는 바다를 향해 계속 걸었다. 총을 맞은 노든은 몸 상태가 계속 좋지않았고 인간들과 맞닥뜨렸을 때 결국 피하지 못했다. 노든을 큰 트럭에 싣는 인간들 몰래 함께 나는 트럭에 올라탔다. 노든은 내게 이젠 말하지 않아도 잘 숨는다며 무조건 바다를 찾아 떠나라고 말을 하였다.

노든과의 약속을 지키기 위해 노든이 바라보는 것을 뒤로한 채 바다를 찾아 나섰다. 결국 바다에 도착한 나는 절벽위에서 바다를 내려다보았다. 그리고 바다를 향해 걸어갔다. 언젠가는 노든을 다시 만나게 될 지도 모른다는 생각을 하면서.

좋아하는 삽화가 몇 개가 있는데 첫번째는 찌그러진 작은 양동이를 입에 물고 "움익으즈 므! 조심흐." 하고 나타난 치쿠와 노든이 마주치는 장면이다. '마지막 남은 하나'가 된 외로움, 혼자인 것은 무서운데 "우리"가 되어 혹독한 동물원 밖 세상의 긴긴밤을 버틸 수 있는 희망이 느껴졌기 때문이다. 두번째는 펭귄 '나'가 알 안에서 내다본 바깥의 무수한 별들과 코가 뭉툭한 노든이 보이는 장면이다. 한 존재가 다른 존재에게 해 줄 수 있는 모든 것을 줄 수 있고, 서로가 서로에게 유일한 가족이자 친구가 되어 긴긴밤을 버틸 수 있는 연대가 지속될 수 있어 좋았다. 세번째는 노든의 눈에 비친 펭귄 '나'가 있는 장면이다. 연약한 연대에 가슴이 먹먹했지만 사랑은 곧 연대와 희생이 아닐까 생각했다.

마지막으로 펭귄 무리 사이에서 뒤를 돌아보는 '나'가 서있는 장면이다. 작지만 위대한 사랑의 연대가 가득했던 노든의 초록바다에서 긴긴밤을 지나 펭귄 '나'의 파란 바다에 도착하여 그들의 무리에 합류한다. '너는 이미 훌륭한 코뿔소야. 그러니 이제 훌륭한 펭귄이 되는 일만 남았네.'라고 했던 노든의 말을 떠올려보면 펭귄 '나'의 바다에서 다른 펭귄들과 연대하며 그 속에서 중심을 잃지 않고 살아갈 희망을 엿볼 수 있었다. 이 땅에는 자신의 이익을 도모하기 위한 연대는 많지만 순수한 정신으로 뭉쳐진 연대를 찾기 힘들다. 이런 의미에서 팽귄의 연대가 내보이는 순수성을 이 땅에 어떻게 실현시킬 것인가 하는 쉽지 않은 과제를 던져주고 있다.

「장발장」

빅토르 위고 (지은이), 강산 (그림),
신윤덕 (옮긴이), 김준우 | 삼성출판사

한 줄 소개

오늘날까지 수많은 사람들에게 사랑받는 명작 장발장.

김유송

장발장은 그 시대가 만든 불행한 사람 중 한명인 것 같다. 그러나 나중에는 사람들을 돕는 친절한 사람이 되었다. 악역으로 등장하는 테나르디에는 장발장과는 다른 성격을 내보이나 공통점이 있다. 두 사람 다 경제적으로 어렵게 살아왔으며 돈을 위해 범죄를 저지른다는 점이다.. 하지만 두 사람의 차이점은 장발장이 팡틴을 동정하지 않고 사랑했다고 가정하면 장발장은 팡틴의 소중한 사람인 코제트를 거둬주었고, 과정은 힘들었지만 결국은 행복하게 해주었다는 것이다.

테나르디에는 본인과 그의 가족들이 돈을 많이 벌어 행복하게 살기를 바랐다. 그 과정에서 돈을 번다는 명분으로 자식과 아내를 이용한다. 장발장은 어려운 상황마다 다른 사람의 도움을 받게 된다. 나는 그 이유가 장발장이 마들렌이라는 새로운 사람의 인생을 살아가게 되었을 때, 다른 이들에게 호의적으로 대해주었기 때문이라고 생각한다.

이 책을 읽으며 장발장이 지금 같은 시대에 태어나 굴곡없이 편안하게 살아갈 수 있는 가정에서 자랐다면 일반 사람들보다 뛰어난 재능과 인격을 가지게 되었을 거라고 생각한다. 소설의 배경이 되는 시대에서도 뛰어난 신체 능력을 가지고 있었기 때문에 장발장이 이 시대에 평범한 사람으로 있을 때를 상상해 보았다. 또 이 책을 읽으며 주의 깊게 본 인물은 '자베르'라는 형사이다. 단순히 생각하면 직업정신이 투철한 사람일 뿐인데 장발장을 오해했다는 것을 알고 난 다음 투신하는 모습을 보며 정의로운 사람이지만 무엇인가 공허한 사람이라는 느낌을 받았다. 마지막에 코제트가 마리우스를 만나서 행복한 모습을 보고 장발장은 눈을 감게 된다. '장발장'을 읽으면서 사랑과 용서의 소중함과 고마움을 느꼈다. 사람이 사람을 사랑하고, 지키고 싶은 사람을 만나면서 책임감이 생기고 스스로 올바르다고 생각하는 길을 따라 살아가는 것이란 사실을 발견했다.

「나의 첫 젠더 수업」

김고연주 (지은이) | 창비

한 줄 소개

여자와 남자를 제대로 이해하고 서로를 있는 그대로 바라보는 연습을 해야 할 때.

안형준

여자=남자, 이 사실이 얼마나 쉬운 전제인데, 평등을 목표로 삼으면 삼을수록 , 사람들이 오히려 차별의 담벽을 높게 쌓아서 여자≠남자 라는 것이 더 익숙해 진다는 생각이 들었다.

초등학교, 중학교, 고등학교까지, 학생들 중 자신의 몸매가 마음에 들지 않는다에 대답을 한 학생이 여학생은 56%, 남학생은 53%였다는 것이 충격적이었다. 우리는 다이어트의 늪에, 아니 다이어트뿐만이 아니라 본인의 모습 자체를 마음에 들어 하지 않는다는 것은 심각한 '사회'문제라는 생각이 들었다. 우리가 흔히 가지고 노는 '바비인형'. 바비인형의 비율은 '비이상적'으로 완벽한 비율이라고 한다. 한 연구소에서 바비인형의 비율을 분석해 본 결과, 실제 인간이 바비인형과 똑같은 몸매라면, 발목은 너무 얇아서 걸어다닐 수도 없으며, 목은 머리를 지탱해줄 수 없을 정도로 얇으며, 몸무게는 물론이고 배에는 장기가 들어가지 않을 정도로 얇다고 한다. 그런데도 바비인형의 몸매를 닮고 싶어서 실제로 성형수술을 하는 사람도 있다고 한다. '바비 인형'은 '인형'일 뿐이다. 절대로 '인형'이 '인간'의 미의 기준이 되어서는 안된다. 사람들은 무엇을 위해서, 무엇을 향해서 가고 있는 것일까.

도덕책이나 국어책에는 주로 엄마는 집안일, 요리를 맡으며 아빠는 회사일, 바깥일을 맡는다는 묘사가 있었는데 요새는 그런 교과서들이 많이 사라진 것 같다. 사실 학생들이 공부하는 교과서에 그런 묘사를 넣는다는 것은 아이들에게 무의식적으로 성에 따라서 하는 역할이 정해져 있다는 생각을 심어줄 수 있다. 성평등과 관련된 이슈들이 크게 부각되면서 그런 묘사들은 교과서에서는 많이 사라졌지만, 아직까지도 사회에서 뿌리깊게 자리잡고 있는 고정된 성역할에 대한 인식은 없어지지 않은 것 같다. 우리가 향해야 하는 것은 '평등' 그것 뿐이라고 생각한다. 이것저것 복잡하게 생각하니까 오히려 가야 되는 길을 잃는 것 같다. 우리는 차별을 일삼거나, 잘못된 정보에 현혹되어 살아가면 안 된다. 차별이라는 세상에서 벗어나서, 평등이라는 곳으로 이사를 하면 좋겠다. 이를 어떻게 실천할 수 있을까를 고민하게 된다.

• • •

안서현

미국의 법학자 제니퍼 나이는 사회에는 보이지 않는 '젠더 박스' 두 개가 있다고 말한 적이 있다. 여성성과 남성성이라는 박스인데, 세상의 모든 사람은 둘 중 하나에 꼭 들어가야 한다. 경계에 걸쳐 있거나, 박스 밖으로 나오면 문제 있는 사람이 된다. '젠더 박스'는 남녀에 대한 이분법적인 사고방식에 대한 비유이다. 이런 이분법은 위험하다. 어떻게 저마다 독특한 개성과 다양성을 지닌 이들이 단 두 개의 틀에 꼭 들어맞을 수 있을까?

이 책은 성장해서 사회에 나갈 청소년들을 위해 성 고정관념들을 고쳐 세울 수 있도록 도와준다. 세상에는 남녀에 대한 고정관념이 아직 굳건하게 자리잡고 있다. 그런 고정관념으로 인해서 여자애들은 대체로 국어를 잘하는 것 같고, 남자애들은 수학이나 과학 쪽에 더 관심을 보이는 것 같고, 점심시간에 나가서 축구를 하는 아이들은 대체로 남학생들이다. 그런데 남녀의 성차에 대해 실제로 연구를 해 본 학자들은 그런 고정관념에 대한 근거를 찾을 수 없다고 한다. 경제협력개발기구는 2012년에 발표한 보고서에서 수학, 과학 분야의 성별 차이를 정식으로 부정했다. 또한 여학생들의 인기 분야에서 월등히 점수가 높았지만 20대 후반에 이르면 그 격차가 사라진다고 한다.

덴 이라는 하버드 대학의 교수는 〈알파질〉이라는 책에서 미국 대학 입학 자격시험 결과를 분석해 나라별로 성차를 살펴보았다. 남녀에 대한 고정관념이 생식기의 모양과 기능 등이 다르다는 건 사실이지만, 여기서 중요한 것은 '사람마다 다르다'란 것이었다. 여자와 남자에 따라 자연스러운 행동이 다르다는 생각, 성 역할은 꼭 지켜야 할 사회적 약속이라는 생각 때문이다. 자신에게 주어지는 젠더, 즉 성 역할은 자연스럽고 편안하게 느낄 수 있다.

"사랑은 언제나 낭만적일까?" 낭만적 사랑은 아름답고 행복하지만 한편으로는 아프고 고통스럽기도 하다. 하지만 아픔을 기꺼이 받아들이고 싶은 만큼 열정적인 사랑을 누구나 한 번쯤 해보고 싶어 한다. 그런 사랑을 다룬 손꼽히는 명작이 독일 작가 괴테가 쓴 〈젊은 베르테르의 슬픔〉이다. 그 당시에 이 소설이 얼마나 인기가 있었던지 당시 남자들은 베르테르처럼 노란 조끼와 바지, 파란 코트를 입고 다녔고 주인공들의 얼굴이 들어간 부채, 도자기, 찻잔이 불티나게 팔리는가 하면 베르테르라는 이름의 향수도 등장했다. 베르테르의 실제 모델인 카를의 무덤에서는 베르테르 추모제가 열리기도 했다. 심지어 베르테르처럼 입고 책상 앞에 앉아서 권총자살을 한 사람도 있었다.

그렇다면 낭만적 사랑은 어떻게 완성될까? 우리는 흔히 사랑이 결혼으로 완성된다고 생각한다. 서로 열렬히 사랑했던 남자와 여자는 결혼해서 영원한 행복을 누렸다는 결말로 끝나곤 한다. 하지만 18세기 이전까지만 해도 낭만적 사랑이라는 개념이 없었기에 결혼이라는 개념도 없었다. 연애는 굉장히 치열하고 어려운 인간관계이다. 그래서 연애를 하고 또 이별을 하면서 인간이라는 존재에 대한 이해가 깊어지고 훌쩍 성장하게 된다. 누구나 똑같이 하는 연애가 아닌 나만의 색깔로 더욱 충만한 관계를 만들어가는 것이 중요하다.

고정관념을 없애면서도 여자와 남자가 서로 이해하고 새롭게 관계를 맺는 방식도 책에서 적극적으로 제안하고 있다. 이 책을 읽으며 남성성과 여성성이란 게 결코 타고나는 것이 아니라는 사실을 알 수 있었다. 그러면 성장하면서 어떻게 만들어 나가야 할까? 나에게 주어진 현실적인 과제의 하나임을 더욱 확실하게 깨닫게 했다.

「내 기분은 여름이야」

변선아 (지은이), 근하 (그림) | 창비

한 줄 소개

스스로의 운명을 개척해나가는 아이들의 여름 소나기처럼 청량한 성장 이야기.

노연서

정음이는 슬아와 휘가 모집하는 라이딩에 같이 가려고 한다. 하지만 정음이는 아빠가 자전거를 타다가 사고를 당해 돌아가셨던 과거가 있고, 그 때문에 엄마가 정음이의 자전거를 숨겨버렸기 때문에 갈 수가 없었다. 그럼에도 불구하고 위에게 자전거타는 법을 배운 정음이는 자전거를 타면 아빠와 함께 있는 것 같다며 엄마 몰래 자전거를 타기 시작한다. 그러다 정음이는 엄마에게 자전거에 먼지가 쌓여있지 않은 것을 보고 자전거 타는 것을 들켜버렸다. 엄마는 왜 그렇게 정음이가 자전거 타는 것을 반대했을까. 오히려 엄마는 아빠가 죽고 난 뒤, 정음이가 오해할 만큼 밝은 모습으로 생활했다. 사실 엄마는 정음이보다 더욱 아빠의 죽음에 슬퍼하고 있었다. 그래서 정음이도 아빠처럼 자전거 사고로 죽을 것 같다는 두려움에 자전거를 숨겨 버렸던 것이다.

사실 나는 정음이도 대단한 것 같다. 아빠가 자전거 사고로 죽게 된다면 자전거를 볼 때 마다 아빠의 죽음이 생각나서 자전거를 타지 않을 것인데. 정음이 엄마의 용기도 생각할수록 대단한 것 같다. 남편을 잃은 정음이 엄마 곁에는 정음이 밖에 없지 않은가. 만약에 정말 정음이도 사고를 당하게 된다면. 정음이도 다치게 된다면. 그런 생각이 들게 되면 나는 정음이가 자전거 타는 것을 허락해주기 쉽지 않았을 것 같다.

책에서 슬아가 자전거 타는 것이 익숙하지 않을 때, 내리막길에서 넘어지는 장면이 나온다. 그 이후에 슬아는 더욱 자전거를 잘 타게 되는데, 나는 슬아의 넘어짐이 영광의 상처라고 생각한다. 넘어짐 후에 일어나서 다시 자전거를 타는 슬아의 모습은 대단하기도 하면서 슬펐다. 넘어지고도 다시 일어나서 성장하는 아이의 모습을 보니, 살아가면서 겪게 되는 실수, 넘어짐을 무섭다고만 느끼는 것은 별로인 것 같다. 넘어지고도 다시 일어나는 건 얼마든지 가능하니까. 그런데 우리는 실패를 그만큼 두려워하는 이유는 무엇일까? 하는 과제를 나에게 던져주고 있다.

•••

배수현

나이가 들면서 사람들이 느끼는 기분은 공허해지고, 생각은 점점 복잡해지는 것 같다. 이 책은 아이들에게 찾아온 '사춘기'에 대해서 말하고 있다. 생각이 복잡해질 때 마다 머리색을 바꾸는 슬아, 아빠가 죽은 뒤, 오히려 더 밝은 모습을 보여주는 엄마가 이해가 되지 않는 정음이가 이 책의 등장인물이다. 이 두 명은 또 다른 인물 휘와 자전거를 타러 가기로 약속하면서부터 많은 변화를 겪게 된다.

슬아는 아빠가 자신과 엄마를 버리고 갔다는 생각을 하며 살아가고 있다. 책에서 슬아는 아빠가 싫으면서도 그립다. 나와 엄마라는 가족을 버리고 아빠는 어떻게 생활하고 있을까 라는 생각을 했을 수도 있다. 슬아는 자신을 버리고 갔던 아빠가 밉지만 슬아에게는 유일한 아빠이기 때문에 아빠와 사이좋게 지내는 다른 친구들을 보면서 부러워 하기도 하고, 생각하기도 싫었던 아빠가 보고싶다는 생각도 한다. 나는 이런 슬아의 반대되는 두 마음이 이해가 된다.

정음이는 아빠가 죽고 난 뒤, 더 활기차게 지내는 엄마가 이해되지 않는다. 아빠를 전혀 그리워하지 않는 듯하게 보이는 엄마는 자신도 모르게 정음이에게 상처를 주었다고 생각한다. 아바도 정음이는 엄마가 아빠를 사랑하지 앉었을까 하는 생각을 했을 것이다.

결국 슬아는 아빠를 다시 만나서 저에 보여주었던 우울했던 모습은 보이지 않을 정도로 활기를 되찾게 되었다. 아빠가 자전거 사고로 죽자 엄마는 정음이도 아빠와 똑같이 자전거 사고를 당하게 될까 자전거를 숨길만큼 아빠의 사고를 잊지 못하고 있었고, 그럼에도 남아있는 정음이를 위해 본인이 더 밝은 모습을 보여줬다는 것을 알게 된 정음이는 그동안 북받쳤던 울음을 터뜨린다. 그리고 그런 정음이를 따뜻하게 안아주는 엄마. 엄마도 정음이와 함께 안전하게 자전거를 타기로 약속하고 숨겨놓았던 자전거를 다시 가져와서 같이 여름 바람을 맞으며 자전거를 타는 엄마와 정음이의 모습을 보여주며 이야기는 끝이 난다.

아무리 감정이 부풀어도 절대 겉으로 티 내지 않았던 정음이의 울음은 혼자서 끙끙 앓았을 정음이의 모습을 상상하게 한다. 자신의 절친인 슬아에게도 자신의 약한 모습, 아빠를 그리워하는 모습, 엄마 때문에 서럽고 화났던 모습을 모두 가슴깊이 꾹꾹– 새겨둔 채 마음고생이 무척 심했을 것 같다. 이제는 슬아도 활기를 차렸고, 정음이가 궁금해하던 엄마의 진심도 알았으니, 혼자 끙끙 앓지 말고 자신의 내면에 당당한 정음이와 언제나 활기찬 슬아가 되었으면 좋겠다. 이는 나만의 희망 사항일까?

「노인과 바다」

어니스트 헤밍웨이 (지은이),
김욱동 (옮긴이) | 민음사

한 줄 소개

20세기 미국 문학을 개척한 어니스트 헤밍웨이의 대표작.

배수현

늙은 어부 산티아고는 멕시코의 바다에서 고기잡이를 해왔다. 40일 동안 같이 고기잡이를 한 소년이 그의 유일한 벗이다. 계속 고기가 잡히지 않자 소년의 부모님은 그를 산티아고와 같이 있지 못하게 했고, 결국 산티아고는 혼자 고기잡이를 하러 나간다. 매일 고기를 잡지 못한 채 돌아오는 산티아고를 안타깝게 여긴 소년은 아침마다 산티아고의 출항준비를 도와준다. 85일째 되는 날, 산티아고는 평소보다 멀리 고기잡이를 하러 나간다. 고요하게 낚시를 하던 중, 엄청나게 큰 고기가 산티아고의 낚시바늘을 물게 된다. 산티아고는 고기와 긴 사투를 벌인 끝에 그 고기를 낚았고, 고기를 배에 실을 수 없어서 배 옆에 묶고 항구로 돌아온다. 하지만 피 냄새를 맡은 상어가 고기를 먹으러 오자 산티아고는 상어와 처절한 싸움을 한다. 그럼에도 불구하고 산티아고가 항구에 도착했을 때에는 이미 상어에게 먹혀 뼈밖에 남지 않은 앙상한 고기만 남아있었다.

캄캄한 밤, 항구에 도착한 산티아고는 바로 방에 들어가 휴식을 취하다 잠든다. 아침이 되자 소년을 포함한 사람들이 산티아고의 배에 묶여있는 고기의 뼈를 보고 깜짝- 놀란다. 이게 산티아고가 낚은 고기라고?

소년은 지쳐 잠든 산티아고를 보며 마음 아파한다. 잠에서 깨어난 산티아고는 다시 소년과 함께 고기잡이를 하러 가게 되고, 산티아고는 소년이 보는 앞에서 다시 잠에 빠져들게 되며 이야기는 끝이 난다.

TO.산티아고

당신은 참 대단한 것 같다. 40일간 아무것도 잡지 못해 떠나간 소년, 그 후로도 잡지 못한 고기들을 떠올리면서 힘들어 했을 것을 생각하면 가슴이 아프다. 그 힘든 것을 산티아고는 이겨냈다기보다는 받아들인 것에 가깝다.. 마지막에는 자신을 당당히 마주 볼 수 있는 사람이었구나. 산티아고는 앞으로도 고난과 역경을 받아들이는 사람일 것 같다. 그렇지만 그에게 더 이상의 고난과 사투하지 말고 행복한 일만 있기를 바라는 것은 너무 소박한 꿈일까?.

• • •

안형준

멕시코만에 사는 한 늙은 어부는 바닷가에 조각배를 띄우며 고기를 잡고 살아가고 있었습니다. 노인이 가장 좋아하는 사람은 바로 자기가 고기 잡는 방법을 가르쳐준 소년이었습니다. 하지만 소년의 부모님은 이제 그 노인과 함께 낚시를 하지말라고 합니다. 어느덧 노인은 물고기를 낚지 못한 지 84일째가 되어갑니다. 노인은 마지막 운을 쏟아 85일째 바다로 떠납니다. 생선을 잡으러 가는 동안 돌고래를 보거나 날치, 새까지 보게 되는 데도 물고기를 낚지 못합니다. 그러던 중 엄청 큰 청새치가 낚시 바늘에 걸리게 됩니다. 노인은 온갖 도구를 사용해서 그 청새치를 낚게 되었습니다. 하지만 항구로 돌아오던 중 상어를 만나게 되고 청새치를 먹으려고 하는 상어와 힘든 싸움을 하게 되었고 상어에게 청새치를 다 물어 뜯겨서 뼈만 앙상하게 남게 되었고, 노인은 허탈하게 항구에 도착하여 쓰러지듯 잠에 빠집니다. 다음날 아침, 사람들은 거대한 청새치의 뼈를 보고는 놀랍니다. 그리고 소년은 노인의 다친 손을 보며 눈물을 흘리고, 소년은 부모님 몰래 노인과 함께 바다로 나가 다시 낚시를 하게 됩니다.

내가 만약 노인이라면 그냥 상어에게 생선을 주고 도망칠 것 같습니다. 그리고 생선이 84일째 잡히지 않았다면 '어부'라는 본인의 직업과 정체성에 대한 혼란이 올 것 같다는 생각이 들었습니다. 노인은 왜 포기하지 않았을까요. 사실 노인은 오히려 본인 스스로를 지키기 위해 낚시꾼이라는 직업도, 청새치도 포기하지 않은 것일 겁니다. 그것들을 놓치는 것은 스스로를 부정하는 것이니까요. 아마 그렇기 때문에 지금까지 노인은 소년과 함께 했을 것입니다. 소년은 본인을 낚시꾼으로서 인정해주는 사람이니까요. 앞으로도 노인과 소년은 함께 낚시를 할 것 같습니다. 그런데 이들의 바다 생활이 정말 행복했을까 하는 생각을 떠올립니다. 어부 생활이 결코 쉽지 않기 때문입니다.

「데미안」

헤르만 헤세 (지은이),
전영애 (옮긴이) | 민음사

한 줄 소개

데미안을 통해 진짜 어른이 되어가는 소년 싱클레어의 성장기.

안서현

데미안은 독일을 대표하는 20세기 작가인 헤르만 헤세가 쓴 아주 유명한 작품이다. 간단한 줄거리를 먼저 소개하자면 라틴어 학교에 다니던 열 살 싱클레어는 따스한 가정에서 '선의 세계'만을 배우며 자랐다. 그러던 어느 날, 동네 소년 프란츠 크로머에게 사과를 훔쳤다는 허풍을 떨면서 '악의 세계'에 발을 들이게 된다. 크로머와의 일로 자신의 내면에 밝은 세계와 어두운 세계가 공존한다는 것을 느끼고 괴로워하던 싱클레어는 어느 날 신비한 소년 데미안을 만나고, 그가 들려준 카인과 아벨의 이야기를 통해 선과 악의 진실을 깨닫는다. 싱클레어는 상급 학교에 진학하게 되면서 데미안과 헤어지고 다시 어둠의 세계에 빠지게 된다. 싱클레어는 위태롭게 방황하며 혼란스러워 하다가 데미의 편지를 받고, 참된 자아를 발견하며 자신만의 내면을 구축하는 방법을 다시 깨우치게 된다.

주인공은 열 살이고 작은 도시의 라틴어 학교에 다니던 시절에 체험했던 한 경험으로 이야기를 시작한다. 그 곳에서는 두 세계가 뒤섞여 있다. 한 세계는 어머니와 아버지라는 이름의 세계로 내가 그 세계를 향해 있어야만 했다. 또 하나의 세계는 소란하고 요란한 것, 음침하고 폭력적인 것이 존재했다. 그 중 나는 밝은 세계에 속해 있었다. 그 세계에서 나는 라틴어 학교에 다녔다. 나는 그 학교에 다니는 여러 아이들 중 한 명으로 이야기가 시작된다.

어느 수업 없는 오후, '나'는 두 이웃아이와 함께 집 근처를 이리저리 돌아다니다 프란츠를 만났다. 우리는 그가 시키는 대로 다리 옆에서 강가로 내려가 첫 교각 밑에서 몸을 숨겼다. 우리는 프란츠의 지휘에 따라 잡동사니가 있는 구간을 샅샅이 뒤져 찾아낸 것을 그 애에게 보여야 했다. 마침내 그 애가 일어나 집으로 돌아가는 길로 접어들자 나는 집으로 돌아가야 한다고 말했다. 그런데 그 애는 우리집 쪽으로 향해 갔다. 내가 집으로 들어가려 하자 크로머는 2마르크를 내일까지 가져오라고 하고는 그림자처럼 사라졌다.

'나'는 침대에 눕기 전까지 목에 돌덩이가 있는 듯한 느낌이 들었다. 그 느낌은 나를 계속 괴롭혔다. 아침에 어머니가 급히 와서 늦었는데 왜 아직도 잠자리에 누워있느냐고 소리쳤을 때 나는 안색이 좋지 않았다. 어머니가 어디 아프냐고 묻자 토하고 말았다. 그날 나는 오전에 학교에 가지 않는 대신 오후에 학교에 가야했다. 나는 돈을 안 가지고 크로머한테 갈 수 없어 작은 저금통을 깨트려 그 안에 들어있는 65페니히를 가지고 크로머에게 갔다. 아직 2마르크가 되지 않아 크로머의 휘파람 소리가 들리면 크로머에게 가야하는 걸로 끝냈다. 그 이후로 나는 한동안 자주 토하고 쉽게 오한이 났으며 밤에는 땀과 열에 젖어 누워있었다. 그리고 자주 흥분하며 해명을 요구하는 아버지께는 마음을 닫고 냉정히 대했다.

책을 읽으며 가장 기억에 남은 구절은 이 부분이다.

"새도 알을 고 나오려면 온 힘을 다해 애써야 한다는 걸 당신도 잘 알잖아요. 돌이켜 생각해보고 자신에게 한번 물어보세요. 대체 그 길이 그렇게도 어려웠던가? 그저 어렵기만 했던가? 그러나 역시 아름답지 않았는가?하고 말이에요."

이해하기 어려운 부분이기도 했지만 사람이 성장하기 위해선 반드시 고통의 길 또한 필요하다는 말이라는 생각이 들었다. 유명한 고전 소설인 데미안을 이번 기회에 읽어보게 되어 뜻깊은 시간이었다. 나는 이 성장기를 어떻게 맞이하고 겪고 나갈 것인지를 자문하게 했다.

• • •

장인서

『데미안』은 헤세가 우울증으로 인해 정신과 치료를 받으며 집필한 작품으로 주인공 에밀 싱클레어가 자기 청소년 시절의 삶을 회고하는 자서전 형식을 띠고 있다. 헤세는 이 작품을 1919년에 에밀 싱클레어라는 가명으로 발표했으나 이 작품이 폰타네 문학상 수상작으로 선정되자 본명을 밝혔다고 한다. 열 살 어린이에서 자기 성찰을 할 수 있는 성년에 이르기까지의 발전 과정이 점진적 내지 단계적으로 묘사되는 이 작품은 괴테의 전통을 이어받은 대표적인 성장소설(교양소설)이다. 내레이터이자 주인공인 싱클레어는 삶의 계단을 하나씩 올라설 때마다 자기 확신을 굳히고 정체성(개성)을 확립해 가면서 자아에 다가간다.

주인공 싱클레어는 기독교 교리를 믿으며 사는 평범한 아이였지만 밝음과 어둠의 두 세계를 발견하게 된다. 싱클레어는 이 두세계를 모두 마음에 품으며 내적갈등이 생기게 된다. 싱클레어는 주변의 동갑내기 친구들과 어울리던 중 클로머라는 친구로 인해 어둠의 세계에 빠지게 된다. 싱클레어는 클로머에게 약점을 잡히게 되고 이로 인해 부모님의 돈을 클로머에게 주게 된다. 싱클레어는 부모님에게는 말을 못하고 계속해서 떳떳하지 못한 일을 하며 어두운 유년기를 보낸다. 그러던 중 싱클레어는 전학 온 데미안을 만나게 된다.

데미안은 싱클레어의 내면의 고통을 알아보고 예수와 두 도둑의 이야기를 다른 식으로 해석해 싱클레어에게 말해 준다. 데미안의 말을 들은 싱클레어는 자신의 가치를 스스로 찾기 위한 생각을 하고 고등학교에 진학한다. 그리고 자아를 찾기 위한 여행을 시작한다. 싱클레어는 패거리들과 어울리며 악의 세계를 경험한다. 하지만 마음속으로는 자신이 무너지는 쾌감과 그로 인해 느끼는 씁쓸함을 동시에 느낀다. 싱클레어는 이 시기에 베아트리체라는 이성을 만난다. 베아트리체를 보고 싱클레어는 선하게 산다는 다짐을 하게 되고 알에서 나온 새 그림을 그려 데미안에게 보낸다.

데미안에게서 온 답장에는 새는 알을 뚫고 나오기 위해 애쓴다. 알은 세계다. 알을 뚫고 나온 새는 신에게 날라간다. 신의 이름은 아프락사스다. 라고 적혀 있었다. 싱클레어는 아프락사스의 의미를 찾아 방황한다. 싱클레어는 오르간 신부 피스토리우스를 만나 아프락사스의 의미를 알게 된다. 신이기도 하고 악마이기도 한 아프락사스로 싱클레어는 자신의 내적자아를 통합하는 힘을 가지게 된다. 그리고 금욕에 대한 통제 또한 잘 하게 된다. 하지만 싱클레어와 피스토리우스의 관계는 파국을 맞이하게 된다. 아프락사스에 대한 피스토리우스의 구시대적 생각을 싱클레어가 신랄하게 비판을 하였기 때문이다. 그리고 싱클레어는 아프락사스의 진정한 의미는 자신의 운명을 자신이 당당히 살아가는 것이란 것을 깨닫고 대학교에 진학한다. 대학교 생활은 싱클레어 에게는 기성품으로 느껴졌다. 그래서 그는 에바부인과 데미안의 모임에 들어가 그곳에서 행복감을 느끼게 된다. 데미안, 싱클레어, 에바부인은 각각 전쟁의 기운을 탐지한 가운데 전쟁이 시작된다. 싱클레어는 전쟁 중 부상을 입게 된다. 하지만 그것은 운명을 직면한 싱클레어의 결과였다.

이 작품은 한마디로 선과 악, 미덕과 악덕, 정의와 불의, 양심과 비 양심, 행복과 불행 등과 같은 대립적인 세계가 공존하는 세상 규범에 저항하며 싱클레어가 자기 자신을 찾아 나서는 과정을 형상화한 작품이다. 인간의 내면을 탐구한 『데미안』의 깊이를 더욱 감동적으로 만날 수 있는 시간이었다. 그러나 그 감동만큼 내가 감당해야 할 성장통을 어떻게 극복해 나가야 할지에 대한 과제도 갖게 되었다.

「독고솜에게 반하면」

허진희 (지은이) | 문학동네

한 줄 소개

첫인상에 대한 속단, 소문과 편견 너머로 한 걸음 다가가는 용기에 대하여

안서현

독고솜은 서율무가 다니는 학교에 전학을 온다. 솜이가 전학을 오고 난 후 솜이를 중심으로 교과서 사건이 일어난다. 교과서 사건은 공식적으로 박선희가 저지른 일로, 결국 박선희가 자수를 하고 끝이 난다. 그 사건 뒤로 율무와 솜이는 매우 친해지고, 솜이가 가지고 있던 '마녀'라는 별명은 말도 안 되는 것임을 알게 된다. 그 뒤를 이어 율무와 같은 반인 은영미가 누군가의 폭행으로 인해서 병원에 입원하게 된다. 그리고 영미를 위해 성금을 모금하자는 의견이 나왔는데, 이유는 영미네 형편이 꽤 어려운 듯 하다는 것이었다. 그

렇게 모금이 진행되고, 다행히도 모금에 참여하는 학생이 많았다. 모금활동이 진행되는 도중에 마녀 독고솜의 집에 두 번째 손님인 엄마가 찾아온다.

그렇게 찾아온 엄마와 즐거운 시간을 보내고, 다음 날 교실에 왔을 때 솜이의 사물함에서 성금이 발견되었다. 그렇게 율무가 단서를 따라가 범인을 잡은 것이다. 이후 영미를 폭행한 범인은 최면에 걸린 사람마냥 자수를 하게 되는데, 다름이 아니라 영미의 아빠였다.

'독고솜에게 반하면'은 평범하지 않은 친구인 마녀 독고솜이 주인공이다. 평범하지 않고, 특별한 특징이 있는 사람과도 편견없이 친구가 될 수 있다는 것을 보여주는 책이다. 무엇인가 나와 다르게 특별한 친구가 있으면 흥미롭기도 하고 호기심에 그 친구와 친해지고 싶을 것 같다. 현실에서는 그런 일이 생기지는 않겠지만 가상에서는 그런 친구가 있을 것 같다. 현실적으로 보면 책에서 일어난 마녀의 힘이 현실에서는 일어나지 않는다는 것을 알고 있지만 가상의 세계서라도 경험해보고 싶다. 책에서는 율무의 탐정 활동을 통해서 율무와 솜이의 돈독한 우정을 보여준다. 다른 사람들이 위험하다고 손가락질함에도 불구하고 '마녀 독고솜' 그 자체를 보는 율무가 대단한 것 같다. 실제로 독고솜과 같은 친구를 보면 호기심도 생기겠지만 거부감이 더 먼저 생길 것이니까 말이다. 아마 인간의 우정은 그만큼 힘들고, 어렵고, 또 그렇기 때문에 멋있고 감동스러운 것 같다. 나는 그런 우정을 나누고 있는지를 되돌아보게 했다

「동물농장」

조지 오웰 (지은이),
도정일 (옮긴이) | 민음사

한 줄 소개

부당한 사회에 대한 조지 오웰의 신랄한 풍자를 담은 책.

김유송

이 책은 메이저라는 돼지의 꿈으로부터 시작된다. 메이저는 매너농장의 있는 동물들에게 꿈 이야기를 해주며 그들을 모으기 시작한다. "자 동지 여러분. 지난밤의 내 꿈을 이야기 하겠습니다." 그것은 인간이 사라지고 난 뒤에 있을 이 지상의 모습에 관한 꿈이었다. 메이저는 자신의 꿈 이야기를 하며 동물들의 혁명을 이야기한다. 인간과 그가 살고 있는 매너농장의 존스씨의 모든 행실에 대해 반드시 적개심을 가져야 한다는 말을 덧붙이면서 말이다.

그리고 사흘 뒤 메이저 영감은 자는 동안 편안히 숨을 거두고 만다. 봉기는 이대로 끝인 걸까? 동물들은 이 사실에 대해 자각하게 되었으며 메이저가 죽고 난 뒤 3마리의 돼지가 중심으로 떠오르게 된다. 바로 나폴레옹과 스노볼, 스퀼러라는 돼지이다.

나폴레옹은 덩치가 크고 사납게 보이며 말재주는 뛰어나지 않았지만 마음먹은 것을 끝까지 해낸다는 평판을 받고 있었다. 스노볼은 나폴레옹보다는 쾌활하며, 말도 유창하고 생각도 상당히 기발했는데, 그에 비해 기품이 좀 모자란다고 평가되고 있었다. 마지막으로 스퀼러라는 돼지는 언변이 좋았는데 다른 동물들 사이에서는 스퀼러는 검은 것을 흰 것으로 바꾸어 놓을 수도 있을 거라는 말이 있을 정도였다.

이 세 마리의 돼지들은 메이저 영감의 가르침을 받들어 '동물주의'라는 사상체계를 만들어내고 봉기를 시작한다. 매너농장의 주인 존스는 소송에서 져 많은 돈을 잃은 뒤 지나칠 정도로 술을 마시고 동물들을 굶주리게 하고 때리기 시작한다. 그리고 돼지들은 매너농장을 동물농장으로 바꾸고 동물주의 원칙 7계명을 만들게 된다.

이 책은 사람들에게 반공주의 소설로도 잘 알려져 있다. 하지만 내용을 들여다보면 그보다는 권력의 부패 과정과 인간에 대한 이야기를 찾아볼 수 있다. 대표적인 것이 술에 관한 이야기이다. 매너농장의 원래 주인인 인간 존슨은 항상 술에 취해 있었고 동물들의 봉기가 일어나는 그 날 역시도 술에 취해 있었다. 그리고 동물들에게 먹이를 주는 것을 까먹고 잠들어버린다. 화가 난 동물들은 매너농장의 이름을 동물농장으로 바꾸어놓는다.

술 때문에 생기는 문제는 이것 만이 아니다. 봉기 이후 권력을 잡은 돼지들 역시 술주정을 부리는 모습을 소설속에서 종종 찾아볼 수 있다. 돼지들이 농가의 지하실에서 위스키 한 상자를 찾아낸 그 날 밤 중절모자를 뒤집어 쓴 나폴레옹이 뒷문으로 나와서는 뜰을 빠르게 뛰어 다니다가 다시 안으로 들어가버리는 모습이 발견됐다는 장면은 마치 사람이 술에 취했을 때의 모습과 비슷하다.

동물농장은 스탈린의 독재정치를 동물에게 비유하여 나타낸 것이다. 스탈린은 '나폴레옹'이라는 돼지에 비유하고 돼지들을 볼셰비키로 비유했다. 탐욕의 상징인 돼지가 지도자가 된다는 부분에서, 권력자들에 비유했다는 설명이 없이 읽을 때는 많이 의아했다. 풍자소설임을 인지하지 못할 정도로 이야기의 짜임에 몰입할 수 있었다.

동물들이라고 생각했을 땐 이해가 안 되기도 했지만 초반의 동물농장은 평화가 깨지지 않을 것 같은 시스템이었다. 공산주의라는 이념으로 생각하지 않고 보면 동물의 세계에서는 효율적인 체제이다. 돈이 아닌 식량이 중요한 동물의 세계이니 공평하게 식량을 나눠주는 것이 가장 중요한 것 같다. 책 중간중간에 동물이라는 걸 깨닫게 해주는 순간들이 있는데 난 인간이 동물보다 뛰어나다고 생각하기 때문에 사이사이에 동물이라서 느낄 수 있는 한계를 느꼈다. 어쩌면 이러한 이유로 작가가 동물에 비유한 것은 아닐까 생각이 들었다. 그리고 왜 작가가 인간이 아닌 동물을 내세워 인간사를 표현할 수밖에 없는지를 다시 묻고 싶었다.

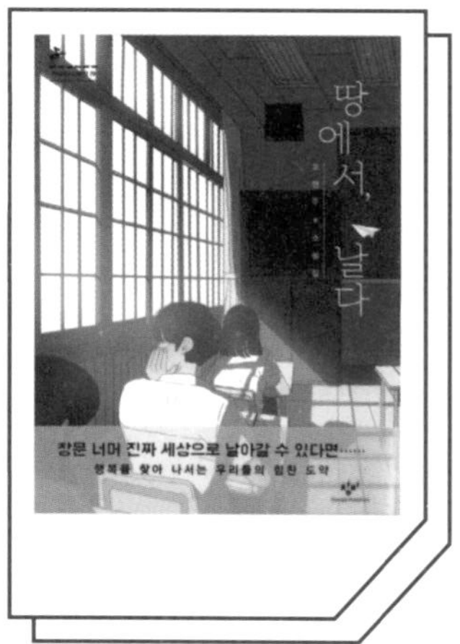

「땅에서 날다」

조현주 (지은이) | 창비

한 줄 소개

행복을 찾아 떠나는 청소년들의 힘찬 도약.

조희경

나는 하늘을 나는 꿈을 두 번 꾸었을 때, 하늘을 날고 싶다는 생각을 하였다. 그래서 나는 하늘을 날 수 있는 기구를 표로 정리해보았다. 타고 싶은 것이 많아도 패러글라이딩이 딱 좋았다. 인터넷에서 지구대 패러글라이딩이라는 곳에 가입했다. 그리고 처음으로 패러글라이딩으로 하늘을 날았다.

우리는 한 번씩은 하늘을 날아 보고 싶다는 생각을 해보았을 것 같다. 인간의 맨몸으로, 아무 장치도 없이 하늘을 나는 것은 불가능한 것이라는 것을 알기 때문에 인간은 하늘을 더더욱 날고 싶어하는 것이 아닐까. 비행기든, 패러글라이딩이든, 아무 장치의 도움도 받지 않는 맨몸으로 하늘을 날 수 없는 인간은 결국 어떤 것이든지 무언가의 도움을 받아서 하늘을 날 수밖에 없다. 생각해보면 나뿐만이 아니라 모든 인간은 본인의 맨몸으로는 아무 것도 할 수 없는 것 같다. 자연에서 짐승으로 살아갈 수도 없고, 당장 종이에 글을 쓰기 위해서도 연필이 필요하고, 현재는 핸드폰, 텔레비전, 인터넷이 없으면 인간 세상은 돌아가지 않는데. 이것들을 전부 인간이 만들어 낸 발명품이라고 해도 결국에 이 모든 것을 필요로 하는 것도, 무조건 만들어 내야 하는 것도 인간인 것 같다.

사실 이 책에서 패러글라이딩을 하기 위해 인터넷까지 검색했었던 인물도 비슷하다. 본인이 맨몸으로는 날지 못하니까 어떤 것으로라도 하늘을 날기 위해 패러글라이딩을 선택한 것이다. 이 인물은 아직 학생인데. 의지가 대단한 것 같다. 나는 이 인물처럼 무언가 열정적으로 하고 싶었던 것이 있었나 생각해보았다. 결과만 이야기하자면 없는 것 같다. 아직까지는 엄청 하고 싶은 것도, 엄청 재미가 있는 것도 없는 것 같다. 내가 알고 있는 것이 많지 않아서 그런 것 같기도 하다. 이 책에서 등장하는 인물들은 대부분 자신이 하고 싶은, 자신이 바라고 있는 무엇인가를 좇는다. 나는 아직 그런 경험이 없이 때문에 그들의 열정에 감탄했던 것 같다. 감탄을 넘어 내 자신이 부끄럽다는 생각도 떨칠 수가 없었다.

• • •

남유주

2학년 반에서 꿈에 관한 보고서를 썼다. 꿈에 관한 보고서가 수행 평가에 들어가지 않는다는 것을 알고 대부분이 재미있게 썼다. 대부분은 "꿈은 아직 정해져 있지 않았다.", "꿈은 무한대다." 라고 말했다. 꿈은 언제나 바뀔 수 있고 없을 수도 있다. 앞으로 살아갈 미래에는 꿈이 없으면 돈을 벌기 힘들다. 사람마다 생각하는 것이 다르듯이 꿈도 개개인마다 다르다. 꿈은 2가지로 나뉜다. 잠 잘 때 꾸는 꿈, 미래의 직업이다. 지그문트 프로이트는 인간의 심리 문제를 자신의 불행했던 어린 시절을 통해 돌아보고, 정신적 불안과 그 원인을 꿈에서 찾으려 했다.

〈꿈의 해석〉이라는 책을 출판하고 당시 과학계에서 외면당했다. 저항하려는 성격이 서로 치열하게 싸우는 무의식이 존재하며 이 무의식이 결국 인간을 지배한다는 가설을 핵심으로 내세웠다. 꿈을 우리 생활로 끌어들여 정신 의식을 하나로 간주하였다. 자유 연상법이라는 정신치료법 또한 도입하였다. 이것이 현대 정신 치료법이다. 사람의 꿈이 다 다르듯 여러가지의 꿈이 있다. 꿈은 이루어질 수도 있고 이루어지지 않을 수도 있다.

이 책의 주인공들은 우리 주변에서 흔히 볼 수 있는 평범한 10대의 모습이지만 내면에는 특별한 열정을 모두 가지고 있다. 주인공들은 답답하고 지루한 일상에서 벗어나 자신만의 행복을 찾고 싶어 한다. 그러다 우연히 만난 사건을 통해서 해방감을 느낀다. 틀에 박힌 듯이 흘러가는 일상 속에서 경험한 작은 자유는 주인공들이 세상을 더욱 넓고 깊게 바라보며 성장할 수 있는 밑바탕이 된다.

주인공 석태에게는 아픈 기억이 있다. 하늘을 날아 보자던 장난으로 인해 한 친구가 다치게 되고 이 때문에 학교를 그만두게 된 것이다. 그 뒤에 석태는 부모님에게 남들 눈에 띄지 말고 조용히 살라는 조언을 듣는다. 하지만 석태는 이런 부모님의 조언에 의문을 갖는다. "기석태, 튀지 말고 쫌. 평범하게 가자. 응?" 석태의 어머니가 늘 하시던 말씀을 주인공은 받아들이지 못하고 여러 시도를 한다. 이런 석태의 행동은 내게 밝고 긍정적인 기운을 끌어올리는데 도움이 되기도 했다. 석태가 겪은 사고 자체는 어둡고 우울하지만 석태는 어쩌면 무모하게 느껴질 만큼 적극적이고 주도적인 인물이다. 상처를 딛고 일어서는 용기를 가진 주인공을 보며 많은 것을 느꼈다.

석태는 결국 패러글라이딩 동호회에 들어가 하늘을 날게 된다. 자신으로 인해 일어난 사고가 발목을 잡고 어쩌면 건강한 삶은 살지 못할 수도 있었지만 석태는 그것을 극복해 냈다. 과거의 상처는 상처인 채로 받아들이며 이미 지나간 일을 후회하지 않는다. 미래만을 바라보며 자신이 바꿀 수 있는 것에 집중한다. 색다른 것을 경험하고 자신에게 주어진 선물같은 삶을 위해 주도적으로 인생을 살아가는 석태가 참 멋있다. 그러나 이런 삶이 그렇게 쉽지 않다는 점에서 나에게 부과되는 짐도 함께 느꼈다. 극복이란 것이 누구에게나 결코 쉽지 않기 때문이다.

「로봇 반란을 막아라!」

김수경 (지은이),
정성훈 (그림) | 한솔수북

한 줄 소개

로봇의 자유의지?!

노연서

주인공 한광석은 어릴 때 사고를 당해 하나의 다리를 잃었다. 한광석의 형은 똑똑해서 동생의 다리를 기계로 만들어 주었다. 그리고 한광석의 옆에서 함께 있어줄 수 있는 로봇 강아지 퍼피도 만든다. 한광석은 로봇 대회에 나가게 되는 그때부터 천재 로봇박사라고 불리게 된다. 한광석의 친구들은 한광석의 다리를 보고 장애인이라고 놀렸지만, 기계로 다리를 만들고 나서부터는 잃어버렸던 한 쪽 다리를 채우고 있는 기계다리를 보고 신기하게 보게 된다.

시간이 흐르고 어느 날, 한광석은 주변을 둘러보게 된다. 온 세상이 로봇이었다. 집안을 청소해 주는 로봇, 버스를 운전하는 로봇,

식당에서 일을 하고 있는 로봇, 요리를 하고 있는 로봇. 인간의 주변에 전부 로봇이 있었다. 인간 세상에서 로봇이 하는 일이 너무 많다는 생각을 한다. 심지어 로봇들은 자신의 역할에 맞게 설정되어져 있는 로봇이기는 하지만, 자신들이 생각한 대로 행동할 수 있는 지능도 가지고 있었다. 로봇들이 반란을 일으킬 수도 있다고 생각한 한광석은 집 안에 있던 로봇들부터 부수기 시작한다. 그리고는 밖으로 나가서 주변의 로봇들을 다 부수게 되고, 결국 그는 경찰서에 가게 된다. 한광석의 형은 그런 한광석에게 로봇들과 잘 지내야 된다고 설득한다. 하지만 한광석은 형이 로봇의 편이라는 생각을 하고 형의 집에 찾아간다. 여기서 한광석의 형은 한광석에게 사실 본인은 사이보그라고 이야기하며, 로봇들은 이제 인간과 함께 지내야 하는 존재라고 설명한다. 본인의 생각이 잘못됐다는 것을 알게 된 한광석은 로봇연구에 집중하며 이야기가 끝난다.

만약 우리 세상이 로봇으로 가득 찬다면, 마냥 편하기만 할 것 같다는 생각을 했었다. 내가 하기 싫은 숙제도 해주고, 설거지도 해주고, 일도 대신 해줄 수 있는 존재이니 말이다. 그냥 배터리만 충전해주면 평생 해줄 수 있는 존재라고 생각했는데, 한광석처럼도 생각할 수 있을 것 같다. 인간의 직장도 사라지고, 인간의 욕심이나 열정도 사라지고, 게을러질 것 같다. 그래도 아직까지는 로봇과 함께 생활하는 지금이 나쁘지만은 않은 것 같다. 딱 이 정도가 적당하다는 생각이 든다. 나의 이런 생각은 앞으로 전개될 로봇시대에 적합한 사유일지를 함께 생각한다.

「링컨」
: 대통령이 된 통나무집 소년

러셀 프리드먼 (지은이),
손정숙 (옮긴이) | 비룡소

한 줄 소개

링컨의 삶과 역사적 의미를 다양한 사진자료와 함께 다각도로 풀어나간 책

최지안

에이브러햄 링컨은 미국의 16대 대통령이다. 그는 상공업이 발달한 북부 출신으로 노예제도에 강력히 반대했다. 그러나 농업이 발달한 남부에서는 노예제도에 찬성하는 입장이었다. 노예제 허용 여부로 인한 남북 전쟁이 발발하던 중 링컨은 노예 해방 선언을 발표했다. 그의 노예 해방 선언은 전세를 북부 쪽으로 가져다 주었고 게티즈버그 전투에서 북부의 승리로 전쟁이 끝났다. 그가 노예제에 그토록 반대했던 이유는 노예가 필요없는 북부 출신이어서만은 아니었다. 그의 오랜 신념은 모든 인간은 평등하게 태어났고, '인간이 다른

사람을 노예로 만드는 것과 관련된 도덕적 권리는 있을 수 없다'는 것이다. 자유와 평등을 향한 추구와 도덕적인 신념은 그를 노예제에 강력하게 반대하도록 하였다.

링컨이 이룬 수많은 업적들 중에서도 노예 해방은 역사상 가장 위대하고 수많은 사람들이 그를 존경하는 가장 큰 이유라고 생각한다. 노예제를 당연하게 생각하는 사회였음에도 불구하고 링컨은 올바른 신념을 가졌고, 그 신념에 따라 행동했던 점에서 나는 그에 대한 존경심을 가지게 되었다. 이것이 내가 오늘 그에 대한 글을 쓰는 이유이기도 하다. 링컨에 대해 찾아본다면, 그는 얼마나 많은 실패를 겪었는지 알 수 있다. 그는 27번의 대실패를 딛고 자신에 대한 믿음만을 가지고 대통령 자리에 서게 되었다.

물론 자신에 대한 믿음과 확신 속에는 그의 모든 시간들과 노력이 들어있을 것이다. 그의 끈질긴 근성과 끈기는 정말 닮고 싶은 점 중 하나이다. 그의 이야기를 읽었을 때, '내가 저런 실패를 겪게 된다면 어떡할까, 다시 도전 할 수 있을까' 라는 생각이 들었다. 무엇보다도 나의 온 몸에 배어있는 게으른 근성이 나를 실패의 길로 빠르게 인도해줄 것 같다는 생각도 들었다. 나는 오늘 링컨의 일생에 대해 찾아보면서 진정한 노력이란 어떤 것인지, 올바른 도덕적 신념이란 무엇인지에 대해 배웠다. 모두가 나의 글을 통해 링컨의 인생을 간접적으로 보며 배우고 얻는 것이 있기를 바란다. 그렇기 위해서는 나의 글쓰기도 더욱 발전되어야 하지 않을까? 자기성찰이 없는 책읽기와 글쓰기는 무의미하기 때문이다.

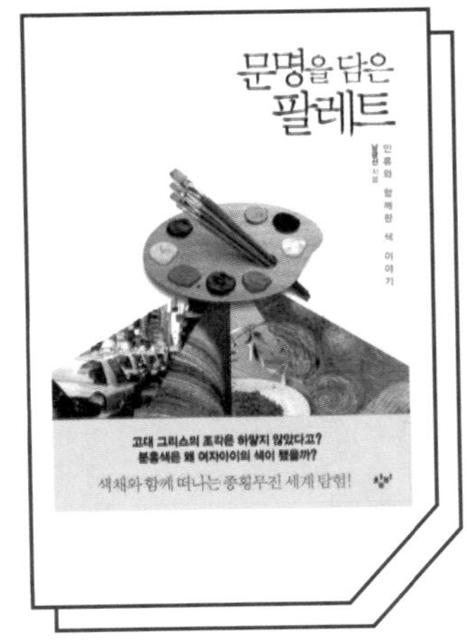

「문명을 담은 팔레트」

- 인류와 함께한 색 이야기

남궁산 (지은이) | 창비

한 줄 소개

다채로운 색의 역사와 특징에 대해 안내하는 책.

노연서

『문명을 담은 팔레트』는 빨강, 파랑, 노랑, 초록, 검정, 하양, 보라, 주황, 분홍 등 9가지 색이 사람과 함께한 과정을 차근차근 짚어본다. 구석기 시대 사람들이 흙에서 얻은 빨강으로 동굴 벽화를 그린 이후, 색은 잠시도 사람과 떨어진 적이 없다. 색과 사람은 끊임없이 영향을 주고받았으며, 색의 의미는 지역과 사상 등에 따라 변해 왔다. 그렇기 때문에 색의 의미를 살펴보는 것은 당대 사회를 이해하는 또 다른 방법이 될 수 있다.

고대 그리스에서 이름조차 없던 파랑이 가장 인기 있는 색이 된 배경에는 중세를 지배한 기독교가 자리하고 있다. 중세부터 교회 예술에서 성모의 옷이나 천상 세계를 파랑으로 표현한 덕에 파랑의 지위가 몰라보게 올라간 것이다. 한편 18세기 후반 유럽의 신고전주의가 하양을 우월한 색으로 여긴 이유를 알려면 냉철한 이성과 엄격한 조화를 중요시하던 당시 철학에 주목해야 한다. 우리나라에서 명절에 어린아이에게 입히는 색동옷이나 떡국에 올리는 색색 고명도 음양오행과 오방 색 사상을 바탕으로 한 것이다.

그 중에서 가장 기억에 남는 색의 기원과 특징은 노란색이다. 노란색은 밝은 느낌을 주는 동시에 불안정이라는 느낌을 주기도 한다. 그래서 노란색은 까다로운 색이다. 왜냐면 빨강과 주황이랑 나란히 있으면 적극적이고 따듯한 느낌이지만 갈색이나 회색과 있으면 어둡고 답답해 보이기 때문이다.

기원전 19세기에 노란색과 같은 광물이 발견된다. 하지만 그것은 강한 독 성분이 있어 조선시대 때 사약에 들어가기도 했었다. 그 후 1750년쯤부터 유럽 화가들은 자폴리 노랑이라 불리는 색소가 있었다. 하지만 여기도 독성분이 있어 현재에는 카드뮴 옐로만이 쓰인다. 오래전부터 서양에서는 노랑이 경계와 멸시를 상징했다. 죄를 저지른 사람 등에게 노란색으로 표시하거나 노란 딱지를 다는 등 그런 것으로 다른 사람에게서 차별을 받았었다. 하지만 동양에서는 노란색의 옷을 왕이 입기도 했다. 그리고 조선의 왕 중 한명인 순종도 노란색 옷을 입었었다. 또한 오방색으로 물든 색동저고리를 돌이나 명절에 입히기도 했다.

빨강색의 기원 또한 인상깊었다. 빨강색을 처음 얻은 곳은 흙이었다. 구석기시대에는 벽화에 그것을 사용했다. 그리고 1만 7천년이 지나도 남아있는 것이 대단하다. 사람들은 더 선명한 빨간색을 얻기 위해 땅에서 빨간 돌덩어리를 캐냈다. 그것을 주시라 불렀는데 그것으로 부적과 도장을 만들었다. 연금술사들은 수은과 황으로 금을 만들려 했지만 금 대신 빨강을 넣었다.

주변에서 흔히 보던 색깔들의 기원과 특징을 생각해본 경험은 없었는데 이 책을 읽으며 여러 색의 특징을 알 수 있어서 흥미로웠다. 특히 한국의 전통의상인 한복의 색동옷을 입는 이유가 기억에 남는다. 예쁘기도 하지만, 단지 곱다는 이유만으로 입는 것이 아닌 오방색으로 물든 색동옷이 나쁜 기운을 막고 아이의 무병장수를 이루어준다고 믿기 때문이라는 내용이다. 예전에는 아이뿐 아니라 어른들도 장신구와 신발을 착용할 때 오방색의 전체적인 균형을 고려했다고 한다. 파랑이 부족한 옷차림이면 파란 노리개를 달았고, 빨강이 부족하면 빨간 꽃신을 신는 식으로 말이다. 조상의 지혜와 색의 특징이 맞물려 의복을 만들었다는 사실이 흥미로웠다.

그러나 나에게는 하나의 숙제가 주어졌다. 나의 삶을 앞으로 어떤 색깔로 만들어 나갈까 하는 과제였다. 삶이란 것도 어쩌면 자신의 색깔을 만들어 나가는 과정이라면 9가지 색이 함께 합쳐진 그런 색깔로 나를 만들어 갈 수는 없을까? 불가능한 나만의 상상일까?

「물전쟁」

반다나 시바 (지은이),
이상훈 (옮긴이) | 생각의나무

한 줄 소개

환경주의 사상가이자 행동가인 반다나 시바의 전 세계 수리권 대립에 대한 이야기.

남유주

이 책은 물리학자에서 환경 운동가로 변신한 인도의 반다나 시바가 역사적으로 어떻게 지역사회의 물에 대한 권리가 침해되어 왔는지를 분석한 내용이다. 보통 댐건설을 둘러싼 분쟁에서 발생하게 되는 경제논리와 환경논리의 대립, 그 대립 가운데에서 어떠한 문제점들이 발생하고 있으며, 어떠한 대안이 제시되고 있는지 세계 여러 나라의 사례를 통해 살펴본다. 또한 이 책에서는 단지 댐건설만이 아니라 과도한 지하수 개발사업이 지하수를 고갈시키고 이로 인해 무료로 물을 사용하던 주민들이 물을 사먹게 되고, 심지어는 다국적

기업이 공급하는 청량 음료수를 사 먹어야 하는 등 비극적인 개발사업 또한 고발하고 있다.

이 책에 따르면 21세기에는 석유가 아닌 물에 대한 갈등이 심각해질 거라고 했다. 물 전쟁이 일어난 적은 없지만 국가와 국가간의 갈등이 심해지게 되었다. 나일 강은 세상에서 가장 긴 강으로 6800km에 다다른다. 백나일은 수단 카르토움에 합쳐져 이집트를 거치고 백나일 삼각주로 이어진다. 나일강은 이집트와 수단, 에티오피아 이외에도 우간다, 케냐, 탄자니아, 부룬디와 르완다 등 여러 국가가 공유하고 있다.

나일강 유량의 상당량은 에티오피아의 강에 의존하고 있는데 갈수록 인구 증가와 물 수량 증가, 가뭄으로 인해 유량이 감소하면서 특히 이집트와 수단, 에티오피아 간의 갈등이 커지고 있다. 흐르는 물을 공평하고 지속가능하게 사용해야 한다는 원칙에는 동의하지만 물 사용에 대한 주도권을 두고 크고 작은 국경분쟁과 전쟁위기는 늘 있어왔다. 이외에도 미국과 멕시코는 콜로라도 강을 두고 갈등을 겪으며 터키와 러시아, 이라크의 경우 티그리스 강과 유프라테스 강을 둘러싼 분쟁이 심하게 발생하고 있다. 중국 삼협댐의 경우 양쯔강의 물길을 변동시킨다는 점에서 우리나라를 포함한 인근 국가들이 경계심을 늦추지 않고 있다. 물을 많이 아껴서 사용하고 국가간의 분쟁이 없어야 한다. 국가 간의 분쟁이 더 커질수록 사이는 오히려 더 멀어지게 된다.

교과서에서 우리나라가 물부족 국가로 분류된 것을 보고, 때때로 가뭄이나 홍수 관련 뉴스를 보기도 했지만 정작 나 자신은 그렇게 물이 부족하다는 점을 느껴본 적이 없다. 물이 세상의 모든 사람들에게 필요한 만큼 공평하게 나눠지는 것이 아니며, 누군가가 풍요롭게 사용하면 다른 누군가는 피해를 입는다는 사실을 처음으로 깨달았다.

햇빛이나 공기, 바람 같은 것들도 강한 곳이 있고 덜 강한 곳이 있지만 인간의 손과 판단을 이용해 억지로 조절할 수 있는 것은 아니다. 더군다나 햇빛이 그저 내리쬔다고 해서, 공기가 존재한다고 해서 그것을 '낭비'라고 말할 수는 없다. 그렇지만 물은 명확한 영역을 가지고 존재하고, 그 방법이 바람직하든 그렇지 않든 간에 인간의 힘으로 흐르는 길을 바꿀 수도 있고 가둬 놓을 수도 있다. 또한 인간이 쓰지 않고 그저 흐르며 어딘가로 흡수되는 물을 '낭비'라고 표현하기도 한다.

우리나라는 강을 놓고 다른 나라와 분쟁을 한 적이 없는데 이 책을 통해 강 때문에 많은 나라들이 극단적으로 대립해 있다는 사실을 처음 알았다. 더욱 안타까운 점은 물이 부족한 국가는 대개 제3세계이고 그들의 수자원이 강대국 또는 다국적기업의 이익을 창출하기 위한 도구로 사용된다는 점이다. 미국은 제3세계에 댐을 건설하고 세계은행은 그들의 도움이 절실한 나라들에 그들이 가진 수자원을 개방할 것을 요구하며 물을 하나의 상품으로 취급하였다.

물은 인간의 노력으로 만들어진 것이 아니며 시장에서 다른 상품으로 대체될 수 없기 때문에 물의 대체품은 오로지 굶주림과 죽음뿐이라는 말이 가장 인상깊었다. 분명 더 좋은 방법들이 있을 텐데 아직 그 방법을 찾지 못했다는 사실이 조금 서글프기도 하다. 왜 어른들은 모두가 나누어 사용해야 할 물까지도 전쟁의 수단으로 삼고 있는가? 아직은 잘 이해가 되지 않는다.

「지킬 박사와 하이드」

로버트 루이스 스티븐슨 (지은이),
이미애 (옮긴이) | 푸른숲주니어

한 줄 소개

인간의 이중성을 다룬 로버트 루이스 스티븐슨의 대표작이자 환상소설.

배수현

어터슨 변호사는 평상시에 사람들에게 차갑다는 인상을 주지만 얼마 없는 오랜 친구인 지킬과 라니언 박사와는 엄청 깊은 우정을 나눴다. 그러나 이 단단한 우정도 깨져버리는데. 때는 1880년, 엔필드가 어터는 한 살인사건을 말해준다. 가해자의 이름은 하이드고, 키가 작고 외모는 흉측하게 생겼다. 경찰들이 벌금을 권유하자 지킬 박사의 집에서 돈을 가지고 왔다. 그리고 지킬의 유언장에는 '헨리 지킬이 죽거나 실종되었을 시 그의 모든 재산을 에드워드 하이드에게 주어라'라고 적혀 있었다. 뭔가 꺼림직한 느낌을 받은 어터슨은 지킬을 찾아가 하이드에게 물어보았다. 그럴 때마다 지킬은 확실한 답변 대신 헷갈리는 답변만을 알려줬다.

그로부터 몇 달 뒤, 덴버스 경을 하이드가 죽여 현상수배 명단에 있다는 사실이 어터슨의 귀로 들어갔다. 어터슨은 하이드와 연관있는 지킬이 걱정되어 그를 찾아갔지만 그의 하인인 풀에 의하면 그는 며칠째 서재에만 박혀 그 누구도 만나지 않는다고 한다. 그렇게 지킬을 찾아가고 거절당하는 것만 반복하던 어느 날 전에는 찾을 수 없었던 야윈 모습으로 라니언이 그를 찾아왔다. 그는 지킬 박사와 하이드에 대한 이야기를 하고 자신의 유언장을 주고는 그대로 가버렸다.

그리고 이틀 뒤, 라니언이 죽었다. 그로인해 슬픔에 잠겨있던 어터슨에게 풀이 찾아왔다. 어터슨은 풀과 함께 지킬 박사의 집으로 가 라니언의 죽음을 말해주었다. 그 말에 풀은 예상하고 있었다는 듯 아무렇지 않게 지킬의 이상행동에 대해 말해주었다. 그 말을 들은 풀과 어터슨은 '하이드가 지킬을 살해했다'와 '지킬은 큰 병에 걸렸다'로 긴 논쟁을 한 끝에 지킬이 있는 서재를 급습하기로 했다. 그렇게 지킬의 서재를 급습한 두 사람은 이내 놀라운 광경을 보았다. 하이드가 독약을 마신 채 죽어 있었기 때문이다. 집으로 돌아온 어터슨은 라니언의 유언장을 열어보았다.

여러 약물을 발명하고 관찰하기를 좋아했던 지킬은 선과 악을 갈라놓을 수 있는 약을 개발하고 직접 먹게 된다. 그 중 악은 하이드였고, 키가 크고 훤칠했던 지킬과 달리 흉측한 외모를 가지고 있었다. 하이드가 첫 번째로 사람을 죽이자 지킬은 다시는 약을 먹지 않기로 다짐했지만 잠에서 깨어보니 약을 먹지 않아도 하이드로 변할 수 있다는 것을 알게 된 지킬은 하이드로 변할 수 없도록 또다른 약을 개발하고 먹게 된다. 새로 개발한 약이 거의 다 떨어졌을 때쯤, 하이드가 모습을 드러내게 되자 지킬은 라니언에게 모든 것을 말해주고 도움을 받아 겨우 벗어나게 되지만 오랫동안 힘들어 했던 하이드는 더욱 난폭해져 있었고, 이유없이 덴버스 경을 살해하게 된다. 약이 떨어진 지킬은 다시 약을 만들려고 했지만 약을 만들 수 있는 재료가 사라져버려 결국 서재에 스스로를 가두고 지내었고, 풀과 어터슨이 본인의 서재를 급습하자 독약을 먹고 자살하게 된다.

자신 혼자 비밀을 알고 그 누구에게도 그 충격적인 사실을 말하지 못한 라니언이 너무 안타까웠고 선과 악을 갈라놓는 약을 개발하여 스스로를 실험체로 삼은 지킬 박사를 이해할 수 없다. 왜 자신 안에 존재하는 악과 선을 나누어 악을 억누르려고 했을까? 나에게는 여전히 풀리지 않는 의문이다.

• • •

김유송

책을 읽을 때 지킬 박사가 했던 생각에 대해 궁금한 점이 있었다. 인간에게 선과 악이 둘 다 존재하는 것은 맞지만 둘을 분리시킨다는 것은 있을 수 없다고 생각한다. 나는 선과 악이 둘 다 존재함으로써 사람이 만들어진다고 생각한다. 지나치게 선할 때는 약간의 악함이 사람을 지키고 악한 생각이 있을 때는 선함이 있기 때문에 사람이 상식의 선 안에서 행동할 수 있다고 생각한다. 그 둘을 이분법적으로 나누어 버리니 양쪽 전부 불완전한 사람이 되는 것이고, 사람들은 대부분 나를 위해 내 감정대로 행동할 수 있는 악함을 선호하니 선함이 없어지는 것 같다. 지킬 박사도 선과 악을 분리했을 때의 문제점에 대하여 생각해 봤을 것이다. 그런데도 박사가 본인을 선과 악으로 나누었다는 것은 본인의 원래 모습보다 나쁜 행동을 했을 때의 쾌락이 더 중요하다는 것이 아닐까?

아직까지, 적어도 나는 선함을 우선시 생각하는 것 같다. 그리고 다수의 사람들은 선함만이 인간에게 필요하다고 생각한다. 지킬 박사가 하이드를 만든 이유도 항상 다른 사람 앞에서는 선한 모습만 보여줘야 한다는 생각 때문인 것 같다. 이 책의 내용을 미루어 봤을 때, 약간의 악함도 다른 사람 앞에서는 필요한 것이다. 어터슨은 친구의 악한 모습을 받아들이지 못했을 것 같다. 어터슨 또한 선함만이 인간에게 필요하다는 생각을 가진 다수의 사람인 것 같다. 하지만 지킬은 다수에 포함되지 않았기 때문에 어터슨은 지킬의 악한 모습을 인정하지 못했다. 단, 지킬의 모습에 제한해 봤을 때 어터슨은 하이드를 보고 경멸했다. 그게 본인의 친구 '지킬 박사'의 모습이라면 당연히 인정하지 못했을 것이다. 그러나 하이드가 지은 죄는 용서할 수 없는 부분이다. 나는 지킬과 하이드의 모습에 대해 책이 보여주고 싶은 '지나친 욕망이 불러온 비극'과 '지킬이 원했던 본인의 모습' 둘 다 이해가 됐다. 잔인하거나 무서운 장면이 거의 없었지만 스산한 느낌이 들었다. 인간의 악함이 인간을 비참하게 만들기도 하기 때문이다.

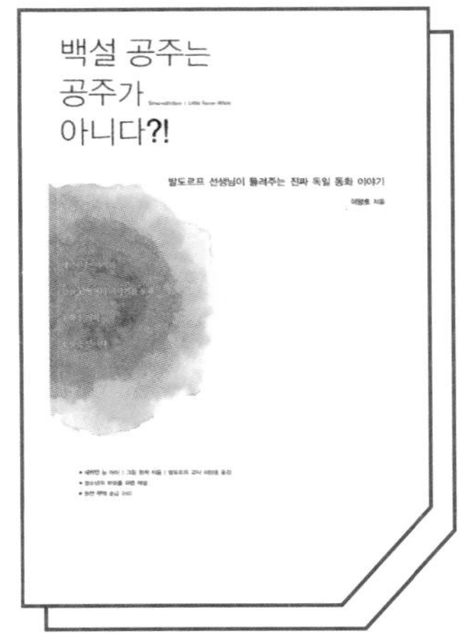

「백설공주는 공주가 아니다?!」

- 발도르프 선생님이 들려주는 진짜 독일 동화 이야기

이양호 (지은이),
박현태 (그림) | 글숲산책

한 줄 소개

옛 이야기 제대로 읽기를 통해 배우는 고전 동화.

최지안

〈백설공주는 공주가 아니다?!〉라는 제목은 책의 내용이 더욱 궁금해지게 만들었다. 백설공주가 공주가 아니라니. 당연하게 생각했던 것을 부정하니 이유가 궁금해졌다. 이러한 궁금증을 품은 채 책을 읽어 나갔다.

저자는 언어가 다른 동화를 번역하는 부분에서 큰 허물이 있다고 한다. 바로 한 언어를 다른 언어로 번역하는 과정에서 왜곡되거나 어린이를 위한 동화라는 이유로 순화된 표현들을 써 원작의 느낌을 제대로 전달하지 못한다는 것이다. 책 속에서는 원작인 그림형제의 'snow white'와 이것을 최대한 직역한 버전인 '새하얀 눈 아이'

를 읽을 수 있었다. 제목부터 익숙한 백설공주라는 표현대신 새하얀 눈 아이라는 표현은 낯설게 다가왔다. 계속 읽다 보면 백설공주에선 본 적 없는 표현들을 찾을 수 있었다. '못 돼먹은 여자'라던가 '새하얀 눈 아이'와 같은 표현들이었다. 원작에선 어느 부분에서도 공주라는 단어를 찾을 수 없었다. 물론 작품 속에서 새하얀 눈 아이는 여왕의 딸이므로 '공주'의 직급은 맞다. 하지만 성에서 호화로운 생활을 하는 공주와 숲 속에서 고달프게 산 아이는 조금 다르다. 무엇보다도 원작을 직역한 버전에서는 '눈처럼 새하얗고, 피처럼 붉고, 창틀의 나무처럼 검을 아이를 가질 수 있다면.'이란 표현이 나온다. 하지만 동화 〈백설공주〉에서는 '눈처럼 새하얀, 피처럼 붉은 입술, 숯처럼 검은 머리카락을 가진 아이'란 표현이 사용된다. 이 두 문장은 읽었을 때 확실히 다른 느낌을 준다.

이 책을 통해 알게 된 사실은 충격적이면서도 신선했다. 어릴 때 읽었던 대부분의 동화에 원작이 있었다고 생각하니 혼란스러웠다. 이 책을 읽으며 많은 궁금증 또한 생겼다. 언제부터 동화가 어린이들만을 위한 책으로 인식되었는지, 왜 순화된 표현들을 쓰는지 동화라는 문학장르에 대해 호기심이 생겼다. 하지만 아쉽게도 이에 대한 답을 책 속에서 찾을 수 없었다. 인터넷에서 찾아보니 한가지 궁금증에 대해선 어느 정도 해소가 되었다. 순화된 표현을 쓰는 이유는 우리나라 대부분의 문학작품, 영화와 같은 영상작품들의 결말이 해피엔딩이며 희망적인 메시지를 담고 있는 것과 관련이 있었다.

밝고 희망찬 해피엔딩도 좋지만 때때로 이런 획일적인 결말이 시시하게 느껴진다. 이러한 권태감이 새드엔딩의 여운을 사랑하는 팬들이 많아지는 이유라고 생각한다. 이 책을 읽으며 생긴 궁금증은 스스로 해결해 나가며 작가님의 의도대로 책을 읽고 있다는 생각이 들었다. 저자는 학생들이 옛 이야기를 되새기며 생각하는 힘과 올바른 헤아림을 키워야 한다고 했다. 캐묻고 답하며 이야기의 속살까지 가 닿는 경험은 생각을 뻗어나가는 힘을 키워준다. 나는 이 책을 통해 생각하는 힘을 키웠으며 동화에 대한 지식도 얻을 수 있었다.

사람들은 보통 동화라고 하면 어린이만을 위한 책이라고 생각한다. 그러나 동화는 어린이만을 위한 책은 아니다. 대부분의 유명동화의 원작자인 그림 형제는 그들의 작품 예상 독자를 어른들까지로 설정했다고 한다. 동화는 '인간 문명의 이념'이 들어있는 문학작품이다. 아이들이 읽는 유치한 이야기가 아닌 세상살이의 지혜를 담고 있는 책으로 동화를 여겨야 한다. 다른 동화의 원작들은 또 어떤 놀라움을 숨기고 있을지 궁금해졌다. 동화를 계속 읽어야겠다는 마음이 샘솟았다.

「보물섬」

로버트 루이스 스티븐슨 (지은이),
에드워드 윌슨 (그림), 정영목 (옮긴이)
| 비룡소

한 줄 소개

신비로운 세상을 향하여 모험을 떠나는 주인공의 이야기를 담은 해양소설.

배수현

어느 날 짐의 아버지가 운영하는 여인숙에 '선장'이라는 사람이 의문의 옷상자를 들고 찾아온다. 짐의 여인숙에서 묵게 된 선장은 외다리인 뱃사람이 오는지 살피라고 했다. 그로부터 얼마 후, '검둥개'라는 장님이 선장을 찾아와 이야기를 나누다 싸우기 시작했다. 검둥개는 선장의 칼에 어깨를 맞고 도망갔다. 다음 날, 선장은 검둥개가 보낸 검은 쪽지를 받고 시름시름 앓다가 죽었다. 짐과 그의 어머니는 선장의 목에 걸려있는 열쇠로 옷상자를 열고 그 안에 있던 돈과 기름종이로 둘러싼 꾸러미를 들고 알고 지낸 사이였던 리브지에게 간다. 짐은 리브지에게 그 꾸러미를 보여주고 그것이 보물섬에 대한 지도라는 것을 알게 된다. 리브지는 선원들과 함께 출항준비를 한다. 출항 전날, 짐은 자신이 신뢰하는 존 실버와 같이 가기 위해 그와 그의 일행도 데리고 가게 된다. 출항 날, 짐은 사과 통 속에 잠들었다가 실버가 보물을 독차지하려고 하는 사실을 알게 된다.

섬에 도착한 뒤, 리브지는 해적들을 피해 통나무 요새로 갔지만 해적들에게 붙잡히게 된다. 한편 짐은 벤건이라는 사람을 만나 통나무 요새로 들어갔지만 해적들에게 붙잡혀 어쩔 수 없이 해적들과 함께 보물을 찾게 된다. 지도에서 알려준 위치를 찾아보았지만 그곳에는 보물이 없었다. 실버가 보물을 먼저 숨겨두었다고 생각한 해적들은 실버를 공격했고, 실버 또한 해적들을 향해 총을 쐈다. 알고 보니 애초부터 보물이 있었던 곳을 알았던 벤건이 미리 보물을 옮겨둔 것이었다. 벤건이 꺼내온 보물들을 나르고, 실버는 돈 한자루를 들고 돌아갔다. 그리고 남은 사람들은 그 보물을 나눠가지고 행복하게 살았다.

나는 짐이 매우 힘들었을 것이라고 생각한다. 자신의 여인숙에 다른 사람들의 피가 날려 난장판이 된 셈 아닌가. 내가 만약 그런 일을 겪었다며 정말 흉물스럽고 징그러웠을 것이다. 자신이 신뢰하던 실버가 보물을 자기 혼자 차지하려 했을 때도, 나였다면 배신감에 한동안은 충격에 휩싸였을 것 같다. 그래서 나는 그 힘든 시련을 이겨낸 짐이 대단하다는 생각이 든다. 이런 힘은 어디로부터 나온 것일까? 그 근원을 찾기 위해 더 성실하게 책읽기를 계속하는 수밖에 없을 것 같다.

「봄을 기다리는 날들」

- 감옥의 아버지와 주고받은 10년 동안의 편지, 수학자 안재구 가족 서간집

안재구 (지은이), 안소영 (엮은이)
| 창비

한 줄 소개

한 가족의 추억이자 우리의 현대사가 담긴 편지들.

배수현

『봄을 기다리는 날들』은 민주화 운동을 하다 1979년에 투옥된 고 안재구 선생이 가족들과 나눈 편지를 모은 책이다. 안재구 선생의 둘째 딸인 작가 안소영이, 10여 년 동안 오갔던 총 640여 통의 편지 중 130여 통을 선별해 묶었다. 아버지와 엄마, 네 아이에 조부모까지 모두 8명이 주고받은 희망과 위로의 말들이 실렸다. 사형 선고에 타들어 가는 마음, 형 확정 후 긴 이별에 적응해 가는 과정, 아버지의 부재 속에 보내는 학창 시절, 그리고 양심수 석방 운동까지, 시대의 소용돌이를 헤쳐 나간 한 가족의 파란만장한 10년이 오롯이 담겼다. 그런 점에서 이 편지들은 매우 사적인 기록인 동시에 우리

현대사의 일면을 드러내는 생생한 사료이다.

옥중 서간집은 흔히 옥에 갇힌 사람이 중심이지만, 이 책에서 더욱 눈에 띄는 사람은 바깥에 있는 아이들이다. 혼란과 역경 속에서도 올곧게 성장하고자 애쓰는 10대 청소년들의 솔직한 이야기가 깊은 울림을 남긴다.

2020년 여름, 글쓴이의 아버지는 돌아올 수 없는 곳으로 떠났다. 약 십여 년 전 글쓴이의 어머니가 먼저 가 있던 곳이었다. 이제 작가는 부모를 모두 잃었다. 작가의 어머니의 하루는 매우 고단했다. 아버지의 석방운동을 하느라 날마다 뛰어다니고 급변한 환경에 충격을 받고 어린 자식들의 마음도 잘 살펴야 했다. 하루아침에 가정에 수입이 끊기고 나니 생계에 대한 걱정도 컸다. 작가의 4남매는 일년에 두 번 아버지를 만날 수 있다.

언제나 푸른빛의 '검열'도장이 찍혀 있던 아버지의 편지에는 1980년대의 가혹했던 감옥 생활의 모습이 다 드러나 있지는 않았다. 그러나 교도소 내의 비리로 인해 낮은 수준의 규정에도 한참 못 미치는 부실한 식사, 병자에 대한 치료 소홀과 방치, 자신의 양심과 사상은 잘못되었으며 이를 바꾸겠다는 반성문 요구 등 부당한 일이 많았다. 또한 끔직한 폭력을 행사하기도 했다. 심지어 그들은 양심수들을 조롱하며 괴롭히기도 하였다.

군부 집단의 계엄령이 푸르던 1980년의 마지막 재판에서 아버지는 무기징역이 확정되었다. 1970년대 말에 박정희 유신 독재 정권과 맞서 싸우던 아버지와 동료들의 저항은 외로웠지만 1980년대 중반 이후로는 군사 독재에 반대하고 민주주의를 실현하려는 수많은 사람들의 저항이 등불처럼 일어났다. 그 과정에서 87년 1월에는 박

종철 학생이, 87년 6월에는 이한열 학생이 가슴 아프게 희생되었다.

독재자와 마찬가지인 방식으로 장기 집권을 꿈꾸던 전두환 정권은 전 국민적인 저항 앞에서 대통령 직선제 개헌을 받아들이고 물러설 수밖에 없었다. 그리고 1988년 12월 21일에, 마침내 작가의 아버지는 그리던 자유를 되찾아 가족들 곁으로 올 수 있었다. 내가 만일 이러한 상황에 놓여 있었다면, 어떻게 했을까? 하는 생각을 하니 막막하기만 하다. 희생된 많은 사람들의 피와 땀으로 이룩한 민주주의를 나는 어떻게 실천하고 있는가? 부끄러운 생각도 든다. 억울하게 감옥에 간 아버지를 석방시키기 위해 매일 시위를 한 작가의 어머니. 아버지 없는 가정에서 어머니, 형제 자매들끼리 의지하며 살아온 그들이 모두 꽃길만 걷기를 기원한다.

「살아 있는 귀신」

- 김시습과 금오신화

설흔 (지은이) | 창비

한 줄 소개

역사에는 없는 김시습의 숨겨진 이야기가 담긴 책.

안서현

『살아 있는 귀신』은 기억을 잃은 소년 홍과 갈 길을 잃고 방황하는 김생, 즉 김시습을 두 축으로 삼고 있다. 홍의 기억을 되찾을 단서인 꿈속에서 본 기이한 집을 찾는 과정에서 김시습과 홍은 사사건건 충돌한다. 홍은 술주정과 기행을 일삼는 김시습을 혐오하고 김시습 역시 자신의 인생에 불쑥 끼어든 홍이 영 마뜩잖다. 두 사람의 팽팽한 대결 구도는 홍과 김생의 시점을 오가는 구조 속에서 더욱 증폭된다. 하지만 시간이 지날수록 김시습과 홍은 서로가 닮았다는 사실을 깨닫는다. 김시습은 과거에 짓눌린 채 자신의 욕망에 상처받고, 홍은 과거를 잃어버린 채 자신의 사명을 알기 위해 발버둥 친다.

홍의 기억을 되찾기 위한 여정이 어느덧 김시습이 과거를 극복하는 여정과 겹치면서, 두 사람은 자기도 모르는 사이에 서로의 성장을 위한 버팀목이 된다. 기억을 되찾고 자신의 어리석음을 인정하여 끝내는 사명을 받아들이는 홍, 영광과 분노로 가득한 과거를 극복하고 자신의 욕망을 인정하여 '살아 있는 귀신'으로서의 자아를 인정하는 김시습. 『살아 있는 귀신』은 '어른이 되지 못한 소년들'인 홍과 김시습의 성장기라 할 수 있다.

책의 간략한 줄거리를 먼저 소개해보자 한다. 사흘째 비가 내리던 날, 김생은 선행에게 심부름을 시키고 나서 과거의 기억이 되살아나는 것을 지켜보았다. 십년 전, 김생은 비가 쏟아지는 날 산 중턱에서 한 남자가 쓰러져 있는 것을 보았다. 겨우 남자를 업어 상아네 집으로 갔다. 김생의 말을 듣고 나온 건 상아였다. 상아에게 남자를 맡기고 집을 나왔고 남자가 일어났을 때 자신의 이름이 '홍'이라는 사실만 기억한다고 말했다.

홍이 일어나고 얼마 지나지 않아 김생에게 놀이를 하자고 제안했다. 이긴 사람의 부탁을 들어주는 게임이었다. 게임에서 이긴 홍은 한 집을 찾아 일을 도와 달라고 제안을 하였고 김생은 어떠한 공포로 인해 돕기로 결정했다. 김생은 상아네 집을 나와 이경준의 집에서 용궁이야기를 듣고 세종 임금께 받쳐야 했었던 물건을 맡겼다.

김생이 물건을 맡긴 지 얼마 되지 않아 홍이 귀신 중에서도 한을 품고 죽은 요귀였다는 걸 알았다. 홍은 쓰러졌고 김생은 염라국에서 왕비의 옷을 입은 상아와 염라왕인 홍을 봤다. 그제서야 홍의 진실을 알았다. 두개의 달이 뜬 것처럼 유난히 밝은 밤, 앞장서서 걷는 홍과 그의 뒤를 따를 상아와 김생은 침묵 속에서 상아네 집으로 갔다. 김생은 홍이에게 진실을 털어놓고 스스로를 무너트린다.

『살아 있는 귀신』은 『금오신화』에 바탕을 두되, 『금오신화』를 새롭게 해석한 책이다. 작가 설흔은 『금오신화』를 작정하고 오독한 결과물이 『살아 있는 귀신』'이라고 말한다. 실제로 작품 속의 많은 요소를 『금오신화』에서 가져왔다. 『살아 있는 귀신』에서 김시습은 『금오신화』의 다섯 이야기 「만복사저포기」, 「취유부벽정기」, 「이생규장전」, 「용궁부연록」, 「남염부주지」의 주인공이 되기도 하고 청자가 되기도 한다. 이외에도 『금오신화』는 작품 전반에 걸쳐 큰 영향을 미치고 있다. 또한 김시습의 시들이 적재적소에 삽입되어 고전 시를 읽는 즐거움도 알려 준다. 일러스트레이터 이철민의 신비로운 삽화는 글의 재미를 더하는 요소라는 생각이 들었다. 어려운 역사적 내용이라고만 생각했었는데 이 책을 읽으며 역사란 무조건 어렵고 재미없는 것만은 아니라고 느꼈다. 역사란 어쩌면 평범한 우리의 삶의 다양한 이야기에서 출발하기 때문일까?

「생명 과학 뉴스를 말씀드립니다」

- 유전자부터 게임 중독까지

이고은 (지은이), 이준규 (감수) | 창비

한 줄 소개

뉴스에서 찾을 수 있는 생명 과학의 최신 이슈들.

남유주

—햄버거병

대장균에 감염된 햄버거를 먹으면 며칠은 괜찮을 수 있지만 그 다음부터는 몸이 많이 악화되고, 자칫하면 죽을 수도 있다. 햄버거 안에 들어있는 패티가 덜 익은 상태로 먹어도 햄버거병에 걸릴 수 있다. 이 때문에 프랑스에 사는 한 소년이 대장균에 감염된 햄버거를 8년 동안이나 먹고 숨을 거두게 되었다.

햄버거 병이라는 단어를 처음 들었다. 사실 학생들에게 햄버거라는 음식이 얼마나 맛있는 음식일까. 실제로 햄버거는 어린 학생들 뿐만이 아니라 어른들, 노인들도 맛있게 먹는 음식이다. 아마도 전 세계에서 가장 많이 팔리는 패스트푸드가 햄버거 아닐까. 그렇기 때문에 더더욱 놀랐던 것 같다. 패스트푸드가 그렇게 몸에 좋은 음식이 아니라는 것은 대부분의 사람들이 알고 있지만, 큰 불안감없이 햄버거를 먹는다. 그런데 햄버거 안에 들어있는 덜 익힌 패티를 먹으면 심할 경우 죽음에까지 이르게 된다는 것이 조금 무서운 것 같다.

—코로나19

햄버거병은 자칫 잘못해서 덜 익힌 패티를 먹으면 죽을 수도 있는 병이다. 햄버거병은 매우 무서운 병인 것 같다. 코로나19는 감기와 비슷한 증상을 일으키는 바이러스여서 감기와 구분이 어렵다. 정말 힘겹게 나의 몸과 싸워서 이겨야 하는 것은 똑같지만 말이다. 코로나는 중국 우한에서 시작되었다. 코로나에 감염되면 감기와 비슷한 증상이 나타난다. 무증상이면 당연히 코로나인지 알기 어렵다. 코로나에 감염되면 심할 경우 숨질 수 있다. 코로나에 감염되면 기침, 설사, 고열 등의 증상이 나타난다. 비말, 즉 사람의 침으로 감염되기 때문에 2021년 현재, 전 세계 사람들이 마스크를 끼고 생활하는 무서운 모습을 볼 수 있다. 언젠가 지구의 대기가 많이 오염돼서 전부 마스크를 끼고 다녀야 될 수도 있다는 이야기가 괴담처럼 돌았었지만, 우리는 지금 괴담이 아니라, 마스크를 끼고 다녀야만 하는 현재를 살고 있다는 것이 두렵다. 이런 전 세계적인 바이러스가 인류를 위협하는 것은 사실 자연스러운 일일지도 모른다. 지금까지 인간이 지구에서 벌인 일들을 생각하면 지금 이 상황은 지구가 인간에게 내리고 있는 벌 일지도 모르겠다.

• • •

정승원

－슈퍼박테리아

슈퍼박테리아란, 항생체에 면역이 생긴 박테리아이다. 최초의 항생체는 페니실린이다. 균을 기르던 접시에서 '푸른곰팡이'를 발견하고 푸른곰팡이가 포도상구균의 성장을 억제한다는 사실이 알려졌다. 즉, 푸른곰팡이로 만든 항생제가 페니실린이다.

－오줌에서 왜 단맛이 날까?

우리가 밥을 먹으면 여러 소화 효소에 의해 탄수화물이 최종적으로 포도당으로 분해되어 흡수된다. 그런데 포도당을 함유한 오줌을 배설하는 병이 당뇨병이다. 당뇨병은 환자의 소변에서는 설탕이 들어간 것처럼 단맛이 난다고 한다. 혈관에 포도당이 쌓여 혈액이 걸쭉 해지고, 그 결과 모세혈관을 통해 혈액순환이 제대로 이루어지지 않아 피를 걸러 오줌을 만들고 노폐물을 배설하는 신장이 제대로 기능을 할 수가 없는 것이다. 결국 몸 속에서 노폐물이 축적되고 몸이 붓는다. 당뇨병은 신장에 문제가 생겨 인슐린이 제대로 분배되지 않는 '제 1형 당뇨병'과 인슐린은 제대로 분비되지만 다양한 이유로 기능을 하지 못하는 '제2형 당뇨병'으로 나뉜다. 이런 질병들에 대한 정보를 알면 알수록 질병에 걸리지 않고 건강하게 산다는 것이 기적 같다.

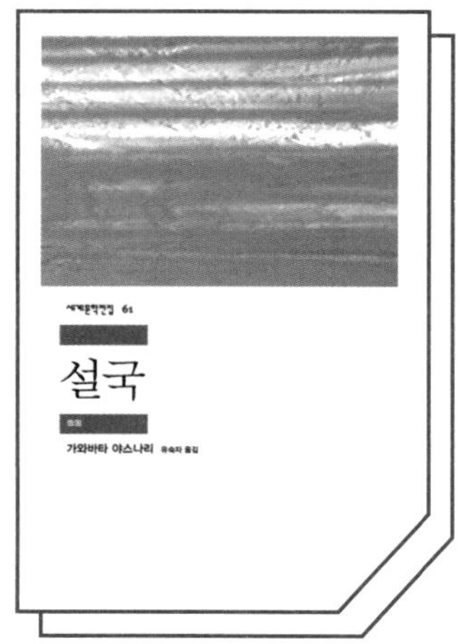

「설국」

가와바타 야스나리 (지은이),
유숙자 (옮긴이) | 민음사

한 줄 소개

일본 최초의 노벨문학상 수상 작품이자 뛰어난 문장력이 돋보이는 소설.

배수현

이 책의 서두는 일본 근대문학 전 작품을 통틀어 보기 드문 명문장으로 꼽힌다. '설국'의 구체적 무대는 나가타 현의 에치고 유자와 온천으로 저자께선 이곳에 직접 머무르시며 작품을 집필해 나가셨다. '설국'은 처음부터 하나의 완결된 작품으로 구성되지 않았다. 저자께선 36세 때 쓰신 단편 '저녁 풍경의 거울' 이후, 이 작품의 소재를 살려 단독으로 발표한 단편들이 모여 연작 형태의 중편 '설국'이 완성되었기 때문이다.

1948년 완결된 이 책을 출간하기까지는 13년이라는 시간이 걸렸다. 이 책은 기승전결이 분명한 스토리보다는 등장인물의 심리변화와 주변의 자연 묘사에 상당 부분 치중되어 있다. 등장인물의 사소한 표정 변화와 말투, 몸동작에서 감정의 흐름을 읽어내고 주변의 사물과 자연이 드러내는 계절의 추이를 섬세하게 묘사해 내는 작가 특유의 감각적 표현과 문제의 결을 음미하는 것은 '설국'을 읽으며 얻는 큰 즐거움이다.

이 소설의 핵심은 순간순간 덧없이 타오르는 여자의 아름다운 정열에 있다는 것을 느꼈다. 개통한 지 얼마 안 된 기다란 시미즈 터널 밖으로 나오면 눈의 고장 설국이 나온다. 그 한적한 곳의 혼천에서 게이샤로 살아가는 고마코. 그녀에게서 발산되는 야성적 정열과는 대조적으로 순진무구한 청순미로 시마무라의 마음을 끌어당기는 요코. 이 두 여자를 시마무라는 허무의 눈으로 지켜본다. 고미코가 아들의 약혼녀, 요코가 아들의 새 애인, 그러나 아들이 얼마 못 가 죽는다면 시마무라의 머리에는 또 다시 헛수고라는 단어가 떠올랐다. 고마코가 약혼녀로서의 약속을 끝까지 지킨 것도, 몸을 팔아서 까지 요양 시킨 것도 모두 헛수고가 되는 것이다.

이 〈설국〉이란 작품은 정말 특이하다. 이야기 속에서 뚜렷한 줄거리를 찾을 수가 없다. 그리고 인물들의 대화도 평소에 사용하는 일상적 대화와는 차이가 있다. 그들은 대화를 나눈다기 보다 시를 나눈다고 해야 옳은 표현이 될 것이다. 그렇기에 이 책을 눈으로 읽고 그 안의 것들을 파헤치며 해석하려 노력하는 일은 굉장히 어렵고 고된 작업이 될 수밖에 없다는 것이었다. 나 또한 이 책을 읽으며 소설 같기도 하고 시 같다는 느낌을 받았었다. 그래서 더 특별하게 다가오고 기억에 남기도 했다.

한 나라의 고유한 문화와 정서가 짙게 배어 있는 훌륭한 작품일수록 번역이 힘들다고 한다. 이 작품은 일본의 문화와 정서가 진하게 스며들어 있다. 그러한 까닭에 이 책은 번역자를 곤혹스럽게 만드는 소설이었을 거란 생각이 들었다. 번역 작업에는 불가피하게 번역자 개인의 작품 이해와 해석이 적잖은 영향을 끼친다. '설국'의 우리말 번역은 이미 여러차례 시도된 바가 있다고 한다. 나 또한 외국어가 원작인 많은 소설을 읽어 보았지만 번역이란 행위 자체에 대해 생각해보게 된 계기를 마련해 준 소설은 이 책이 처음이었다. 이웃나라 일본에 최초의 노벨 문학상을 선물해준 작품인 이 〈설국〉을 시간이 지나서 다시 읽어본다면 어떤 느낌일 지 궁금하다. 나 또한 조금 더 성장한 만큼 같은 내용일지라도 다르게 다가올 테니 말이다.

「세상 모든 괴롭힘」

- 유전자부터 게임 중독까지

엠마 스트라크 (지은이),
마리아 프라드 (그림),
김휘택 (옮긴이) | 걸음

한 줄 소개

인간의 관계와 존중을 위한 '괴롭힘'에 대응하는 방법.

김유송

내가 이 책에서 읽은 내용은 크게 괴롭힘의 의미나 형태, 대응방법에 대한 것이다. 2주 전에 학원 선생님이 하신 말이 책을 읽으며 다시 떠올랐다. '은따(은근한 따돌림)는 연령대와 관련 없이 대부분의 사람들은 당한 적이 있을 것이다.' 선생님이 정의하신 은따는 소속된 집단에서 티 나지 않게 따돌림당하는 것이다. 나는 책을 읽으며 '은따'라는 단어에 대해 생각해보았다. 왕따와 은따, 괴롭힘에 대한 기준은 누가 정하는 것일까? 피해자는 트라우마가 생길 정도로의 괴롭힘이, 다른 사람들의 눈에는 잘 보이지 않는다. 다른 사람의 눈에 드러나지 않는다고 그 괴롭힘은 '은따'로 마무리가 된다. 내 친구 또한 자신이 괴롭힘을 당했을 때, 다른 사람이 아무렇지 않은 문제로 생각했기 때문에 '괴롭힘'은 단순히 '은따'로 덮였다.

나는 평소에 괴롭힘이라는 주제에 관해 관심이 많다. 괴롭힘 중에서도, 자세히 이야기한다면 가해자와 피해자의 관계에서 발생한 괴롭힘에 관심이 많다. 가해자와 피해자라는 관계를 빼고 보았을 때, 두 사람의 사회적 위치는 다를 때가 많다. 대부분의 가해자는 외모나 지능이 뛰어나고, 피해자는 활발하거나 다른 사람에게 착하다는 평가를 받는 경우가 있다. 가해자가 피해자를 괴롭히는 이유는 본인이 가지지 못한 피해자의 아름다운 내면에 대한 열등감이지 않을까. 대응 수단을 설명하는 부분에서 놀라운 점이 많았다. 피해자들을 도울 수 있는 기관이 이렇게 많다는 것을 처음 알았다. 놀라우면서도 피해자들을 도울 수 있는 기관이 있음에도 피해자들은 여전히 정보가 부족해서 도움 자체를 요청하지 못하거나, 도움을 청해도 제대로 된 처벌이 이루어지지 않는다는 것이 모순이라고 생각한다. 가해자도 남들을 괴롭힘으로써 자신의 자존감을 높이려고 하지 말고, 피해자도 트라우마에 빠지지 말고 다시 일어설 수 있었으면 좋겠다. 자신을 사랑하고 자신의 모습에 만족한다는 것이 가장 중요한 것 같다.나는 이를 위해 무엇을 준비해야 할까?

• • •

안서현

책을 일고 나니 과거에 괴롭힘을 당하던 시절이 떠올랐다. 그에 대한 대책을 제대로 세우지 못했던 과거의 나에게 조금 부끄럽기도 했다. 내가 그런 일을 당하고 있었다는 것이, 폭력에 속해 있었다는 것이 불안감에 휩싸이는 듯한 기분이었던 것 같다. 또 전 세계 어린이들이 많은 폭력을 아무 이유도 없이 당하는 것이 안타까웠다. 괴롭힘을 당하면 정신과 신체에 영향을 끼쳐서 성인이 되고 나서도 트라우마에 고통받을 수 있다. 이 외에도 가정이나, 직장 혹은 길거리에서도 괴롭힘을 당하거나 폭력을 당할 수 있다.

특히 가정이나 학교같은, 일상 생활을 하는 곳에서 피해자는 제대로 된 도움 요청도 제대로 할 수 없다. 본인이 생활할 수밖에 없는 곳이기 때문에 지인에게도, 가족에게도 이야기할 수 없기 때문에 경찰에 신고하는 일이 드물다. 그리고 과거에 괴롭힘을 당했던 적이 있는 사람도, 과거의 기억에 휩쓸려 극단적 선택을 하는 경우도 있다.

피해자들은 신고를 하여도 가해자와 다시 한 공간에 있어야 하는 일이 많다. 학교나 가정, 직장이 그렇다. 오히려 길거리에서 한 번도 본 적 없는 사람과의 충돌은 마음이 편하다. 피해자들에게는 괴롭힘을 당하고 있는 그 상황보다, 내가 신고를 해도 제대로 된 처벌도 받지 않고, 피해자인 본인과 한 공간에서 다시 생활해야 한다는 불안감이 더 무서울 것 같다. 세상에 존재하는 모든 괴롭힘은 없어져야 한다고 생각하지만, 정말 반대로 괴롭힘이라는 것이 없어지지 않을 것이라는 생각도 들기 때문에 슬픈 것 같다. 세상에 존재하는 모든 괴롭힘을 없애지 못한다면, 괴롭힘을 당한 후, 피해자를 보호하고, 가해자를 제대로 처벌하는 것이 제일 중요하다고 생각한다. 그러나 우리 사회는 이것도 아직 제대로 이루어지지 않고 있으니, 남을 괴롭히는 자들이 살지지 않고 있는 것이 아닐까?

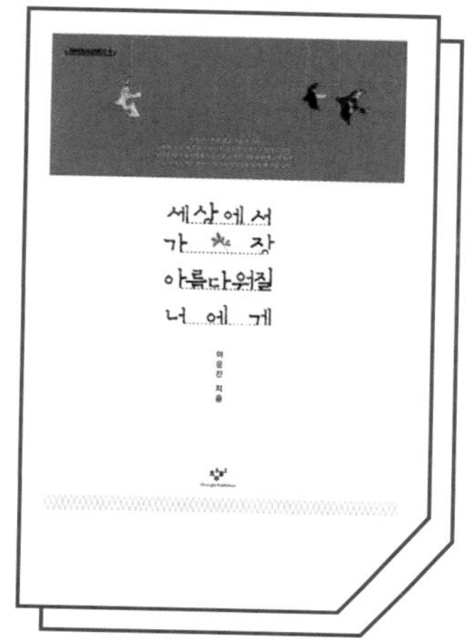

「세상에서 가장 아름다워질 너에게」

이윤진 (지은이) | 창비

한 줄 소개

외로움, 고단함, 불안감과 싸우는 청소년들에게 들려주는 위로의 메세지.

안형준

이 책의 첫 번째 이야기인 '안녕 사춘기'는 소년, 소녀들의 이야기이다. 소년이 선물가게에서 핑크색 물건을 훔쳤을 때의 감정은 마치 내가 잘못을 했을 때, 부모님이 알게 되지는 않았을까 걱정했을 때와 마찬가지였다.

두 번째 이야기에서 주인공이 식물도감 보는 일을 좋아한다고 했을 때, 나도 식물도감 보는 것을 좋아한다는 생각이 들었다. 그리고 나폴레옹이 전쟁을 하러 가는 길에 네 잎 클로버를 발견한 사실을 알고는 나도 힘든 상황에서 네 잎 클로버를 찾게 되면 그 작은 네 잎 클로버를 보고 희망을 얻을 수도 있을 것 같다는 생각이 들었다.

세 번째 이야기. tv프로그램에서 주인공이 뼈만 앙상하게 남은 아이들을 보고 기부단체에 기부하는 장면이 인상깊었다. 내가 여유롭게 살아도 남을 위해서 내가 가진 것을 나누어 주는 것은 내가 손해를 입는 것이라고 생각할 수도 있는데 주인공은 기부를 손해라고 생각하는 것이 아니라 공존이라고 생각했나 보다.

네 번째 이야기. 비둘기가 죽어 있고, 주인공은 그 장면을 지그시 바라보고 있다. 나도 내가 골목길에서 본 쥐의 시체가 떠올랐다. 인간이든, 동물이든 죽음이라는 것을 목격하면 머리 속이 어지럽다. 죽음은 안타깝지만 슬픔이 온몸을 누르기 전에 작별인사를 해야 할 때가 있는 것 같다. 죽음의 슬픔은 살아있는 자들의 짐이니까 살아있는 사람들은 죽기 전까지의 자기 시간을 살아가야 한다. 생명의 가치가 가볍게 여겨지는 시대에 어떻게 생명을 제대로 가꾸어 나가야 할지를 생각케 했다.

「세계는 왜 싸우는가?」

- 김영미 국제분쟁 전문 PD가 아이들에게 들려주는 전쟁과 평화 연대기

김영미 (지은이) | 김영사

한 줄 소개

지금 이 순간에도 총성이 멈추지 않는 지구 반대편의 이야기.

욕심이 불러오는 재앙_세계는 왜 싸우는가

노효준

이 책의 저자 김영미 PD는 국제 분쟁 취재로 80여개국이 넘는 나라를 다녀왔다. 총성이 멈추지 않는 분쟁 지역에 간다는 것은 목숨을 걸고 진실을 보도하는 것과 다름없기에 이 책을 읽으며 더욱 몰입하고 전쟁의 심각성을 느낄 수 있었다. 이 책은 세계의 분쟁이 남의 일이 아니라 우리의 일임을, 세계가 하나의 운명으로 연결되어 있음을 깨닫게 해준다. '그들'이 왜 싸우는지 관심을 갖고 이해하고자 노력할 때, 이런 작은 관심이 평화의 희망을 꽃 피우는 첫 걸음이 되기 때문이다.

모든 전쟁의 공통점은 욕심과 이기심에서 시작된다는 것이다. 그 탐욕과 욕망의 비극적인 결과를 보여주는 대표적인 나라인 '시에라리온'을 소개하고자 한다. 시에라리온은 해변과 고운 모래로 유명하지만 그림처럼 아름다운 다이아몬드로 더욱 알려져 있는 나라이다. 머릿속으로 아름다운 전경과 호화로운 분위기가 연상되는 듯한 시에라리온이지만 속은 그렇지 못하다. 1991년부터 무려 10년이나 내전이 이어져오며 약 20만명이 사망하고 수 천명이 사지를 절단 당했던 잔인한 나라인 것이다. 이 모든 내전은 다이아몬드 채굴장을 차지하려는 욕심이 불러일으킨 것이다.

모든 전쟁에 욕심과 이기심이 작용되어 일어나지만 유난히 국력이 약한 나라에게 적용되는 공통점들이 있다. 보통 흔히 우리에게 약한 나라라고 인식된 나라들은 강대국이 그 나라를 스치고 가기만 해도 전쟁이 일어난다. 대한민국이 일제강점기로 인해 힘든 시간을 보낸 것이 대표적인 예이다. 우리나라의 국력이 약했던 시기에 당시 강대국이던 일본이 우리나라를 식민지화 시킨 후 미국과 소련이 스쳐가 지금과 같은 분단국가가 되었듯이 지금도 여전히 냉전 중인 아프가니스탄과 파키스탄도 미국이 한번 스쳐간 적이 있다.

어른들의 욕심 때문에 일어나는 외전, 내전 및 모든 전쟁들이 무고하고 희망을 꽃 피워야할 아이들을 괴롭히고 있다. 위에서 언급했던 시에라리온은 어른들이 정치적인 이유만으로 10대 소년들의 사지를 절단하는 상황도 수도 없이 볼 수 있다고 한다. 지금의 어른들도 어릴 땐 어른들의 욕심에 의해 수도 없는 피해를 입었을 것이고, 지금 피해를 입는 우리는 또 어른이 되어 욕심을 부리고 후손들에게 피해를 줄 것이다. 앞으로 나의 욕심 때문에 피해를 입을 후손들을 생각하니 마음이 좋지 않다. 많은 사람에게 영향력을 끼치는 사람들이 스스로의 욕심을 조절하며 공생할 때에야 비로소 전쟁이 끝날 것이다. 전쟁을 넘어서는 더 확실한 묘책을 모두가 함께 찾아 나서야 한다.

「세계를 건너 너에게 갈게」

이꽃님 (지은이) | 문학동네

한 줄 소개

어쩌면 우리는 늘 다양한 기적 속에 둘러싸여 있을지도 모른다.

남유주

이 책에는 두 명의 주인공이 등장한다. 둘 다 이름이 같은 '은유'이다. 2016년을 살고 있는 15살의 송은유 그리고 과거에 살고 있는 조은유. 처음엔 2016년을 살고있는 송은유가 아빠의 권유로 느리게 가는 우체통에 1년 후의 나에게 편지를 쓰면서 이야기가 시작된다. 그런데 그 편지가 배달 착오로 1982년에 살고 있는 같은 이름을 가진 10살 조은유에게 배달된다. 처음엔 서로 이상한 사람이라고 믿지 못하지만 하나하나 풀어나가면서 점차 서로의 세계를 믿게 된다.

은유의 언니는 1984년인데 2016이라고 말을 했다. 2년전과 지금 같은 말을 하고 있다. 그땐 은유가 순진해서 언니를 많이 걱정했지만 지금은 아니다. 은유도 어린아이가 아니라 벌써 5학년이 됐기 때문이다. 이게 진짜인지 가짜인지 은유도 금방 눈치를 챌 수 있기 때문이다. 은유반에 '유러겔러'의 염력이 가능하다고 믿는 아이들이 몇명 있다. 은유의 반 아이들은 자신이 조금만 더 연습하면 염력을 쓰고, 순간이동을 하고 초능력을 쓸 수 있다고 생각한다. 혹시나 언니도 그렇게 생각할 까봐 은유는 조금 걱정이다.

은유의 선생님은 '유러겔러'는 사기꾼이라고 했다. 초능력은 커녕 다 마술사들이 하는 눈속임으로 거짓말을 하는 거라고 말을 하셨다. 은유의 언니도 그렇게 은유를 속일까봐 정말 두려웠다. 은유는 자꾸 2016년이라고 말하는 언니가 너무 걱정이 되었다. 한편으론 100년동안 매일 그럴 까봐 두려웠다. 은유는 언니가 그러지 말았으면 하는 바램이다.

서로에게 편지 형식으로 쓰인 책이라 쉽고 재밌게 읽었다. 현재의 은유와 과거의 은유가 편지를 주고받으면서 서로에게 없어서는 안 될 소중한 존재가 되는 과정이 뜻깊었다. 둘에게 가장 중요한 일은 현재에 살고 있는 은유의 엄마를 과거의 은유가 찾아주는 일이다. 현재의 은유는 엄마에 대해 아는 것이 하나도 없다. 언제부터 없었는지도 모르고 죽었는지 살았는지도 모른다. 은유는 언니를 정말 좋아하지만 1984년에 2016년이라고 말을 해서 조금 이상하다고는 생각을 했다. 은유가 정말 언니에 대해 좋은 감정을 갖고 있는 게 느껴진다. 언니도 은유가 쓴 편지를 보고 감동을 받았다.

책 중반을 지나면서부터는 혹시 하는 생각이 들었다. 이 느낌은 책을 직접 읽어본 사람만이 알 수 있을 것이다. 마지막은 많이 슬펐다. 슬프지만 아름다운 이야기라는 표현이 이 책과 잘 어울리는 말이라는 생각이 들었다. "세상에 특별한 일이 일어나지 않는 이유는 사람들이 특별한 일을 받아들일 준비가 안 되어 있기 때문일 거야. 사람의 인연은 어떻게 이어져 있는 걸까?" 라는 책 속의 구절이 기억에 남는다.

또 은유의 마지막 편지를 실제 편지처럼 파란봉투에 담아 적은 점이 흥미로웠다. 실제로 나에게 온 편지를 읽는 듯한 느낌이 들었다. 소설은 결말을 미리 알고 예측을 하고 있어도 어떻게 결말이 나게 될 건지 과정이 너무 궁금한 장르라고 생각한다. 작가님께서 마지막 표지에 써 주신 글귀가 기억에 남는다. "어쩌면 우리 삶도 기적으로 차 있을지도 몰라요. 그것이 기적인지 모른 채 살아가고 있는 것일지도요." 어쩌면 기적같은 삶을 살아가고 있을 하루하루를 소중히 대해야겠다는 생각이 들었다. 하루가 모여 일 주일이 되고, 일 주일이 모여 한 달이 되고, 한 달이 모여 일년이 되고, 일 년이 모여 나의 삶의 일생이 만들어지기 때문이다

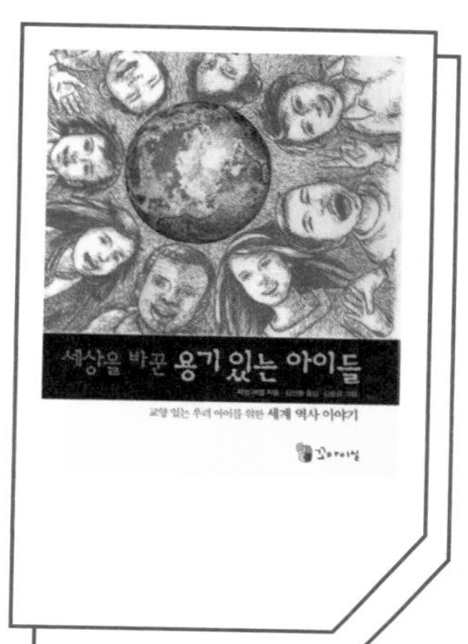

「세상을 바꾼 용기있는 아이들」

- 교양 있는 우리 아이를 위한 세계 역사 이야기

제인 베델 (지은이), 김순금 (그림), 김선봉 (옮긴이) | 꼬마이실

한 줄 소개

용기를 가지고 세상과 당당히 맞선 21명의 어린 영웅들의 이야기.

정승원

이 책은 어른 못지않은 용기를 가지고 세상과 당당히 정면 대결한 21명의 어린 영웅들의 이야기가 담긴 책이다. 어린이 노예 노동을 반대를 주장한 13살 소년 이크발, 레모네이드를 팔아 소아암 치료 기금을 모았던 4살 소녀 알렉산드라, 인종 차별에 맞섰던 15살 소녀 클로데트, 나치스에 맞서 싸웠던 13살 소년 피에르 등 용감한 어린이들의 이야기가 소개되어 있다.

그 중에서도 가장 기억에 남는 인물은 화무란과 테리팍스이다. 화무란은 4세기와 6세기 사이에 중국의 통만진이라는 곳에서 태어났다. 어느 날, 어린 무란이 앉아서 베를 짜고 있는데 큰 소리가 방

안까지 들려왔다. 야만적인 타타르족이 중국을 침략해 모든 남자는 나가서 싸워야 한다는 황명이었다. 중국은 땅이 아주 넓은 나라였기 때문에 지켜야하는 영토가 아주 넓었다. 전령은 즉시 출발해야 하는 사람들의 이름이 적힌 종이를 벽에 붙였다.

무란은 늙은 아버지가 전쟁터에 나가면 살아남기 힘들 거라고 생각했다. 그래서 무란은 아버지 대신 남자로 변장해서 전쟁터에 나가면 된다고 생각했지만 부모님은 반대하셨다. 발각이라도 된다면 여자를 군대에 몰래 내보냈다는 이유로 가족의 명예는 땅에 떨어지고 무란은 사형을 당할 수도 있기 때문이었다. 하지만 무란은 집에서 몰래 빠져나와 진영으로 들어갔다.

무란은 첫 번째 전투가 벌어지던 아침에 싸움 상대를 맞이하게 되었다. 전쟁은 시작되었다. 이어 고통과 분노의 비명이 무란을 에워쌌다. 공중에서는 화살이 빗발쳤고 무란의 머릿속에는 오로지 살아남아 적군을 물리쳐야 한다는 생각 뿐이었다. 중국 군대가 약해지기 시작했을 때 무란이 자신을 따르라고 외쳤다. 병사들은 도망가다 다시 방향을 돌려 전쟁터로 향했다. 결국 무란은 승리를 거두어 장군이 되었다.

두 번째로 인상깊었던 인물인 테리팍스는 1958년 캐나다에서 태어났다. 대학교 1학년이 끝날 무렵 희귀성 골수암에 걸려 무릎 15센티미터 위에서 다리를 절단했다. 16개월 동안 테리는 화학요법치료를 받았다. 치료가 끝나자 테리는 달리기를 하여 캐나다를 횡단하겠다고 결심했다. 테리는 18개월간 휠체어를 손에서 피가 날 때 까지 굴리며 연습했고 의족을 맞춘 뒤로는 달리기를 시작했다. 테리는 "희망의 마라톤"에 참가해 42km를 달렸다. 테리가 마라톤을 한 것이 입소문을 타 퍼졌고 여러 기업들이 돈을 기부했고 기부금은 2349만 달러에 달하게 되었다. 1981년 6월 28일 테리는 암으로 세상을 떠났다. 컬럼비아 주는 로키산의 봉우리 중 하나를 테리팍스산이라고 이름을 붙였다고 한다.

자유를 위해, 권리를 위해, 평화와 정의를 위해, 폭력 없는 세상을 위해 때로는 목숨을 걸고 용기 있게 싸웠던 아이들의 이야기는 내게 커다란 감동으로 다가왔다. 근대의 인물 뿐 아니라 현재 생존하고 있는 인물들이 다수 포함되어 있는 것 또한 흥미로웠다. 그리고 각 인물들의 관련 사진을 함께 소개해주기 때문에 더욱 재밌게 책을 읽을 수 있었다. 용감한 이들의 이야기를 읽고 나니 과연 진정한 용기란 무엇일까 생각해보았다. 남을 위해 먼저 나설 줄 아는 용기, 포기할 줄 아는 용기. 나 또한 행동할 줄 아는 용기를 가진 사람이 되고 싶다. 이를 위해서 나는 이제부터 무엇을 어떻게 해야 할지를 생각하게 되었다.

「소년병, 평화의 길을 열다」

사토 다다오 (지은이),
설배환 (옮긴이), 한홍구 | 검둥소

한 줄 소개

현대 세계 국가간의 분쟁을 다양한 시선으로 분석하고 정리한 책.

김유송

전쟁이 일어나는 이유는 무엇일까? 이 질문에 대한 답은 아직도 없다. 답이 있을 수는 있지만 그것의 진실 여부는 알기 어렵다. 전쟁이 일어나는 이유 또한 알기 어렵다. 자신들의 주장에 조금이라도 의문을 가진다면 정치가들은 반대 세력의 싹을 자른다.

전쟁의 이유와 원인을 파악한다면 전쟁을 없앨 수 있지 않을까? 지구 상에는 이유없이 서로를 증오하고 미워하는 민족들이 많다. 종교에 의해서 전쟁이 일어나는 경우도 빈번한데, 종교에 따라 교리와 이념의 차이 때문에 서로를 미워하고 전쟁으로 이어지는 것이다. 교리와 이념의 열등함과 우수함을 따진다면 전쟁은 끊임없이 일어날 것이다. 우리는 당장 전쟁을 사라지게 할 수는 없다. 하지만 인간의 욕망을 절제하고 지나간 일에 사과할 수 있는 용기가 있다면 생명을 가볍게 여기지 않으면서 전쟁을 가볍게 생각하지도 않을 것이다.

동물들은 동족과 싸울 때도 서로를 죽이지는 않는다. 사람이 이성을 가지고 있기 때문에 동물보다 뛰어난 것이 아니라 본성을 절제할 수 있기 때문에 동물보다 뛰어난 것이다. 인간이 동물보다 뛰어나다는 것을 증명할 수 있는 '본성의 절제'는 개인적으로도 중요하지만 국가 간의 문제에서 더 필요하다. 지도자의 선택에 국민의 안전이 달려 있다면 절제할 줄도 알아야하지 않을까? 내가 생각하기로는 전쟁을 어떤 이유에서도 정당화시킬 수 없는 것 같다. 그런데도 인간들은 끝없는 전쟁의 역사를 기록하고 있으니, 전쟁을 막기 위해서 내가 할 수 있는 일은 무엇일까를 고민해본다.

「식탁 위의 세계사」

이영숙 (지은이) | 창비

한 줄 소개

우리 주변의 10가지 먹을거리를 통해 만나는 세계의 역사 이야기.

노연서

–감자

요즘은 감자를 간식으로 많이 먹는다. 하지만 옛날에는 간식을 주식으로 먹기도 하였고, 아직도 감자를 간식이 아니라 주식으로 먹는 곳이 있다. 제 1차 세계대전 때에는 벨기에에 주둔했던 미국 병사들이 자국에 돌아간 후, 벨기에에서 먹었던 튀긴 감자요리를 프랑스 요리로 착각했던 적도 있다고 한다.

중세시대에 살던 유럽사람들은 감자를 악마의 과일이라든지, 돼지같은 가축이 먹는 것이라고 생각했다. 왜냐하면 그 당시에는 감자의 껍질을 벗기지 않고 많이 먹었기 때문에 탈이 나거나, 먹을 것이 귀했던 당시 감자를 오래 보관해서 상한 감자를 먹거나, 싹이 난 감자를 먹고 맛이 없었기 때문이다. 그 후에는 감자가 가뭄이나 장마의 영향을 덜 받는 작물인 것을 알게 된 사람들이 전쟁 중 식량으로도 활용하게 되었고, 당시 왕과 왕비는 호위병들에게 감자밭을 지키라는 명령까지 내렸기 때문에 감자를 향한 사람들의 인식은 매우 달라졌다. 실제로 우리나라에서도 감자를 '구황작물'로 부르며 곡식이 없거나, 농사가 안되어 납세할 식량도 없을 당시에 주식으로 많이 먹었다고 알고 있다. 사실 나조차도 '감자'라는 채소를 처음 보면 입에 넣기를 주저했을 것 같다. 무엇인가 동글동글하게 생겨서는, 텁텁한 냄새까지 나는 흙투성이 감자를 보면 저절로 손에서 놓을 것 같다.

—빵

프랑스의 루이16세의 왕비였던 마리 앙투아네트. 그녀는 "빵이 없다면 케이크를 먹어라."라고 하였다고 한다. 하지만 이것은 진실이 아니라 거짓이다. 이러한 소문이 나게 된 이유가 있는데, 당시의 백성들은 마리 앙투아네트를 싫어했다고 한다. 그 당시의 왕비의 역할은 후손을 낳는 것인데, 마리 앙투아네트는 임신을 하지 못하였고, 이에 마리 앙투아네트와 관련된 이상한 소문을 퍼트려서 그녀의 평판을 추락시켰다. 사실 빵이라는 것은 맛있는 간식. 그 이상도 그 이하도 아니라고 생각했는데. '빵'이라는 단어 하나에 담겨있는 역사와 이야기가 많은 것 같다. '크루아상'이라는 빵도 오스트리아가 오스만제국의 침공을 막아낸 뒤 승리를 기념하기 위해 만들었다고 하니까.

–바나나

바나나는 대표적인 '오염작물'이라고 한다. 왜냐하면 살충제나 제초제를 많이 사용해서 재배하는 작물이기 때문이다. 바나나는 워낙 살이 무르고 잘 상하기 때문에 살충제를 뿌려서 키워야 금방 상하는 것을 막고, 해충으로 인한 피해를 최소화할 수 있다고 한다. 바나나를 포장하는 데에서도 바나나를 물에 헹구고, 크기 별로 포장하는 과정에서 살충제에 노출되기 때문에, 바나나에 알러지가 있어서가 아니라 바나나에 묻어있는 살충제 성분 때문에 비염, 위암, 피부병까지 걸릴 수 있다고 한다. 바나나가 오염작물이라는 것이 충격적이다. 나는 '과일'이라고 하면 모두 몸에 좋고 맛있다라고 생각하고 있었다. 아마 과일 자체의 성분은 몸에 좋지 않을까? 당장 포털 사이트에 'oo의 효능'이라고만 쳐도 몇 십 개씩 나오니까. 모든 과일을 먹을 때마다 아마 이 책에서 읽은 '바나나 오염작물'이라는 단어가 생각날 것 같다. 환경오염으로 이제 우리가 먹을 수 있는 모든 것들이 오염되어 있다. 어떻게 하면 우리가 오염되지 않은 먹거리를 대할 수 있을까? 영원히 불가능한 일은 아닐까?

• • •

안형준

이 책은 감자에서 비롯한 아일랜드 대기근부터 옥수수에 대한 러시아 지도자 흐루쇼프의 열정, 소금법에 저항한 간디의 소금 행진 등 식재료에 관계된 열 가지 이야기를 펼쳐놓는다. 음식의 유래만을 추적하거나 단순 식재료 정보를 전하는 것이 아니라 그와 관련된 세계사의 핵심적인 사건들을 소상하게 알려 주는 것이다. 대항해 시대를 낳은 것이 바로 후추의 매콤한 맛 때문이라거나, 시인 소동파가 동파육 같은 요리를 고안해 낸 창의적인 요리 개발자라는 등의 이야기는 그 자체로 흥미로운 사실들이었다.

이러한 도입으로 시작해 문화 대혁명이나 아편 전쟁 등 굵직한 세계사의 이슈들의 내용 또한 지루한 줄 모르고 읽어나갔다. 고대부터 현대까지 다루되 단순히 시간순으로 서술하지 않고 음식이라는 매개에 따라 엮은 것도 흥미를 더하는 요소였고 동양과 서양을 균형 있게 분배한 점 또한 좋았다. 독자들은 음식이라는 연결 고리를 통해 종횡무진하는 이 책에 몸을 맡기는 순간, 동서양의 주요한 역사적 사실을 자연스레 익힐 수 있었다.

그 중에서도 특히 감자에 대한 이야기가 기억에 남는다. 감자는 우리도 흔히 보고 먹을 수 있는 채소 중 하나이다. 하지만 이런 감자도 얽힌 역사가 많고 별명도 꽤나 있는 편이다. 대표적인 별명으로는 '악마의 과일'이 있다. 왜냐하면 감자는 16세기 대항해 시대에 스페인 탐험가들이 가져왔는데 사람들은 감자를 생으로 먹거나 싹이 텄어도 그냥 먹어서 병에 걸린 경우가 많았기 때문이다. 심지어는 감자를 먹으면 나병에 걸린다는 소문까지 돌았다.

아픈 기억이 있으면 좋은 기억도 있는 법. 이 감자는 이후 군인들의 비상식량으로 사용이 되었고, 왕과 군인들의 감시까지 받으면서 일반 농민들한테도 널리 퍼지게 되었다. 하지만 이렇게 걱정없이 농민들한테 감자기 전달되기까지는 자그마치 200년이나 걸렸다. 이런 아픔을 받으면서 감자가 오기까지 얼마나 많은 힘듦이 있을지를 생각하면서 감자를 먹으면 감자도 고마워 할 것이다.

두 번째로 기억에 남는 이야기는 닭고기에 대한 이야기다. “오늘 저녁은 치킨이다~!” 이렇듯 우리는 음식에서 닭을 참 많이 쓴다. 치킨, 닭갈비, 백숙, 닭볶음탕 등. 하지만 과연 닭이 우리의 식탁에 오르기까지 어떠한 일들이 있었을지 보러 가보자. 옛날 프랑스의 왕 중에 앙리 4세가 있는데 앙리가 일요일마다 백성들에게 닭고기를 먹게 하겠다고 했다. 그만큼 백성을 좋아했던 것이다. 앙리 4세와 비슷한 말을 한 미국의 대통령인 후보 대통령이 있는데 “차고에는 차를, 냄비에는 닭을!”이라는 말을 했는데 이 말은 미국의 주식이 폭락했을 때처럼 땅으로 폭삭 꺼지고 말았다. 하지만 그 이후 세계 2차대전이 일어나면서 그 말이 이루어지게 되었다. 이제는 마냥 닭이 치킨으로만 보이지는 않는다.

매일 식탁 위에서 만날 수 있는 음식과 재료들에 온 세계가 들어있다는 생각이 들었다. 식탁에 오르는 재료들과 관련된 역사, 그 음식들이 의미하는 사건과 인물들만 짚어 보아도 정말 다채롭고 풍성하다는 것을 느낄 수 있었다. 친근한 열 가지의 먹을거리를 연결 고리로 삼아 가벼운 마음으로 이야기를 음미할 수 있는 시간이었다. 지금 우리가 즐겨 먹고 있는 많은 먹거리들이 앞으로 어떤 역사를 후세대들에게 남겨놓을 수 있을지 궁금하기도 하다.

「아라비안나이트」

작자미상 (지은이), 윤종태 (그림),
권영미 (옮긴이), 이지훈 | 삼성출판사

한 줄 소개

세헤라자데가 샤푸리 왕에게 천 하룻밤 동안 들려주는 신비하고 재밌는 이야기들.

정승원

– 어린이 재판관

알리코자는 2000닢 중에서 1000닢을 올리브 오일이 들어있는 항아리에 넣어서 친구 노우만에게 항아리에 돈이 들어있다고 하지 않고 맡겼다. 그리고는 참배를 하러 간다. 알리코자가 떠난지 7년, 노우만은 올리브 오일을 먹고 싶다는 아내의 말을 듣고 알리코자의 항아리를 열게 된다. 맛은 7년이 지나서 그런가 이상했다. 노우만은 밑에 부분은 맛있을 수도 있다는 생각에 올리브 오일이 들어있는 항아리를 뒤집어 엎는다. 그러자 노우만 항아리 안에 들어있었던 1000닢을 발견하게 되고, 노우만은 그 1000닢을 챙긴다. 그리고 노우만은 티가 나지 않게 새 기름을 항아리에 부었다. 그리고 아내에게는 올리브 오일의 맛이 변하는 법이라며, 금화에 대해서는 알리지 않는다.

그리고 참배를 끝내고 돌아온 알리코자는 노우만에게 맡긴 자신의 항아리에서 돈이 없어진 사실을 알게 되고, 노우만에 금화를 가져갔다고 생각하고 재판을 연다. 하지만 노우만이 금화를 가져갔다는 증거가 없었기 때문에 알리코자는 재판에서 져버린다. 알리코자는 왕에게 억울함을 호소했지만 소용이 없었다. 알리코자와 노우만의 재판에 관한 내용은 마을 전체에 퍼지게 되었다. 며칠 후, 알리코자와 노우만의 재판에 대한 내용으로 재판놀이를 하고 잇던 장소에 왕이 우연찮게 지나가게 된다. 그곳에서 왕은 재판관 역할을 하게 된 아이가 7년이나 지난 기름의 맛이 변하지 않았다는 것을 이유로 노우만을 옥에 가두라는 판결을 하는 것을 보게 되고, 왕은 그 아이를 재판관으로 임명하여 실제 재판에서도 똑같은 증거로 진실을 밝히게 된다.

우리는 언제나 진실을 알고 사는 것은 아니다. 진실을 모르고 지나갈 때도 있고, 진실을 알면서도 외면할 때도 있고, 진실을 모르지만 오히려 진실이 밝혀지지 않기를 바랄 때도 있다. 그럴 때마다 우리는 선택을 해야한다. 진실과 거짓 사이에서 나는 무엇을 중요하게 생각할 것인가. 아무래도 나는 아직까지 선택하지 못한 것 같다. 나는 아직까지는 진실을 밝히는 것 보다, 내가 편하고, 내가 원하는 것을 선택할 때가 많았던 것 같다. 진실을 당당하게 밝힐 수 있는 힘을 키워 나가야겠다. 이를 위해서는 얼마나 많은 책을 읽어야 할까?

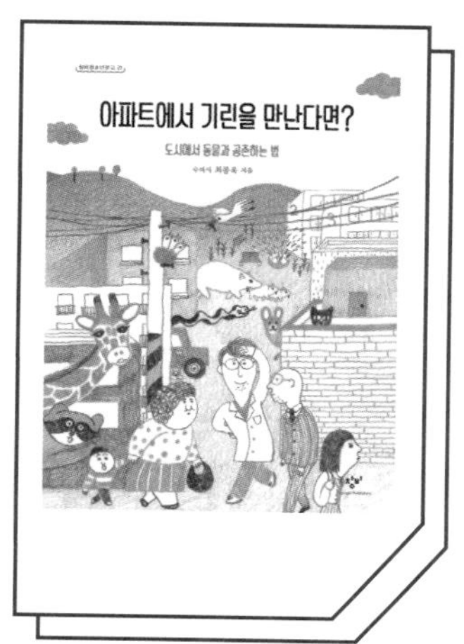

「아파트에서 기린을 만난다면?」
- 도시에서 동물과 공존하는 법

최종욱 (지은이) | 창비

한 줄 소개

도시에서 동물들과 아름답게 공존하는 법을 담은 책

조희경

우리는 거의 매일 우유를 마시지만 우유가 어떻게 만들어지는지에 대해서는 잘 모른다. 우리나라에서 우유가 생산되는 가장 대표적인 곳은 대관령이다. 대관령에는 큰 목장이 두 개가 있는데, 한 곳은 정말 '목장'으로서, 치즈를 만들고 직접 우유를 짜 보는 등 다양한 체험활동을 할 수 있고, 다른 한 곳은 특이하게 시멘트 회사에서 운영하는 곳이다.

목장의 하루는 새벽부터 시작된다. 목부들은 새벽 4시에 일어나서 착유를 하고 소에게 사료를 준다. 그 다음 소들을 방목시킨다. 소들은 대관령의 목장에서 어슬렁거리며 일상을 보낸다. 안타깝게도 우유를 만들어 주는 소들은 인공수정을 거쳐 임신을 하고 이듬해 봄이 되면 새끼를 낳아야 한다. 사실 모든 농장과 목장은 동물들의 본능에 반대되는 규칙만 있는 곳이 아닐까 라는 생각이 든다. 인공수정이라는 것 자체가 인간이 직접 소들을 임신시켜서 다른 소들을 낳게 하고, 또다시 반복하는 것이니까.

이 책은 수의사가 쓴 책이다. 도시에서 다른 동물들과 함께 살아가야 하는 인간으로서 쓴 책이기도 한 것 같다. 대관령 목장의 소들의 발굽을 잘 관리해주는 것도 인간인 수의사의 주요 업무이다. 이 작가에게는 대관령이 생명을 구하고 보살피는 일의 기쁨을 배우고 만끽하는 공간이었다고 한다. 인상 깊었던 점은 우리가 매일 먹는 흔한 우유고 온갖 정성을 들여 만들어진다는 것이었다. 우리는 단순히 우유를 '소의 젖'이라고만 알고 있는데, 나는 이제 우유가 '소의 젖'이라기만 보다, 한 마리의 소와 인간이 만들어낸 소중함이라는 생각이 들었다.

동물들도 병에 걸리는 것은 알고 있었지만, 소들은 병에 걸려 아프면 밥을 조금 밖에 먹지 않는다고 한다. 사람도 몸이 아프면 입맛이 없거나, 밥을 많이 먹지 못하는데 동물도 인간처럼 아프면 밥조차 제대로 먹지 못한다는 것을 알고는 조금 신기했다. 인간은 우유를 만들기 위해서 많은 소를 길들이는데, 그래서 인간이 동물들에게 함부로 대하는 경우도 있는 것 같다. 인간이 언제나 길들일 수 있는 감정 없는 동물이라는 생각 때문에 말이다. 우리는 앞으로 도시에서 동물들과 함께 살아가는 방법에 대해서 생각해 봐야 할 것 같다. 인간이 인간답게 살기를 원하듯이 동물도 동물답게 살기를 원하지 않을까?

「안녕을 말할 땐 천천히」

모니크 폴락 (지은이),
윤경선 (옮긴이) | 창비

한 줄 소개

상실의 순간에 갇혀버렸을 때 각자의 방식으로 천천히 애도를 말하는 법.

조희경

열 네 살의 소녀 애비의 마음은 상실의 별에 갇혔다. 최근 엄마를 심장병으로 잃었기 때문이다. 그리고 또 크리스토퍼라는 아이 역시 구급대원이었던 아빠가 떠났다는 사실을 받아드릴 수 없었다. 이들은 치유모임에서 만나게 되는데, 어려운 처지에 있는 아이들을 많이 만날 수 있었다. 치유모임의 아이들의 이름은 크리스토퍼, 애비, 펠리시나, 구스타포. 그 중 펠리시아는 스파이라고나 할까. 왜냐하면 스마트폰으로 아이들의 소리를 녹음하기 때문이다. 그래서 치유모임에서 쫓겨 났다가 아이들이 마음을 바꾸어 다시 들어오게 되었다.

그리고 핸드폰을 쓰지 않겠다고 다짐하고, 아이들의 믿음을 얻게 된다.

겨우 열 네 살이 상실의 별에 가게 되다니, 조금 슬펐다. 그런데 상실의 별이 무엇인지는 정확히 모르겠지만– 누군가 잃었던 슬픔, 나에 대한 고민에 잠겨있다는 것이 아닐까? 어려운 처지에 놓인 사람을 보면 나는 그 사람에게 어떻게 대해 주어야 할지 잘 모르겠다. 내가 하는 말이 다른 사람에게 도움이 될까. 사실 그 사람은 도움이 아니라 위로가 필요했는데 내가 괜히 제대로 된 위로는 물론이고, 도움도 주지 못한 것은 아닐까 걱정이 될 것 같다. 사실 내가 그렇게 슬프거나 도움이 필요했던 상황을 겪어보지 못했기 때문에 더 모르겠는 것도 있는 것 같다. 저마다의 '상실'을 경험하게 된 아이들이, 마음을 문을 닫고 혼자 아파하고 있었던 아이들의 서로를 만나서 위로하고, 위로 받고, 극복해 나가는 이야기를 다큐멘터리로 만들면 실제로도 굉장한 이야기가 될 것 같다. 이런 책을 읽으면 사람은 사람에게 상처받고, 사람에게 위로 받고, 사람으로 인해 극복하는 것 같아서 항상 인간의 관계에 대해서 고민되는 것 같다. 그래서 스스로에게 묻는다. 나는 어떤 인간관계를 만들어 나가고 있는가?

「안녕, 나의 사춘기」

아하! 서울시립청소년성문화센터,
안치현 (지은이), 손수정 (그림)
| 미래엔아이세움

한 줄 소개

청소년들의 사춘기를 유쾌하고 건강하게 보낼 수 있도록 돕는 책.

배수현

이 책은 사춘기 때 경험하는 변화에 당황스럽고 불편한 어린이들을 위해 다양한 성 고민과 궁금증을 해결하고 어린이들이 사춘기를 건강하고 유쾌하게 보낼 수 있도록 돕는 책이다. 요즘의 어린이들은 미디어나 인터넷을 통해 '성'을 접한다. 그러나 미디어나 인터넷에서는 상업적인 목적을 위해서 성을 자극적이거나 과장되게 표현할 뿐만 아니라, 성에 대한 잘못된 정보를 제공하기도 한다. 나 또한 이 책을 읽으며 청소년으로서 많은 것을 배울 수 있었다. 그래서 내 또래 친구들에게 이 책을 읽고 전하고 싶은 말을 편지 글 형식으로 적어보았다.

너는 지금 어느때보다 감정이 미묘하고 복잡할 거야. 때론 어른들을 향해 소리치고 싶겠지. 청춘이 왜 그리 아름답냐고. 왜 우아한 거짓말을 하냐고 대들고 싶을 거야. 그 시기를 지나온 어른들은 그때의 혼란과 아픔을 다 잊고 젊음을 떠나 보낸 아쉬움만 이야기해. 하지만 그 시기는 작가에겐 온통 흑백 뿐이었어. 반짝이는 추억 말고 미움과 상처, 눈물과 침묵, 좌절과 고뇌 같은 것들이 있었다고 해.

때론 학교와 어른들에게 반항했고, 때론 혼자만의 방으로 숨어들어 자물쇠를 열 개쯤 채워 놓았어. 이런 사춘기를 건너뛰어 어른이 되거나 이 시기를 피해 갈 수 있는 사람은 아무도 없어. 돌아갈 길도 지름길도 없어. 그렇다고 엄청 험난하고 무서운 길은 아니야. 그러니 반짝반짝 보석을 찾는 눈빛으로 그 길을 걸어 나와봐. 길을 다 걷고 나온 멋진 너를 기다릴 테니.

〈가장 아름다운 떨림, 첫사랑〉

첫사랑은 '처음'이라는 최초의 순간에 대한 감격과 흥분 때문에, 그리고 순수했던 시절이기에 끝내 가슴에서 지우지 못하는 거야. '첫'이라는 말은 나를 금방 설렘의 순간으로 데려다 주고 말잖아. 첫사랑이 인생의 어느 굽이에서 나를 호명하든 대답할 수 있는 것도 다 이런 이유일거야. 나 아닌 다른 사람을 더 많이 생각하고, 나 아닌 다른 사람의 이름을 더 크게 간직해서 그가 살던 마음 속의 집으로 끝없이 편지를 보내는 일. 이것이 정말 사랑이구나 하고 말이야. 첫사랑. 그것은 내가 단 한 번 눈 앞의 것에 연연하지 않고 마음의 미동만을 믿었던 근사한 추억이라고 생각해.

〈이별과목 공부하기〉

이별은 반드시 찾아와. 삶을 시작했다면 우린 반드시 헤어질 수밖에 없어. 그 헤어짐의 순간이 언제인지가 문제일 뿐이지 대체로 한 두 번, 혹은 여러 번 사랑하는 이와 이별하고 결국엔 세상과 이별해야 하잖아. 이별을 경험하면서야 우리는 사랑하는 이들의 흔적을 자각하지. 상실의 슬픔은 존재에 대한 새로운 자각을 일으키고 이것은 더 많은 사람들을 향한 사랑을 만들어 내기도 해. 이런 이유로 상실과 이별은 우리 가슴에 난 구멍이면서 또한 사람들에 대한 사랑을 담아둘 수 있는 구멍이 되기도 하는가 봐. 물론 이 정도의 눈물 예방주사를 맞았다고 진짜 이별하는 순간까지 쿨할 순 없겠지. 크게 울면서 마음의 주름에 낀 슬픔을 씻어내면 이별은 또 괜찮은 일이 되어 눈물로부터 혼자 일어날 수 있단 것도 믿길 바라는 거지.

모든 어린이가 잘못된 성 지식이 아닌 올바르고 건강한 성 지식을 가지는 것의 중요성을 이 책을 읽고 한 번 더 실감하게 되었다. 함께 읽고 우리의 숨겨진 이야기들을 열린 마음으로 나눌 수 있으면 얼마나 좋을까?

「알로하, 나의 엄마들」

이금이 (지은이) | 창비

한 줄 소개

세 여성이 보여주는 가슴 뭉클한 자립의 이야기.

조희경

여성은 혼자 장에 가는 것조차 어려웠던 시절, 태평양을 건너 하와이로 간 여성들의 이야기는 어떻게 탄생했을까? 이 책은 한 장의 사진에서 시작되었다. 작가는 한인 미주 이민 100년사를 다룬 책을 보던 중 어려 보이는 얼굴에 흰 무명 치마저고리를 입은 세 명의 여성을 찍은 사진을 보게 된다. 남성의 시각으로 쓰인 주류 역사에서 비켜나 있던 하와이 이민 1세대 여성의 이야기는 그 자체로 뜻깊은 발견이었다고 한다. 교과서에도 공들여 소개되지 않은 역사의 한 페이지이니 말이다.

『알로하, 나의 엄마들』의 주인공은 일제 강점기 경상도 김해의 작은 마을에서 살고 있는 열여덟 살 버들이다. 아버지는 일제에 대항해 의병 생활을 하다가 목숨을 잃고 어머니 혼자 버들과 남동생들을 키워 냈다. 양반의 신분임에도 버들은 여성이라는 이유로 남자 형제들과 달리 학교에 가지도 공부를 하지도 못한다. 그러던 어느 날 사진결혼을 권하는 중매쟁이의 목소리가 들려온다. 사진결혼이란 일제 강점기 시대 조선 여성이 하와이 재외동포와 사진만 교환하고 혼인했던 풍습이다. 사진결혼을 택한 10~20대의 여성들은 사진 신부라고 부른다.

더 나은 삶을 꿈꾸며 하와이 이민선에 올랐던 사진 신부들, 작가는 그들에게 각각 버들, 홍주, 송화라는 이름을 지어주었다. 고향에 있는 부모를 뒤로하고 더 나은 삶을 찾아 용기 있게 태평양을 건넌 세 친구는 각기 다른 운명을 맞이한다. 자유연애 같은 결혼을 꿈꾸는 홍주는 사진보다 실물이 스무 살은 더 늙어 보이는 남편을 만나고, 천대받던 무당 외할머니의 손녀라는 처지에서 벗어나 새 삶을 꿈꾸었던 송화 역시 게으르고 술주정이 심한 남편을 맞이한다. 이들과 달리 버들은 사진 속 모습과 똑같은 스물여섯 살 태완을 만난다.

구포에 사는데도 부산아지매로 불리는 아주머니는 동백기름, 박가분, 빗, 저울, 바느질 도구, 성냥 같은 물건을 이고 마을마다 다니며 파는 방문 장수다. 어느 날 버들에게 부산 아지매가 사윗감을 보여 주었다. 뒤에 서태완 26세라고 반듯한 글씨체로 적혀져 있었다. 고향은 평안도 용강이라고 하고 엄마는 세상을 떠나고 여형제들도 다 시집가고 식구는 아빠와 아들 뿐이었다. 버들은 맘 좋은 어른들 덕분에 홍주라는 아이와 친해졌다. 또 다른 어느 날 버들이 시집을 간다고 말을 하게 된다.

버들이 의지할 수 있는 사람들은 버들과 비슷한 처지에 놓인 주위 이민 여성들이다. 일찍이 자리를 잡은 줄리 엄마, 그리울 때면 날아드는 편지로 씩씩한 근황을 전해주는 홍주, 속세에 물들지 않고 순수한 마음을 지닌 송화까지, 『알로하, 나의 엄마들』 속 여성 인물들은 서로 도우며 가족이 되어 준다. 예상치 못했던 비밀이 밝혀지는 결말부까지 읽고 나면 가족이란, 여성이란, 엄마란 무엇인지 다시 한번 생각할 수 있었다. 나는 여성으로서 앞으로 어떤 삶을 살아가게 될까? 내가 바라는 나의 여성상은 무엇인가? 아직 어리지만 여성으로서의 나의 정체성을 생각하게 한다.

「야만의 거리」

김소연 (지은이) | 창비

한 줄 소개

일제강점기를 배경으로 한 균형 잡힌 관점이란 무엇인지 보여주는 청소년 소설.

박우진

우리 사회는 수년간 일본의 역사 교과서 왜곡으로 골머리를 앓아왔고, 최근에는 국사 교과서의 편향성 문제까지 불거져 여론이 들끓고 있다. 이러한 시기에 '청소년에게 추천할 만한, 건강한 역사의식이 담긴 읽을거리로는 무엇이 있을까?'라는 질문은 학교 현장에서뿐만 아니라 최대한 많은 사람이 품어 봄 직하다.

이 책 『야만의 거리』는 그러한 질문에 답할 만한 수작으로, 소설로서의 재미와 긴장감을 놓치지 않으면서도 독자 스스로 균형 잡힌 역사의식을 세울 수 있도록 안내한다. 1920년대 일본의 생생한 재현, 박열과 가네코 후미코 등 실존 인물이 등장해 펼쳐지는 속도감 있는 전개, 주인공 동천의 고독과 그리움 등 시대를 불문한 보편적 정서 등을 찾아볼 수 있다.

야만의 거리에 나오는 주인공은 양반인 아버지와 몸종인 어머니 사이에서 태어난 서자이다.그러던 어느 날 주인공이 다니는 서당에 일본 순사가 찾아와 단발령을 내리고 서당을 폐쇄시켜 주인공은 일본인이 가르치는 소학교에 입학하게 된다. 그 후 소학교에 다니던 주인공은 일본 선생을 만나 선생님이 되고싶다는 꿈을 가지게 되고 서자라는 신분에 얽매이지 않고 자신도 선생님이 되겠다는 큰 포부를 가지고 일본으로 가게 된다. 그러나 일본에는 자신이 생각한 것과는 달리 조선인 학살과 차별 등 야만이 들끓고 있는 상황이었다. 하지만 주인공은 그러한 상황에서도 자신의 본분을 잊지 않고 선생이 되어 조선인들을 위한 노력을 하겠다는 굳은 의지를 보여준다.

책에서는 사회의 부패와 그러한 부패에 물들고 있는 우리를 일제 강점기에 빗대어 표현하고 있다. 돈을 빼돌리는 높은 지위의 사람들, 약자에게 손가락질하는 사람들 등과 그걸 나쁜 일이라고만 생각하면서 자신의 문제는 인지하지 못하는 사람들, 이처럼 시대와 상황만 다를 뿐 본질은 비슷하다고 볼 수 있다. 이처럼 야만이 부패한 사람을 뜻한다면, 주인공은 부패하지않고 정의로운 세상을 만들기 위해 노력하는 사람으로 해석된다. 또한 주인공은 정체성 혼란을 극복하며 한층 더 성장해가는 모습을 보여줌으로써 청소년의 바람직한 성장이 무엇인지 알려 주기도 한다. 주인공이 고난을 성장의 발판으로 삼는 모습을 보며 많은 청소년들이 이런 용기를 귀감으로 삼았으면 좋겠다고 생각했다. 마치 주인공이 조선을 위해 노력한 것처럼 우리도 그런 모습을 본받아 부패한 사회를 고칠 수 있는 용기와 그것을 실천할 수 있는 능력을 키우기 위해 노력해야 한다. 만약 주인공 같은 사람이 없다면 우리 사회는 어떻게 되었을지 생각해보았다. 우리 사회를 변화시키려 노력하는 소수의 사람들에게 감사하다는 생각이 든다. 나도 그런 사람 중의 한 사람으로 성장해 나갈 수 있을까?

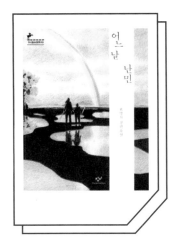

「어느 날 난민」

표명희 (지은이) | 창비

한 줄 소개

인종과 국경, 이러한 경계를 넘어 함께 부르는 치유의 노래.

안서현

‘어느 날 난민’은 각자 다른 사정으로 자기 나라에서 다른 나라로 난민캠프를 통해 다른 나라에서 살던 사람을 만나 서로의 이야기를 알아가는 이야기를 담고 있다. 뒤로 갈수록 누군가가 민과 샤샤를 떠나지만 어쩌면 두 아이의 곁을 떠나 새로운 일을 시작하는 것일 수도 있다. 그리고 그 아이들도 난민캠프를 떠나 진짜 난민들이 있는 섬으로 갈 계획을 세웠지만, 민의 곁을 떠날 뻔한 해나를 만나서 같이 새로운 삶을 시작할지도 모른다. 아마도 민은 누군가가 자신의 곁에서 멀리 떨어지거나 아예 다른 곳으로 떠나버려서 자신이 보고 싶어도 볼 수 없게 되는 것을 싫어하는 것 같다. 그래도 미래의 민은 자신의 곁을 떠나버린 소중한 사람들을 다시 만나 행복한 나날을 보낼지 모른다는 생각도 든다.

지금 이 책에 나오는 난민 관련 이야기는 현실에서도 우리나라, 전 세계의 난민들의 이야기와도 다르지 않다. 우리나라에 오는 난민들은 대부분 나라가 가난하거나 전쟁 때문에 다른 나라로 가게 된 경우가 많다. 이 책의 이야기나 현실에서의 난민이나 모두 각자의 사정이 있다. 그리고 이 책에 나오는 민은 처음 나올 때부터 누군가에게 버림을 당한 듯해서 누군가는 자신의 곁에 있어주기를 바라면서도, 어디든지 갈 수 있는 자유를 원하는 것 같았다. 어쩌면 난민캠프가 진행되고 있는 건물 안에서 갇혀 지내는 게 싫었을지도 모른다. 그래도 남은 이야기를 상상해보자면 해나를 만나서 민과 샤샤와 함께 난민으로서의 삶이 아닌 새로운 가족과 함께 또 다른 행복한 삶을 살거나 난민들이 모여있는 지중해, 다른 말로 메카라고도 불리는 곳에서 다른 난민들과 어울려서 살고 있을 것 같다. 그렇지 못한다면 그들의 삶이 너무 처절해질 것이기 때문이다. 난민이 없는 세상은 올 수 없을까? 평화를 말하지만 여전히 전쟁이 계속되고 있는 지구촌에서 난민이 사라지기 위해서는 우리가 져야 할 짐들이 너무 많은 것 같다.

「어떤 고백」

김리리 (지은이) | 문학동네

한 줄 소개

사랑과 우정 사이에서 성장통을 앓고 있는 여섯 명의 십대 이야기.

김유송

어떤 고백이라는 책 안에는 5가지의 이야기가 있다. 모든 이야기의 주인공들의 연령대는 청소년이고, 이들은 자신이 처한 상황에 대해서 모두 만족하지 않는다. 그 중에서도 나는 '수'라는 이야기가 가장 기억에 남았다. 주인공인 '채연'은 6학년 때 같은 반 남자아이였던 '수'를 지하철역에서 마주치게 된다. 6학년 때 채연이는 동생이 아프다는 이유로, '수'는 얼굴에 화상 자국이 있는 것 때문에 평범하지 않은 눈초리를 받았다. '수'가 6학년 때 채연이를 도와준 것도 단순한 호의나 호감이 아닌, 본인과 같은 아픔을 지니고 있다는 유대감 때문일 수도 있다는 생각이 들었다. 시간이 흘러 고등학생이 됐을 때, '수'는 거창하지는 않더라도 본인이 하고 싶은 일을 하며 살고 있었고, 채연이는 어쩔 수 없이 엄마가 원하는 일을 하고 있었다.

책에서는 채연이가 하고 싶은 일이 '많았었다.'고 과거형으로 표현했다. 아빠와 엄마는 본인의 교육 때문에 많이 싸우고 학원비조차도 대출을 받으며 아픈 동생을 키우면서 살고 있는데, 의사가 되지 않으면 안 된다는 압박감에 채연이는 얽매이고 있었다. 꼭 의사처럼 사회적으로 권위가 있고, 수입이 많은 직업을 가져야 행복할 수 있는 것은 아니라고 생각한다. '수'는 어렵고 힘들지만 본인이 하고 싶은 일을 하면서 행복해 한다.

분명 채연이가 성공한 의사가 된다면 돈을 많이 벌 것이다. 하지만 본인이 원하는 진로가 아닌 가족이 원하는 진로인데다가, 본인 하고 싶지 않은 일을 하면서 살아가는 채연이가 본인의 삶에 만족하고, 행복하게 살 수 있을까? 채연이 스스로도 혼란스러울 것 같다는 생각이 들었다. 내가 봤을 때 책의 마지막 부분은 열린 결말로, 조금 찝찝하게 끝나서 뒷이야기가 궁금했다. 아마도 자작나무숲에서 채연이는 '수'로 인해 심경의 변화가 생기지 않을까? 그게 나의 바람이다.

• • •

안형준

'나는 사실 우주인이야'라고 말할 때, 나의 마음이 심하게 요동친다. 내가 좋아하던 여자애가 우주인이라니. 라는 글에서 나의 마음이 심하게 요동친다고 했을 때 왜 마음이 요동쳤을지에 대하여 생각해 보았다. 오히려 내가 좋아하는 사람이 우주인이면 특별한 느낌을 받지 않을까. 그리고 우주소녀가 나에게 고양이를 보살펴 달라고 말했을 때, 나 같으면 거절했을 것 같았다. 우주소녀의 마지막 장에서 조하나(우주소녀)가 나에게 조심스럽게 입을 맞추고 난 뒤, 조하나의 눈이 맑고 깨끗하다는 것은 이미 우주소녀가 나의 마음에 들어왔던 것이 아닐까.

내 이름은 채연. 그리고 우리 반에는 '수'라는 아이가 있다. 수는 어릴 때부터 화상 흉터가 있어서 늘 얼굴을 가리고 다녔다. 그리고 채연은 장애인 동생이 있다. 나이는 12살이지만 지능은 6살 정도밖에 되지 않는다. 수는 목공소에서 일을 한다. 꿈이 목공일을 하는 것이기 때문이다. 수가 나에게 물었다. '너는 꿈이 뭐야?' 채연은 본인의 꿈에 대하여 생각해 본 적이 없다. 다만 엄마는 동생 때문에 의사가 되라고 한다. 의사를 하지 않으면 엄마와 동생을 배신하는 듯한 느낌이 든다. 채연은 생각해 본 적이 없다고 하지만, 아마 본인의 꿈에 대해서 생각해 본 적이 있기 때문에 의사를 하지 않으면 엄마와 동생을 배신한다는 느낌을 받는 것이 아닐까.

'나의 꿈'이라는 말에서 '아 나도 진지하게 나의 꿈에 대해서 생각해 본적이 없지.'라는 생각이 들었다. 사실 '꿈'을 고민하기에는 어린 나이가 아닐까. 아직 내가 경험한 세상이 이렇게나 좁은데 말이다. 오히려 '꿈'을 고민하는 아이들이 더 신기한 것 같다. 본인이 좋아하는 일이 있다는 증거이기도 하니까 말이다. '꿈'에 대해서, 미래에 대해서 고민하고 생각하는 모든 아이들이, 사람들이 그 고민의 끝에서는 결실을 맺었으면 좋겠다.

●●●

조희경

이 책은 여섯 편의 단편소설을 모은 소설집으로, 사랑과 우정 사이에서 성장통을 앓고 있는 여섯 명의 십대를 만날 수 있다. 여섯 편의 소설 모두 이성 문제를 중심으로 이야기가 진행되지만 담겨 있는 주제의식은 각자 조금씩 다르다. 외모와 조건만으로 사람을 평가하는 사회의 부조리, 잘못된 어른 세대에 대한 반감과 고발, 부모의 욕망 때문에 받는 심리적 억압, 막연한 미래에 대한 불안감 등 십대의 눈높이에서 바라보는 고민과 아픔이 녹아 들어 있다.

여러 단편 이야기가 있지만 특히 두 편의 이야기가 기억에 남는다.

첫 번째로 "우주 소녀" 라는 이야기이다. "이건 비밀인데, 사실 나는 우주에서 왔어." 그 아이가 말했다. 아까도 그랬다. 그 아이가 주인공에게 집 나왔지 라고 했다. 나오기 전에 동생이랑 한판 붙었기 때문이다. 그 아이 이름은 조하나인데, 자기는 우주에서 왔다고 했다. 모든 사람이 우주인이었는데 사람이 다 기억을 잃고 있었다고 했다. 우주인 이후 지구인으로 길들여져야 하는데 길들여지지 않아서 그런 거라고 말했다.

우주인의 특징은 영혼을 볼 수 있다는 것이었다. 며칠 뒤 하나가 나에게 고양이를 맡겼다. 하나가 집에 오고 갈 때 나는 20살까지 못 살아라고 말했다. 개학날, 하나가 집을 오지 않았다. 나는 하나가 우주소녀라는 사실이 받아들여지지 않았다. 만약 내가 하나였다면 차라리 폰을 보고 같이 게임하고 놀고 싶었을 것이다. 그럼에도 불구하고 핸드폰을 쓰지 않은 게 대단한 것 같았다.

두 번째로 기억에 남는 이야기는 "남친 만들기"이다. 주인공에게는 친한 친구 희영이가 있다. 근데 희영이가 남친이 생긴 후로 달라졌다. 며칠후에 희영이가 남친한데 차였다고 말했다. 오늘 아침에 문자가 왔다는 소식까지 알려줬다. 또 학교를 마치고 우리 학교 앞으로 온다고 말했다. 희영이가 자신의 남친 김훈은 족제비같다고 말을 해줬다. 집에 가는 길에 김훈을 만났는데 희영이가 김훈한테 "이 족제비 같은 놈아. 잘 먹고 잘 살아라. 너는 이 바람둥이 왕 싸가지야. 너 인생 그렇게 살지마." 라고 말하고 한바탕 크게 웃었다. 내가 남자친구를 사귀면 아무리 헤어지더라도 그 사람 욕은 안 할 것 같다.

고백을 하고 싶지만 맘껏 표현할 수 없는, 고백을 하긴 했지만 뜻대로 전해지지 않은, 고백을 받고 싶었지만 엉뚱한 상상으로 끝나버린, 고백이라고 생각도 못 했는데 그냥 고백이 되어 버린 경우. 달콤한 고백이든 아픈 고백이든 우리는 살면서 '고백'이라는 중요한 순간과 맞닥뜨릴 수밖에 없다. 세상을 좀 살았다 싶은 나이라면 어느 정도 경험과 정보를 보탤 수 있겠지만, 이제 막 고백이란 단어를 알아가는 나 같은 청소년들에게는 낯설고 어려운 순간일 것이다. 이 책의 여섯 주인공 역시 그 순간을 마주했고, 나름의 방식대로 고백을 하기 위해 한 걸음 내디뎠다. 또 다른 기쁨과 슬픔과 아픔과 시련의 시간들이 기다리고 있을 테지만, 이제 막 첫발을 내디뎠기에 십대의 사랑과 우정, 그리고 어떤 고백은 더 뜨겁고 절실할 수밖에 없었다는 생각이 든다. 내 또래 친구의 이야기라 생각하고 책을 읽어서 그런가 더 막힘없이 술술 읽을 수 있는 책이었다. 나의 우정과 사랑 이야기는 앞으로 어떻게 전개될까?

「어린 왕자」

앙투안 드 생텍쥐페리 (지은이),
황현산 (옮긴이) | 열린책들

한 줄 소개

전 세계인들의 사랑을 받은 생텍쥐페리의 명작.

조희경

‘나’는 여섯 살에 처음으로 그림을 그렸다. 그건 코끼리를 먹은 보아뱀을 그린 그림이다. 근데 사람들은 모자라고 한다. ‘나’는 그리고 싶은 것을 그리고 싶지만 주변 사람들은 내가 그리고 싶은 것을 알아보지 못했다. 그래서 화가의 꿈을 버리고 비행기 조종을 배워 비행기 조종사가 된다. 그리고 세계를 돌아다니며 화가가 아니라 파일럿으로서의 삶을 살게 된다. 그러던 중에 ‘나’는 비행기 사고를 당해 사막에 불시착하게 된다. 비행기 조립을 혼자 해야하는 ‘나’는 앞이 캄캄하다. 그러던 중 ‘나’는 다른 행성을 여행하다가 지구에 도착하게 된 어린 왕자를 만났다. 어린 왕자는 화가가 꿈이었던 ‘나’에게

양을 그려달라고 부탁한다. '나'는 상자를 그려 이 상자 안에 양이 있다고 이야기한다.

어린 왕자는 본인이 갔다 온 행성에 대한 이야기를 해준다. 첫 번째 별의 임금은 별을 다스리는 능력을 가지고 있었다. 두 번째 별엔 허영쟁이가 있어서 어린 왕자가 자기를 숭배하러 온 줄로 알고 있었다. 다음 별에는 술을 좋아하는 이가 술을 마시고 있었고, 네 번째 별엔 상인이 살고 있었다. 상인은 별을 세고 있었고, 별이 모두 자신의 것이라고 생각했다. 다섯 번째는 아주 작은 별이라서 가로등 하나만이 존재했다. 여섯 번째 별은 매우 컸으며 지리학을 하는 늙은 학자가 있었다.

나는 '어린 왕자'라는 책을 읽고 나도 어린 왕자가 간 곳으로 여행을 가보고 싶다는 생각을 했다. 많은 것을 경험하고 싶다. 지구라는 큰 별을 여행해보고 싶다. 다음에는 지구를 벗어나서 더욱 큰 별을 향해 여행을 가보고 싶다. 아무래도 내가 조금 더 나이가 들면 이런 생각이 사라지게 될까? 어른들의 생각에 길들여지기 전에 새로운 상상의 세계를 마음껏 펼쳐보고 싶다.

• • •

구연경

나는 이 책을 세상 모든 사람들이 읽었으면 한다. 이 이야기는 어떤 눈으로 보면 유치한 동화 같다고 생각할지도 모른다. 아주 작은 별에서 장미를 키우는데 장미가 말을 하고, 이상한 상자 안에 양이 들어있다고 생각하며, 동물인 여우와 대화할 수도 있다. 몇몇 어른들은 엄청 어렵고 글자 수만 많은 책을 읽는데, 나는 그런 책이 아닌 '어린 왕자'를 읽고 이 사회의 문제를 찾고, 진실된 교훈을 얻을 수 있다고 생각한다.

어린 왕자는 순수한 마음, 장미를 향한 따뜻하고 예쁜 생각을 가지고 있다. 반면, 우리는 항상 정답에만 맞추어 살고, 1등을 하기 위해서라면 친구도 라이벌로 만든다. 이익과 자신의 권력을 위해서 다른 사람들을 짓밟고서라도 올라가는 것에 혈안이다. 사회시간에 배웠던 우리나라의 경제 특징은 경쟁과 자유이다. 하지만 반작용으로 자유는 경쟁 때문에 사라지게 된다. 어린 왕자는 우리의 사회 상태를 보며 어떤 생각을 할까? 어떤 기분이 들까?

심심하다고 생각할 수 있지만 어린 왕자는 노을을 보며 꽃과 이야기를 하는 것을 좋아하는 아이이다. 우리는 그런 느긋함과 편안함을 가지고 있지 않다. 가끔의 휴식이 아닌 어린 왕자와 같이 마음을 안정시키는 것이 필요하다고 생각한다. 또, 어린 왕자가 여행하며 만난 권력에 취한 왕, 자신한테 취한 사람, 술에 취한 사람, 재산에 취한 사람, 그리고 생각없이 사는 사람 등, 우리의 모습이 하나라도 보였을 것이다. 어린 왕자는 이런 사람들과는 다르게 아름다움에 취하고, 그 아름다움의 소중함을 생각하고 즐길 줄 아는 아이이다.

나는 물건이 말을 할 수 있으면 좋겠다고 생각한다. 어린 왕자가 살고 있는 섬에는 단 한 명의 친구도 없다. 하지만 장미, 즉 꽃이 말할 수 있었기에 어린 왕자의 친구는 장미였고, 나도 내 책이나, 연필, 인형들이 말을 할 수 있다면 오롯이 '나'에게 공감해줄 수 있는 친구를 얻을 수 있을 것 같아서 좋을 것 같다. 또 꽃이 말을 하게 되면 사람들이 꽃을 많이 꺾지 않을 것이다. 물건도 잘 버리지 않고 아끼고 정도 쌓을 것이다. 그러고 보니 어린 왕자는 꽤 행복했을 것 같다. 장미와 함께 말이다. 이런 행복을 우리는 지금 누리지 못하고 있으니 무엇을 어떻게 해야 할까?

「어느 지구주의자의 시선」
- 인간과 자연, 공존하며 살아간다는 것

안병옥 (지은이) | 21세기북스

한 줄 소개

위기에 놓인 지구를 구하는 방법에 대한 시사점을 던져주는 책.

배수현

암 진단을 받은 환자가 있다. 그의 몸에는 고열이 오르고 이곳저곳으로 통증이 번지는 중이다. 하루빨리 근본적인 치료를 받고 식이요법을 하며 생활습관을 바꾸어야 할 판이다. 그렇지만 그는 지금의 즐거움을 포기할 수 없다. 미래를 위해 한참 더 벌어야 한다. 지금 수술대에 누울 수는 없는 형편이다. 그래서 진통제를 요구했다. 진통제는 그런대로 잘 듣는다. 눈앞에 찾아온 죽음의 그림자를 느끼지 않아도 될 정도이다. 좀 불안한 생각이 들긴 하지만 그래도 괜찮다고 여긴다. 그는 여전히 풍요로운 미래를 꿈꾼다. 과연 이 환자가 계획한 미래는 찾아올 수 있을까? 지금 인류의 모습은 이 암 환자와 다르지 않다. 다행히 치료할 시간과 기회가 주어져 있지만, 그것을 애써 포기하고 있다. 병증은 이미 나타났다.

우리가 사는 지구는 마치 암진단을 받은 환자의 몸과 같다. 지구는 기후변화로 몸살을 앓고 있다. 2003년 유럽의 불볕더위는 7만 명의 생명을 앗아갔다. 2005년 미국의 허리케인 카트리나는 도시의 절반을 수장시켰다. 2010년 파키스탄의 홍수는 2,000만 명의 이재민을 만들었다. 2012년 호주의 대홍수는 프랑스와 독일을 합친 것과 맞먹는 광활한 면적을 물로 채웠다. 이런 기상이변이 더는 특별한 일이 아닌 것처럼 여겨진다. 비정상이 일상화의 단계로 접어든 것이다. 더욱이 이런 재해는 병든 지구의 증상 중 하나이다. 환부에 약을 바른다고 해도 병이 낫지는 않는다. 이 속에서 우리는 안전한 미래를 계획할 수 있을까? 이 책은 지구에서 살아갈 사람들이 경각심을 가져야 할 여러 환경문제에 대해 소개하고 있다.

인상깊었던 부분은 "동물을 가두고 구경할 권리?"란 부분이었다. 이 글은 인간이 동물을 강제로 감옥에 집어넣고 구경할 권리란 없다는 말을 전해주는 글이다. 그렇기 때문에 글에는 '동물원'이 자주 언급된다. '동물원은 인간의 과시욕으로부터 생겨난 공간이고, 하루빨리 동물의 자유를 위해 동물원을 없애야 한다.' 란 의견에는 동의한다. 인간 외의 동물들도 인간보다 지능이 떨어지더라도 권리가 있는데 고작 인간의 재미를 위해 동물들을 가두고 재롱을 부리게 한다는 것은 말도 안 되는 일이다.

두 번째로 기억에 남는 부분은 "맹그로브 숲 파괴하는 수입 새우" 란 글이었다. 야노마미족은 1000년동안 아마존과 오리노코 강 유역의 열대우림과 산악지대에 흩어져 살아온 원시부족으로, 많은 국가들의 표적이 되었다. 이들의 학살 사건만 30건이 넘고, 그 충격으로 1만명이 넘는 야노마미족의 여성, 어린 아이들이 죽었다. 야노마미족이 직면한 비참한 현실은 원시성을 상실한 문명의 야만을 아프게 성찰하도록 만든다. 나무를 베고 금을 캐기 위해 원주민들이 마시는 식수에 수은을 풀고, 마을을 불태워버리는 사람들, 심지어 정부는 학살을 방조하고 부추긴다. 그리고 그들의 죽음은 곧 세상의 멸망을 뜻한다는 사실에 눈을 감아버린다. 파괴되고 있는 원주민들의 삶과 인권은 현대문명의 끔찍한 모습을 거울처럼 비추어 준다.

기후변화는 지구 생존의 문제이다. 그런데 우리는 시급한 생사의 문제를 뒤로 미루고 있다. 마치 영생할 것처럼 미래의 풍요를 계획하는 어리석음을 범하고 있다. 그러는 동안 인류의 운명은 죽음을 향해 치닫고 있다. 이 절체절명의 순간, 우리는 무엇을 해야 할 것인가 고민해 봐야 한다. 아이들이 살아 갈 미래를 어른들은 전혀 생각하지 않고 있는 것인가?

「오늘부터 제대로, 금융 공부」

- 똑똑한 경제생활을 위한 35가지 질문

권오상 (지은이) | 창비

한 줄 소개

탄탄한 경제관념을 갖춘 성인이 되기 위한 청소년들에게 전하는 돈 이야기.

정승원

"예전에는 왜 금이나 은이 돈으로 쓰였을까?" 금이나 은은 귀금속이라고 한다. 귀금속, 특히 금을 돈으로 삼아야 한다고 주장하는 사람도 있다. 옛날에는 금과 은을 돈으로 삼았지만 지금은 그렇지 않다. 즉, 금을 돈으로 삼아야 한다는 주장은 현실성이 없다. 옛날 사람들은 귀금속으로 만든 동전을 돈으로 사용했다. 금이나 은은 금속 중에서도 말랑말랑한 편이다. 원하는 대로 얇게 가공할 수 있다. 또 일부 광산에서만 나와서 채금량도 작았다. '귀금속'이라는 말 그대로 아주 귀한 금속이었다. 게다가 썩어 없어지지도 녹이 슬지도 않는다. 이런 특징들을 이유로 사람들은 금이나 은으로 장신구를 만들어 몸을 치장하는 것을 즐겨했다. 또 귀금속을 원하는 사람들이 있으니 귀금속을 다른 물건과 바꾸는 일도 가능했다. 그래서 귀금속에 무언가를 살 수 있는 기능이 생겨났다.

예전에는 돈을 셀 때 무게로 쟀다. 금이 동그란 동전이든 아니든 아무렇게나 생긴 덩어리도 상관없었다. 무게가 많이 나가면 그만큼 돈이 많다는 뜻이었다. 역사 이야기가 하나 있었다. 8세기부터 15세기 후반까지 스페인은 나라를 되찾기 위한 독립운동을 벌여 마침내 해방되었다. 그 과정에서 스페인의 힘도 강해졌다. 스페인의 국력은 바다 너머까지 향했다. 스페인은 아메리카에 가서 원주민들을 무력으로 제압한 다음 커다란 식민지를 건설했다. 그 과정에서 아르텍이나 잉카, 마야 등이 멸망했다. 스페인의 수법은 비슷했다. 정복자들은 화약총과 대포를 가지고 있다고 해도 소수에 불과했다. 그래서 호의를 가장해 왕에게 접근한 뒤 왕을 포로로 잡는 방법을 썼다.

그런 식으로 빼앗은 금과 은을 싣고 의기양양하게 스페인으로 돌아왔다. 1500년부터 1509년까지 10년간 스페인이 아메리카에서 빼앗아 간 금은 약 5톤이었다. 1490년부터 10년동안 유럽 전채에서 채굴된 금의 양이 6톤에 조금 모자랐던 사실을 감안하면 엄청난 양이다. 스페인의 금 수탈은 점점 심해져 1540년에는 약 25톤, 1550년대에는 무려 43톤에 가까운 금을 가져갔다. 또한 1540년대에는 엄청난 규모의 은광을 두 군데 발굴해 1540년대에는 2700톤이 넘는 은을 스페인으로 가져갔다.

그 귀금속들의 일부는 장식용으로 썼고 스페인의 도시 세비야에 있는 성당의 내부가 모두 금으로 치장되었다. 그 양이 무려 1.3톤이 넘는다. 스페인 사람들 대부분 예전보다 더 큰 돈을 만지게 되었다. 하지만 1500년부터 1600년까지 100년동안 스페인의 물가는 세 배 이상 올랐다. 그 이전인 1400년부터 1500년까지 100년간 물가가 15%하락했던 것에 비하면 너무도 달라진 것이었다.

"돈은 많을수록 좋은 것 아닌가요?" 앞의 16세기 스페인 이야기는 돈이 많다고 무조건 좋은 것이 아니라는 역사적 사례다. 왜 그런지 실험을 통해 알아보자. 두 사람만 산다고 가정하였을 때 첫번째 사람은 물고기를 잡는 어부고 두번째 사람은 어부가 쓰는 그물을 만드는 기술자다. 둘은 서로가 서로에게 꼭 필요하다. 기술자의 그물이 없으면 어부는 물고기를 잡을 수 없고, 어부의 물고기가 없으면 기술자는 굶어 죽는다. 이 때 세번째 사람이 나타난다. 이 사람은 돈을 가졌다. 즉 금화를 가지고 온 거다. 세번째 사람은 어부에게 금화를 줄 테니 물고기를 달라고 요구한다. 하지만 어부는 시큰둥하다. 금화가 보기에는 좋아 보여도 막상 쓸데가 없으니 말이다. 어부는 자신에게 필요한 물고기와 그물을 이미 충분히 얻을 수 있다.

세번째 사람은 기술자에게도 비슷한 요구를 한다. 금화로 그물을 사겠다는 것이다. 하지만 기술자도 시큰둥하기는 마찬가지다. 기술자에게 필요한 건 물고기인데 물고기는 자신이 만든 그물을 어부에게 주고 충분히 얻을 수 있다. 금화를 받아봐야 쓸모가 없다. 여기서 세번째 사람이 가져온 금화의 양이 얼마냐에 따라 달라질 수 있을까? 아무것도 없다. 금화로 쓸모 있는 물건을 구하지 못한다면 금화가 몇 닢이든 똑같다.

일상생활에서 돈의 기원과 같은 귀금속의 특징에 대해 전혀 생각해 본 적이 없다. 하지만 이 책을 읽고 현대 사회의 거래 방식이라든가 돈을 주고받는 원리에 대해 좀 더 생각해보는 시간을 가질 수 있었다. 그러나 돈이 필요는 하지만 돈에 모든 것을 다 걸어서는 안 되겠다는 생각도 하게 되었다.

「오래된 미래」

- 라다크로부터 배우다

헬레나 노르베리-호지 (지은이),
양희승 (옮긴이) | 중앙books(중앙북스)

한 줄 소개

라다크 마을 사람들을 통해 지구를 생각하다.

노효준

'내가 믿는 무엇일까' 이러한 고민을 평소에 진중히 해본 적이 없기에 알기 쉽지 않았다. 윤리, 도덕과 같은 가치들이 떠올랐지만 실제로 나는 이러한 기준을 따르며 살지 못했다는 생각이 들었기 때문이다. 하지만 항상 마음에 새기며 지내는 나만의 신념은 존재한다. 바로 '나는 특별하며 최고'라는 것이다.

요즘에 나는 배구에 푹 빠져있다. 2020년 도쿄 올림픽의 여자 배구를 계기로 배구의 특징적인 빠른 전개와 시원함이 나를 이끌었다. 배구 경기를 보거나 시합에 임하며 한 가지 깨달은 것이 있다. 바로 배구에는 '자신감'이 중요하다는 것이다. 윙 스파이커라고 불리는 주로 스파이크를 때리는 포지션은 눈 앞에 블로킹이 있어도 자신의 플레이를 하는 자신감이 중요하며, 토스를 올려주는 세터는 공을 잘 토스할 수 있다는 자신감이 중요하다. 허나, 순간 나 자신을 의심하고 위축된 플레이를 보여버리면 팀의 실점이자 자신의 실책으로 마무리된다. 그만큼 자신감은 배구에서 중요한 영향을 끼친다. 나는 일상생활도 그리 다르지 않다고 생각한다. 자신감이 중요하다. 실제로 내가 남보다 뒤쳐져 있다는 것은 그렇게 중요하지 않다. 나만의 길을 걸으며 나만의 플레이를 하는 것이 가장 나다우며 좋은 결과를 이끌어낼 수 있는 방법이다.

사실 사람들은 나를 보고 자만에 빠져있다고 말한다. 이걸 우린 근자감, 근거 없는 자신감이라고 말한다. 어머니께서는 종종 이러한 자신감의 원천을 물어보신다. 나쁘게 말하면 자만, 좋게 말하면 자신감이 나의 장점 중 하나라 생각한다. 이러한 자신감 덕분에 남들 앞에서 당당히 말할 수 있고 의사 표현을 명확히 할 수 있기 때문이다.

이 책 에서는 라다크라는 본래 전통적이며 공동체적인 문화가 강한 지역이 나온다. 서부 히말라야 고원의 작은 지역 라다크. 저자는 빈약한 자원과 혹독한 기후에도 불구하고 생태적 지혜를 통해 천년이 넘도록 평화롭고 건강한 공동체를 유지해온 라다크가 서구식 개발 속에서 환경이 파괴되고 사회적으로 분열되는 과정을 보여준다. 또한 사회적, 생태적 재앙에 직면한 우리의 미래에 대한 구체적인 희망은 개발 이전의 라다크적인 삶의 방식이라고 말하고 있다. '라다크 프로젝트'는 과거 라다크의 문화를 되찾는 운동을 의미한다.

이처럼 나는 자신만의 고유한 아름다움을 추구하는 것이 좋다. 누군가를 따라하려는 삶은 그저 나의 삶에 고통과 고난을 줄 뿐이지 더 큰 행복은 가져오지 못한다. 오히려 더욱 큰 탐욕과 욕심을 불러올 뿐이다. 많은 사람들이 나다움을 추구하며 스스로에게 당당해지고 자신을 특별하게 생각하는 마음가짐이 중요하다고 생각한다. 자칫 누군가의 눈에는 자만으로 보일지라도 타인에게 피해를 주지 않는 선에서 스스로를 응원할 수 있는 정도의 자만이라면 괜찮지 않은가. 본래 남을 사랑하기 위해선 나를 먼저 사랑하는 방법을 알아야 한다고 했다. 모두가 스스로를 사랑하는 방법을 깨우친다면 세상은 조금 더 아름다워질 것이다. 나를 제대로 사랑해야 남도 제대로 사랑할 수 있지 않을까?

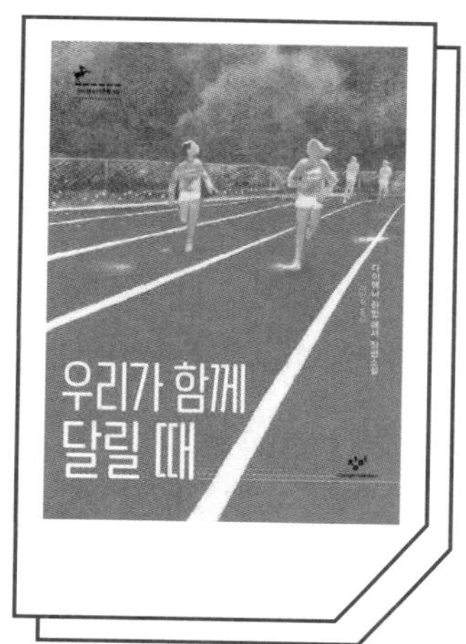

「우리가 함께 달릴 때」

다이애나 하먼 애셔 (지은이),
이민희 (옮긴이) | 창비

한 줄 소개

가장 빠르지 않아도 승리를 얻는 방법.

안형준

주의력 결핍장애(ADHD)를 앓고 있는 12살 조지프. 그의 학교 생활은 마치 성난 소때를 피해 달리는 것과 같다. 따라가기 어려운 수업을 꾸역꾸역 듣는 것은 고문과 같고, 동급생들의 괴롭힘 역시 피할 수 없는 난관이다. 그러던 어느 날, 반 강제로 들어가게 된 육상부에서 남자 아이들보다 더 빠르게 달리는 여자아이인 헤더를 만나게 된다. 헤더는 누구보다 조지프의 이야기를 잘 들어주는 아이이다. 조지프는 '공감'이라는 감정을 처음 느끼게 된다. 집중하지 못했었던 수업과 부활동도 점점 열정을 다해 집중할 수 있게 되고, 달리기도 점점 잘 하게 되었다. 나아진 모습을 보여주는 조지프를 향한 동급생들의 괴롭힘도 빨라진 달리기로 피할 수 있게 되었고, 주의력 결핍 장애 증상도 점점 나아지게 된다.

실제로 5학년 때 주의력 결핍 장애를 앓고 있는 아이를 본 적이 있다. 장애인 이해 교육 시간이었는데, 확실히 다른 아이들보다 자신의 감정이나 행동을 스스로 통제할 수 없어 보였다. 무언가를 할 때 진득하게, 꾸준히 앉아있지 못했고, 본인 스스로도 힘들어 보였다. 그런데 정말 신기하게도 딱 하나 집중을 잘하는 게 있었는데—그게 달리기였다. '우리가 함께 달릴 때'에 나오는 조지프처럼. 내가 겪었던 일과 이 책의 내용이 너무 비슷해서 더욱더 공감할 수 있었던 것 같다. 사실 장애를 가지고 산다는 것은 장애를 가지고 있는 본인이 가장 힘든 것이 아닌가. 실제로 장애인이지만, 본인의 장애 때문에 다른 사람들에게 피해를 줄까 봐 눈치를 보는 사람들이 있기에 마음이 좋지 않았던 적이 있다. 책에서 조지프는 사실 운이 좋은 것 같기도 하다. 아무런 편견없이 장애인이라고 차별하지 않는 헤더와 같은 사람을 만나는 것은 장애인들에게는 매우 힘들 일이니까 말이다. 장애를 가지고 있는 것은 죄가 아니며, 어쩌면 우리가 '살아갈 수도' 있는 미래일 수 있다. 장애인이기에 모두 배려해주어야 한다는 것이 아니라, 비장애인과 똑같은 기회, 똑같은 시선이 주어져야 한다고 생각한다. 거기까지에 이르기에는 우리 사회가 아직은 먼 것 같다.

• • •

조희경

주의력 결핍 장애를 앓고 있는 열두 살 조지프에게 학교생활은 마치 성난 황소 떼를 피해 달리는 것 같다. 주의력 결핍 장애는 주의력 결핍 과잉 행동 장애(ADHD)에서 과잉 행동이 없는 질병으로, 딱히 튀거나 소란스러운 행동을 하지 않기 때문에 주변 사람들로부터 '노력하지 않는다'거나 '게으르다'는 이야기를 듣는 경우가 많다. 조지프는 철자를 쓰거나 친구들과 대화를 나누는 등 간단한 일에도 집중하지 못해 늘 어려움을 겪는다.

따라가기 어려운 수업을 꾸역꾸역 듣는 건 고역이고, 동급생들의 괴롭힘 역시 피해야 한다. 그러던 어느 날 조지프는 반강제로 들어간 육상부 크로스 컨트리팀에서 남자애들보다 빨리 달리는 여자아이 헤더를 만나 친구가 된다. 요양원을 탈출한 할아버지 역시 헤더와 함께 조지프의 달리기를 돕는다. 마지막 시합 때 조지프는 자신의 엄마와 아빠, 할아버지, 피바사인 선생님을 초대한다. 물론 자기가 할 수 있을 진 몰랐지만 조지프는 자기 예상과 달리 열심히 달려 결승선을 통과한다.

나는 조지프가 처음에는 매우 불쌍했다. 또 자기 수준에 맞지 않는 공부를 꾸역꾸역하는 게 힘들어 보였다. 또 조지프가 크로스컨트리팀에 들어가 열심히 했으면 좋겠다고 생각했다. 나는 헤더와 친하게 지내는 조지프가 달리기를 진짜 더 잘했으면 좋겠다고 느꼈다. 마지막 시합 때 조지프는 정말 열심히 했음을 알 수 있었다. 원래 달리기를 못하는 아이였지만 완주를 해낸 것이 신기했다.

이 소설은 어디서든 빠르게 달려 선두를 점해야 한다는 주장에 맞서 그저 하루하루 자신의 최선을 다하라고 말하는 소설이란 생각이 들었다. 비록 티끌만 한 성취일지라도, 남들이 보기엔 별것 아닌 듯 보일지라도 오늘 힘껏 내달렸다는 사실을 스스로만 깨달으면 된다는 목소리가 담겨 있다. 그 목소리는 비단 조지프에게서만이 아니라 친구들로부터 들려오는 것이기도 하다. 『우리가 함께 달릴 때』에는 조지프가 극복의 가치를 내면화할 수 있도록 돕는 주변 인물들이 등장한다. 통합 교육반 T 선생님은 달리기에서 중요한 것은 속도가 아니라 완주라는 점을 줄곧 강조하며 조지프의 연약한 면을 결코 비웃지 않는 인물이다

물론 조지프의 실수를 놀림거리로 삼는 찰리, 그걸 방관하는 드살보 선생님같은 인물도 존재한다. 남들보다 느린 아이는 이상하며 거리낌 없이 비웃어도 된다고 믿는 사람은 우리 사회에도 흔하다. 하지만 축구 경기에선 에이스지만 크로스컨트리를 못하는 찰리처럼, 모든 사람이 모든 분야에서 1등을 할 수는 없으며, 1등만이 삶에서 승리감을 쟁취하는 유일한 길은 아니다. 축구는 못하지만 크로스컨트리에서 꾸준히 개인 기록을 갱신하고, 팀원끼리 서로 도와 단체 2등을 달성해 뿌듯함으로 온 가슴을 채우는 조지프가 보여 주듯이 말이다.

조지프가 드디어 달리기를 조금이라도 더 잘하게 된 거 같았을 땐 내 일처럼 기뻤다. 매일 개인 기록을 깨려고 열심히 하는 보습이 대견스러웠다. 그런데 마지막 시상식때 조지프가 속한 팀이 2위를 했다는 것도 신기했다. 그 때 조지프 엄마, 아빠가 와서 안아주고 태워준다고 하자 조지프는 8학년 경주도 보고싶어서 집에 걸어간다고 했다. 조지프의 용기있는 걸음을 책을 읽으며 자연스럽게 응원하게 되었다. 우리 사회도 이런 이야기들이 현실 속에서 많이 생기길 기대해 본다.

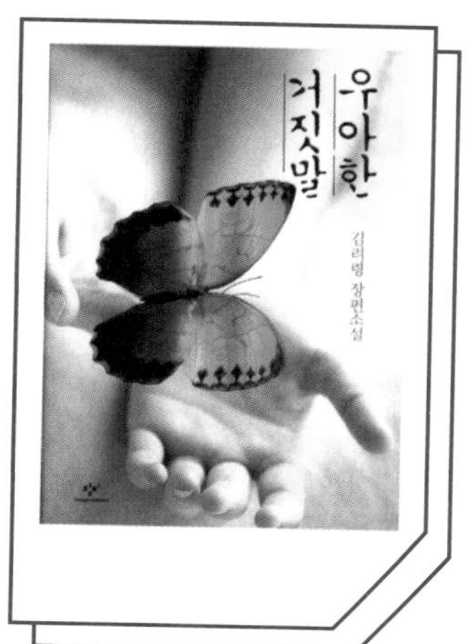

「우아한 거짓말」

김려령 (지은이) | 창비

한 줄 소개

스스로를 지키기 위한 잔인한 거짓말이 불러온 결말.

최지안

2006년도에 출간된 김려령 작가의 책 '우아한 거짓말'은 청소년들간의 따돌림을 주제로한 소설이다. 이 이야기가 유독 다른 소설 속 이야기 보다 더 와닿고 공감할 수 있었던 이유는 주변에서 흔히 일어나는 일이기 때문이다. 아무렇지 않게 내뱉는 말 들이 얼마나 큰 힘을 가지고 있는지 우리는 잘 모른다. 책 '우아한 거짓말'은 이런 사소한 말들이 상대방에게 어떻게 다가가는지, 얼마나 강력한지를 청소년들의 이야기를 통해 보여준다.

"평소 천지는 반에서 왕따 아닌 왕따를 당하고 있었다. 천지에게만 생일파티 시간을 잘못 알려주거나 천지에 대한 험담을 하는 등 천지는 은근한 따돌림과 괴롭힘을 받았다. 그리고 이 모든 것의 주동자는 그녀와 가장 절친했던 화연이었다. 화연은 천지를 은근히 무시하며 조롱거리로 만들었고 친구들은 화연의 말에 동조하며 천지를 같이 따돌렸다. 결국 천지는 스스로 목숨을 끊고 화연은 천지의 죽음의 원인이라며 반에서 혼자가 된다."

천지가 작품 내에서 죽기 전까지 나는 천지의 입장에서 작품을 읽으며 온전히 학교폭력 피해자의 입장이 되어볼 수 있었다. 화연이 하는 모든 조롱섞인 말들과 행동이 마치 나를 향한 것만 같았다. 가깝다고 생각했던 친구가 나를 조롱거리로 만들고 동조하며 웃는 주위 친구들 속에 내가 있다고 생각하니 식은땀이 나고 심장이 빨리 뛰었다. 그제서야 비로소 나는 천지의 마음을 어렴풋이 이해했다. 또한 사소한 말들과 장난이 얼마나 아프고 견디기 힘든 것인지까지 느꼈다.

작품 내에서 천지가 이런 말을 했다. "말 한 마디로도 사람을 죽일 수 있습니다. 당신은 혹시 예비 살인자이십니까?" 이 구절을 읽고 스스로를 되돌아보았다. 무심코 했던 사소한 말 한 마디에 누군가는 상처받고 천지와 같은 극단적인 선택까지 생각해보진 않았을까, 장난이라고 한 행동이 상대방을 다치게 하진 않았을까. 아마 이 구절을 읽은 모든 사람들이 한 번쯤은 이 생각을 했을 것이다.

작품 속 등장인물들은 절대 상대방에게 직접적인 가해를 하며 괴롭히지 않는다. 제목처럼 천지를 괴롭히는 것도 직접적인 폭력이 아닌 우아한 거짓말들이다. 그 우아한 거짓말로 티 나지 않게, 교묘하게 상대방을 벼랑 끝으로 모는 것이다. 무기가 아닌 그저 입으로 나오는 말이라고 해서 아프지 않은 게 아니다. 눈에 보이지 않는 상처일지라도 충분히 고통스럽다. 이 말의 이면에 숨겨진 칼 같이 날카로운 말 들이 상대방을 쿡쿡 찌르며 아프게 한다. 그렇게 눈에 보이지 않게 곪아버린 마음은 상처받은 상태이다.

여전히 많은 학생들이 학교폭력으로 고통받고 있으며 몇몇은 자살을 선택한다. 우리는 이들이 주변에 제대로 도움을 요청하지 않았다고 생각하기도 한다. 하지만 은연중에 보낸 신호를 주변인들이 알아차리지 못했을 수도 있다. 작품 속 천지의 엄마와 언니처럼 말이다. 천지는 때때로 가족들에게 학교이야기를 했지만 가족들은 그 말에 귀 기울이지 않았다. 이렇게 주위로부터 도움을 받지 못한 채 세상과 등지는 아이들이 있다. 김려령 작가는 소설 〈우아한 거짓말〉을 통해 청소년 문제는 우리 모두가 관심을 가지고 귀 기울여야 할 문제임을 전한다. 지금 나는 고통받는 친구를 위해 무엇을 실천하고 있는가 라는 자문을 해본다.

「우정 지속의 법칙」

설흔 (지은이) | 창비

한 줄 소개

다양한 사례를 통해 소개되는 소중한 우정을 지속할 수 있는 방법들.

노연서

이 책은 우정을 유지하고 시작할 수 있는 여러 방법을 소개해준다. 사실 이러한 방법에 대해 생각해 본 적이 잘 없었는데 이 책 덕분에 생각할 수 있는 계기를 마련할 수 있었다. 책에서 소개한 방법들 중 효과적이라고 생각한 방법 5가지를 소개하고 싶다.

불쑥 찾아가기

영화 '어바웃 보이'에서 윌은 아버지 유산으로 30대 백수로 살고 있다. 또한 마커스는 12살이고 아버지는 없고 어머니는 수시로 자살을 시도한다. 이 두 사람의 유일한 공통점은 자신이 섬이라고 생각한다는 것이다. 윌은 화려한 섬을 생각하고 마커스는 지옥의 섬이지만 삶에 대한 의지가 있는 아이이다. 윌은 이혼녀들에게 자신이 이혼남이라 속였다. 그러나 마커스는 사실을 알고 윌의 집에 찾아가 들어가려 했다. 결국 윌은 허락하였다.

줄기차게 만나자

영화 '굿 윌 헌팅'에서 윌과 처키는 가장 친한 친구이다. 처키가 차를 타고 윌의 집에 도착하면 낮 시간 동안 일을 하고 밤에 다시 만나 야구연습장에서 놀고 맥주잔을 들고 농담을 주고받으며 시간을 보낸다. 아까 보았던 영화 '어바웃 보이'에서도 마커스는 매일 윌의 집에 방문해 텔레비전을 보고 가끔씩 겉모습으론 어른인 윌이 마커스를 걱정해준다.

둘만의 것을 공유하자

김유근은 친구 김정희, 권도인까지 3총사로 친하다. 그 3명이 공유하는 물건은 도장이었다. 그들은 가까운 사이였지만 셋은 자주 만나지 못했다. 그럼에도 세 사람은 공유물인 도장을 통해 매일같이 만났다.

소중한 것을 아낌없이 내주자

청년시절부터 중국행을 꿈꿨던 홍대용은 35살이 되어서야 중국에 갈 수 있었다. 그는 한가지 소원을 이루었다. 그것은 중국 선비들과 친구가 되는 것이었다. 그러나 능력이 뛰어난 홍대용에게도 힘든 일이었다. 그때쯤 이기성은 딱 봐도 희귀한 안경을 쓰고 왔기에 홍대용은 물었다. 그것은 어떤 선비에게 받았다고 하여 그 선비들이 머무는 숙소에 가 오랜 시간 동안 김상헌의 책에 대해 이야기를 나누었다. 그 후 아쉬운 표정으로 일어서는 홍대용에게 선비에게 이 책을 가져가라 하며 숙소로 돌아왔다. 그렇게 그들은 친구가 되어 홍대용이 조선에 돌아오기 전까지 7번이나 만날 수 있었다. 그 후 조선에 돌아와서도 연락을 하였다.

약속을 꼭 지키자

최치원은 당나라로 유학을 가 6년만에 과거를 합격하고 돌아왔다. 하지만 나라에서의 반응은 냉랭하였다. 그의 친구도 그를 배신하였다. 왜냐하면 최치원과의 약속을 미루고 미루었다. 그는 당나라에서도 혼자였는데 고국에 돌아와서도 혼자이기에 최치원은 정말 속상했을 것이다. 실제 친구사이에서도 이런 일이 일어나지 않도록 늘 신경을 써야 한다.

나는 이런 우정지속을 위한 법칙들을 몇 가지나 제대로 지키고 있을까? 자신을 돌아보게 되는 계기가 되었다.

• • •

정승원

만남은 세상에서 제일 소중한 관계의 시작이다. 이 책에서는 우정을 지속할 수 있는 11가지 방법에 대해 소개하고 있다. 그 중에서 가장 기억에 남는 방법은 "불쑥 찾아가자." 란 방법이다.

이 방법을 알려주는 영화 〈어바웃 어 보이〉의 두 주인공인 윌과 마커스에게는 공통점이 별로 없다. 30대 중반인 윌은 자발적 백수이다. 아버지가 유산으로 넘겨준 저작권료로 놀고먹으며 지낸다. 마커스는 12살 먹은 소년이다. 아버지는 없고, 어머니는 수시로 자살 시도를 하고, 학교에서는 왕따를 당한다. 다행히 마커스에게는 삶에 대한 의지가 있다. 마커스는 부모의 섬에 갇혀 죽을 날만 기다리는 소년이 아니다. 마커스는 탈출을 꿈꾼다.

어떠한 사건을 계기로 윌과 마커스는 가까워진다. 마커스는 윌과 친해지기 위해 '불쑥 찾아가기'란 방법을 쓴다. 두 사람은 대화를 나누지도 않고 밥을 함께 먹지도 않는다. 그저 함께 티비를 본다. 많은 사람들이 두 사람이 친구가 되었다는 것에 동의하지 않을 수 있다. 마커스는 윌을 협박하기 위해 찾아간 것이 아니라 친구가 되기 위해 찾아간 것이다. 이게 무슨 말인지는 윌이 보인 태도에 답이 있다. 윌은 끝까지 마커스를 집에 들이지 않을 수 있었지만 그렇게 하지 않았다. 왜일까? 윌 또한 섬의 거주자였기 때문이다.

30대 중반이면서도 아버지의 유산만으로 놀고먹으며 사는 윌은 여자들에게 그저 세상 물정 모르는 철부지일 뿐이다. 윌도 그 사실을 잘 알기에 이비자 섬을 창조한 것이다. 자신과 같은 섬 거주자인 마커스에게서 자신의 모습을 발견하였을 것이다. 세상에 절망하였음에도 불구하고 포기하지 않고 따듯한 인연을 찾아 헤매는 열 두 살 소년을 보고 깜짝 놀랐을 것이다. 외로운 섬의 거주자 윌은 마커스를 한눈에 알아보고 말 없이 자신의 문을 열어주었다.

어떻게 보면 불쑥 찾아가는 방법은 사람에 따라 예의 없다고 느낄 수도 있다. 또한 당사자가 용기가 없거나 너무 내성적이라면 실패할 수도 있는 방법이다. 그러나 아무것도 하지 않으면 아무 일도 일어나지 않는다. 내가 친구가 되고 싶은 사람이 생겼는데 어떻게 친해져야 할지 방법을 모르겠다면 무작정 찾아가서 부딪히는 것도 단순하지만 좋은 방법이란 생각이 들었다.

사람이 다른 사람에게 마음이 열리는 계기는 사소하다. 아주 친한 친구와 "우리가 어떻게 친해졌지?"를 생각해보면 잘 떠오르지 않는 것과 비슷하다. 이처럼 우정은 아주 사소한 계기로 시작될 수도 있고 작은 사건으로 끝날 수도 있다. 그렇기에 사소한 시작을 여는 데 불쑥 찾아가는 것만큼 좋은 방법은 없다. 맛있는 간식이라든가 재미있는 책을 함께 들고 가서 그 사람과 시간을 보낸다면 어쩌면 좋은 결과를 얻을 수 있을 지도 모른다.

요즘엔 직접 찾아가는 방법 외에도 카카오톡과 같은 메신저로 새로운 친구와 연락을 할 수 있어서 편하다. 그러나 나도 언젠가는 친해지고 싶은 친구가 생기면 한번 불쑥 찾아가는 방법을 시도해 보고 싶은 마음도 이 책을 읽고 들었다. 미루지 말고 바로 실천해볼 용기가 생겼다.

「유원」

백온유 (지은이) | 창비

한 줄 소개

진심을 담은 목소리로 독자들에게 새로운 희망에 대해 말하는 장편소설.

남유주

유원의 언니인 17살 예정은 12층 아저씨의 담뱃불로 인해 생긴 화재로 죽고, 예정은 유원을 이불로 싸서 밖으로 던져 살리게 된다. 유원은 학교에서도 왕따는 아니지만 친구들과 어울리지 못해서 학교생활을 어려워했다. 유원은 언니가 죽고나서 평소보다 기분이 예전같지 못했다. 본인을 살리고 나서 언니는 죽게 되었으니 당연히 그럴 것이다. 유원이 학교를 마치고 집에 와서 현관문을 열고 들어오면 유원의 엄마가 유원이가 맞냐고 그러기도 했다. 유원의 친언니인 예정이 사고로 죽고 나서 힘들었던 것은 유원 뿐만이 아니었다.

아마 자식을 잃었던 부모님의 마음은 유원만큼, 아니 유원보다도 힘들었을 것이다. 가족이 죽는 사고는 절대로 금방 이겨내지 못하는 것 같다.

유원의 언니 예정은 본인의 죽음을 알았을 것 같다. 그렇기 때문에 그 급박한 상황에서 자신의 동생만은 지키기 위해 누군가 받아줄지도 모르는 상황에서, 어린 동생을 이불로 말아 밖으로 던지는 선택까지 했을까. 자신을 구하기보다는 동생을 먼저 살리겠다는 마음으로 큰 불길에서 동생을 살린다. 유원이 산 것은 예정이 덕분이다. 사실 유원은 언니에게 고마운 마음보다 슬픈 마음이 더 컸을 것 같다. 차라리 본인도 언니와 죽었다면 언니를 생각했을 때 느껴지는 이 무거운 마음의 짐을 느끼지 않았어도 되었을까라는 생각을 하지 않을까? 자신의 목숨을 희생해서 동생의 생명을 구했지만, 구원받은 자가 받게 되는 사랑의 빚은 그것을 제대로 갚을 수 없을 때, 얼마나 큰 고통으로 다가오는지를 새삼 생각하게 한다.

「이방인」

알베르 카뮈 (지은이),
이정서 (옮긴이) | 새움

한 줄 소개

알베르 카뮈에게 노벨상을 안겨준 세기의 역작

김유송

책을 읽으면 읽을 수록 뫼르소는 알 수 없는 사람이었다. 진실을 위해서라면 목숨도 바칠 수 있는 사람이지만 굳이 대단한 사람이 되고 싶어하지 않는, 그런 특이하고 특별한 사람이었다. 이방인의 사전적인 정의는 '다른 나라에서 온 사람'이다. 이 책에서 주인공 뫼르소는 이방인이다. 사회에 적합하지 않은 사람을 다른 국적의 사람으로 비유해서 표현한 것이다.

작가인 알베르 카뮈는 이 작품을 통해 사회 곳곳에 만연하게 행해지는 삶의 부조리한 형태를 독자들에게 보여주고 있다. '이방인'의 첫 문장은 "오늘 엄마가 죽었다."로 시작된다. 주인공 뫼르소는 엄마의 죽음에 슬퍼하지 않는다. 요양원을 향하는 차 안에서 조는 모습과 장례식에서 엄마의 모습을 보지 않으려는 태도, 그리고 커피를 받아 마시는 행동까지 어머니의 죽음을 맞이한 자식의 도리에 어긋나 보였다.

어머니의 죽음을 슬퍼하지 않고 자신의 욕망만 채우려는 주인공의 모습은 도덕적으로 비난 받을 수 있는 요소가 될 수 있다. 뫼르소라는 인물은 자신과 타인에게 지나칠 정도로 솔직하게 감정을 숨기지 않고 드러낸다. 종종 이런 거침없는 표현에 불편함을 느끼기도 했다. 뫼르소는 레몽이란 인물과 어울린다. 그는 여자 문제로 아랍인과 얽히고 뫼르소는 태양 때문에 아랍인을 권총으로 살인하게 된다. 재판장에서조차 거짓을 말하지 않았지만 태양 때문에 방아쇠가 당겨져 살인을 저질렀다는 말을 듣고 검사와 배심원들은 분노한다. 결국 사형선고를 받아 감옥으로 가고 그 곳에서 신부는 도덕적 종교적 논리를 펼치지만 뫼르소는 신부의 논리에 폭발하고 만다.

그는 어머니의 죽음 앞에서도 슬퍼하지 않았고 재판장에서 판사의 논리에도 반박하지 못했다. 하지만 감옥에서 그는 지금까지 자신이 겪어 왔던 모든 상황들에 분노하며 주변인이 모두 죄인이라 외친다. 또한 소설 마지막 장면에서 뫼르소는 엄마가 죽기 전에 왜 결혼을 하려고 했는지 비로소 이해하게 된다. 요양원에서 죽음만 기다리며 살아가던 엄마는 사랑하는 사람을 만나 남은 인생을 행복하게 살고자 하셨을 것이다.

사회와 부적합한 사람은 다른 국적의 사람인 정도로 다른 사람인 걸까? 억압적인 관습을 거부하는 것이 과연 '다름'일까? 뫼르소라는 사람의 감정선은 이해하기 힘들었다. 꼭 그 때의 시대적인 배경이 아니더라도 21세기에 살고 있는 내가 봤을 때도 뫼르소는 일반적인 사고를 가지고 행동하지는 않는다. 대표적으로 뫼르소 본인의 어머니가 돌아가셨을 때도 뫼르소는 장례를 치른 후 사랑을 느낀다.

가까운 사람의 부고는 사랑을 느낄 틈을 주지 않는다. 뫼르소에게는 어머니의 죽음이 크게 와닿지 않았던 것 같다. 순간적인 감정으로 살인을 하는 것도, 뫼르소가 느끼는 감정의 범위는 그닥 넓지 않은 것 같다. 현대 사회에서도 이방인으로 살아가는 사람들이 있다. 부조리함에 맞서고 다름을 인정하는 것은 현대사회에서도 중요한 것 같다. 작가는 우리가 삶을 살아가는 이유도 진정한 자유인으로서의 인생을 살아가란 메세지를 전달하려고 한 것은 아닐까 하는 생각이 들었다. 그러나 그의 부조리한 행동들은 여전히 마음에 불편함으로 남아 있다..

• • •

박우진

20세기 실존주의 문학의 대표 작가 알베르 카뮈의 소설 『이방인』. 이 책은 현실에서 소외되어 이방인으로 살아가는 현대인이 죽음을 앞두고 마주하는 실존의 체험을 강렬하게 그려낸 고전이다. 관습과 규칙에서 벗어난 새로운 인간상을 제시한다. 주위에 무관심한 청년 뫼르소는 어느 날 우발적으로 저지른 살인 이후 세상에서 이방인이 되어 버린다. 변호사도, 재판관도, 사제도 뫼르소를 진정으로 이해하지 못하고 뫼르소 역시 주위 세계를 이해할 수 없다. 이렇게 타인에 의해 내려진 사형 선고를 받으며 뫼르소는 신앙과 구원의 유혹을 떨치고 자신의 죽음과 정면으로 대결하게 된다.

주인공 뫼르소는 부모님의 장례식장에 갔다가 한 여인을 만나고 그녀와 해수욕장에 가서 시간을 보낸다. 그 후 이웃사람 레몽을 만나 친해지게 되고 같이 해변에 있던 중 아랍인과 갈등이 생긴다. 그가 뫼르소를 위협하려 칼을 들자 칼에 햇빛이 비춰졌고 뫼르소는 자기도 모르게 총의 방아쇠를 당긴다. 뫼르소는 재판장에 가서 왜 사람을 죽였냐는 질문에 햇빛 때문이라고 말한다. 그러나 정작 뫼르소가 사형을 받은 이유는 어머니의 죽음 이후 슬퍼하지 않고 여자를 만나 웃으며 하루를 보냈고 해변에 놀러 갔다는 이유 때문이였다. 결국 뫼르소는 사형을 받게 되고 사형 전 그는 자신의 사형식에 많은 사람이 와서 자신을 증오해주길 빈다고 말한다.

이방인은 뫼르소를 중심으로 이야기가 진행된다. 장례식에서 부모님이 죽었을 때 우는 것은 당연한 상황이지만 주인공은 그러지 않는다. 오히려 지루하던 삶에 변화가 생겼다 느낀다. 또한 자신의 살인죄를 가려주려는 사람들의 도움을 거부하고 자신의 죄를 겸허히 받아들인다. 이는 남들의 시선에서는 이해가 안되는 행동이지만 남들과 다른 뫼르소는 오히려 그들을 이해할 수 없는 이방인처럼 대한다. 이러한 뫼르소의 행동은 여러 의미를 담고 있는 것 같은데 첫 번째는 모두가 관습적으로 하는 일의 틀에서 벗어나 자신만의 삶을 살겠다는 의지가 돋보이는 것이다. 두 번째는 사람들이 숨기려는 불편한 진실에 맞서 나 자신은 거짓된 사람이 아니라 진실을 추구하는 사람이다 라는 것을 보여주는 것 같다. 재판에서 변론을 할 때도 오로지 자신이 본 것만을 말하며 살기위한 거짓말은 하지 않았다. 이러한 뫼르소의 행동은 진실을 위해서는 자신의 목숨도 맞바꿀 수 있다는 그의 신념이 강하게 드러나는 장면이다. 또한 재판 과정에서 피해자인 아랍인은 한번도 언급되지 않는데 이는 아랍인을 살해 한 것을 중점으로 두게 하는 것이 아닌 그저 사회 풍습에서 어긋난 일을 한 뫼르소를 합당한 방법으로 처벌하기 위함이였다 라고 볼 수 있다.

이처럼 뫼르소는 자신만의 고유한 방식으로 세상을 대한다. 사회가 강요하는 것을 따르지 않고 자신의 신념이 강하며 진실되었다 믿는다. 그러나 사회는 그런 뫼르소의 모습을 좋게 보지 않고 결국 뫼르소를 이방인 취급한다. 우리가 사는 사회도 비슷하다. 남들과 다른 창의성을 가져야 하지만 사회의 통념을 벗어나서는 안 되며 조금만 달라도 이방인 취급한다. 뫼르소가 마지막에 자신의 죽음을 널리 알리려고 한 이유는 자신의 죽음으로 인해 알았으면 하는 이방인에 대한 잘못된 인식을 고치려고 한 것은 아닐까 라는 생각이 든다. 지금이 시대에 이방인처럼 산다는 것이 어떤 의미일까를 다시 생각하게 된다.

「종료되었습니다」

- 영화 [희생부활자] 원작 소설

박하익 (지은이) | 황금가지

한 줄 소개

죄와 벌에 대한 시사점을 던지는 반전 미스터리 소설.

김유송

'죄와 벌'이라는 무거운 주제를 심도 있게 그려낸 이 작품은 출간 전에 영화화가 결정될 정도로 높은 흡인력을 자랑한다. 사망 후 되살아난 피해자들이 가해자를 죽이는 신비한 현상을 '죄를 지은 자에게 내릴 수 있는 완전한 심판이 무엇인가'라는 주제와 결합한 반전 미스터리이다.

간단한 줄거리는 이렇다. 가까운 미래, 어느 날부터인가 눈빛이 흐릿하고 말이 느린 사람들이 나타난다. 소매치기에게 찔려 죽은 뒤 7년만에 돌아온 주부, 실종된 날의 차림새 그대로 10년 만에 돌아온 아이 등 이들은 모두 억울하게 죽은 살인 사건의 피해자들이다.

살아생전의 모습 그대로 돌아온 피해자들은 자신을 살해한 가해자를 찾아 직접 죽인 후에 소멸한다. 사람들은 이들을 '환세자'라고 부르고, 설명할 수 없는 이 괴현상에 두려워하는 한편 억울한 죽음의 진실이 밝혀진다는 점에서 희망을 갖는다.

하지만 7년 전 소매치기의 칼에 찔려 죽은 어머니 명숙은 다른 환세자들과는 다르다. 그녀는 자신을 죽인 소매치기가 아닌 자신의 아들을 향해 공격 반응을 보인다. 이러한 현상을 연구하기 위해 소멸하지 않은 RV를 실험체로 얻으려는 국정원과 CIA는 자신을 죽인 자에게만 반응을 보이는 명숙이 진홍을 공격한다는 점에서 서진홍을 사건의 진범으로 의심한다. 그들은 서진홍과 최명숙을 구속하고 두 사람에게 각종 심리 검사와 대질 심문을 행한다. 한편 명숙을 찌른 진범이 그 과정에서 잡혀 들어오고, 마침내 세 사람은 한 자리에서 마주한다. 그리고 하나씩 숨은 진실들이 수면 위로 올라오기 시작한다.

이해하기 힘들 정도로 반전이 많았던 책이다. 마지막에 민욱이 자신이 진홍이 아니라는 것을 깨 기 전에 프로젝트 속 진홍의 모습은 정말 대단하기도 하고, 안쓰럽기도 했다. 반대로 민욱은 무지해 보였다. 나는 다른 상황에서는 무감정하게 살 수 있을 것 같은데 진홍처럼 부모님과 관련된 상황에서는 가해자를 죽이거나, 내가 죽는 것 같은 극단적인 선택을 할 것 같다. 나에게 부모님은 나만큼, 어쩌면 나보다 소중한 사람인데 책의 주제가 너무 슬픈 것 같다.

나였으면 정상적으로 살아갈 수 없을 만한 환경에서 성공한 모습이 대단하고 안쓰러웠다. 또 돈이 많았다면 남부럽지 않은 환경에서 열심히 공부하고 부모님께 잘 보여서 쉬운 길로 성공할 것이다. 좋은 환경을 활용하지 못한 민욱이 무식해보였다.

또한 책의 내용에 불만이 있다. 죄와 벌에 관한 내용이라면 마지막처럼 프로젝트로 끝나지 않고 실제로 피해자가 가해자를 처벌하는 내용이었으면 좋겠다. 그 순간에만 고통스러운 게 뭔가 벌을 받는 건지 모르겠다. 나는 교도소에 가는 것이 주어진 시간동안 반성하라는 의미 뿐만이 아니라 언제 끝날지 모르는 막막한 영겁의 시간동안 고통받으라는 의미도 있다고 생각한다. 연쇄살인범에게 잠깐의 고통은 너무 가벼운 벌이고 벌을 받는 의미도 없는 것 같다. 슬프기도 하고 재밌기도 했던 모호한 책이었다. 모호함이 여러 가지 생각을 갖게 했다.

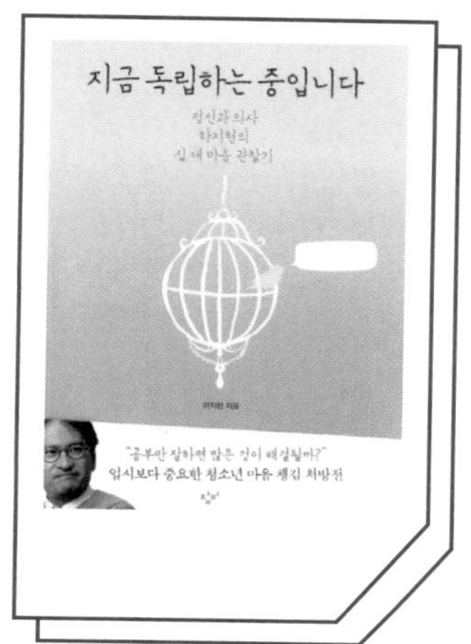

「지금 독립하는 중입니다」

- 정신과 의사 하지현의
십 대 마음 관찰기

하지현 (지은이) | 창비

한 줄 소개

질풍노도의 청소년들을 위한 마음 치유서.

안서현

부모님과 나. 왜 자꾸만 어긋날까? 나는 대화하는 시간에 대에서 문제가 있다고 생각한다. 부모님과 대화할 때, 친구와 어디에 놀러 가서 늦게 들어온다는 이야기를 할 때, 부모님과 말다툼을 하게 되면 많이 어긋난다는 생각을 하게 된다. 그 중에서 자식과 부모님의 '엇갈림'이 심한 것은 경험의 차이와 시간에 대한 개념 차이, 부모님의 '건망증' 이 세 가지이다.

부모님과의 대화에서 우리는 보통 '친구관계'와 관련된 이야기를 하기 가장 쉬우면서도 어렵다. 예를 들어, 공부를 해야 하는 시기이기 때문에 부모님은 친한 친구와 놀러 다니는 것을 좋아하지 않으실 수 있고, 나는 솔직히 공부하는 것 보다는 친구와 놀러 가는 것이 더 재밌고 즐거울 수 있다. 물론 공부 또한 성실히 해야 한다고 생각한다. 그렇기 때문에 나는 공부도, 친구 관계도 중요하다고 생각하는 '평범한 학생'의 입장이다. 다만 부모님들은 그래도 '친구보다는 공부'인 경우가 많다고 생각한다.

경험의 차이. 아마 어른들은 당연히 나보다 더 많은 사람들을 만났을 것이고, 만나고 있을 것이다. 내가 지금 보내고 있는 시간들을 이미 경험하셨기 때문에 나에게 어른으로서, 부모로서 조언을 해주실 수도 있다. 그런데 나는 그런 어른들의 '조언', '충고'가 이해가 되지 않는다. 나는 할 수 있을 것 같은데. 해보고 싶은데. 어른들은 아이들에게 다른 '선택지'를 알려준다고 생각할 수 있지만 아이들의 입장에서는 '선택지'를 주는 것이 아니라 '강요'라고 느끼고 어른들에게 더 반항적으로 행동하는 부분도 있다고 생각한다.

건망증. 어른들은 어릴 때 자신들에게 주어졌던 열악한 환경과, 지원에도 불구하고 오직 노력과 성실한 태도로 극복했다고 기억한다. 나는 부모님이 말하는 '옛날 이야기'들이 자신이 원하는 모습으로 다시 기억한다는 생각이 든다. 결국에는 자신이 기억하고 싶지 않은 것을 자신이 기억하고 싶은 모습으로 조작하는 것이다.

부모님들이 험한 세상에서 우리를 지키고 싶어서 만들어 놓은 것이 '규칙'이라고 생각한다. 이런 '규칙'은 아이들을 지켜줄 수도 있지만 우리들을 '구속'할 때도 있다는 생각도 해야 한다. 아이들은 '구속'이 아니라 어른들의 보호 속에서 '스스로' '자립'하는 힘을 길러야 하고, 어른들은 아이들의 '자립'을 위한 지원을 해주어야 한다.

즉 어른의 보호 속이 아닌 아이들 스스로 자립하는 힘을 길러야 한다는 뜻이다. 아이들은 어른의 보호 속에서 스스로 자립하는 힘이 길러질 수 없기 때문에 보호와 도움이 아닌 스스로의 힘을 기르도록 약간의 도움을 주는 것이 자립을 위한 지원이다.

이 외에도 어른들이 아이들을 보호하기 보다는 지원을 해주어야 하는 부분들이 많이 있다. 하지만 대부분의 어른들은 아이들을 보호라는 곳에서 가만히 있어야 한다고 생각한다. 그건 틀린 생각이나 마찬가지이다. 아이들은 보호 속에서 지내는 것이 아이들에겐 감옥이라 생각할 수도 있다. 아니면 이를 과잉보호라 느끼는 것일 수도 있다.

그 밖에도 어른들은 자신들의 아이들이 좋은 고등학교 또는 대학교에 갔으면 하는 바람이 있어 친구와 놀 시간에 공부를 하라고 잔소리, 또는 다른 아이들과 비교하는 일이 종종 생길 수 있다. 또 부모님과의 사이가 흐트러져서 의사소통이 불가능한 일 또는 공부로 인해 생기는 스트레스가 정신을 마구잡이로 흐트러놓을 수 있다.

공부는 우리가 학교를 다니는 데에서 뒷받침되어 주지만 부모님과의 갈등에서 생기는 문제 중 하나의 원인이 되어 괴롭게 하는 일에 속해진다. 또 보호는 우리가 부모님의 손안에서 한 발짝도 움직이지 못하게 한다. 공부와 보호는 모두 하나나 마찬가지이다. 즉 보호 속에서 공부한다는 것이다. 자유라는 빛을 보지 못하고 공부와 보호라는 어둠에 있다는 것과 같다는 것이다.

우리는 보호 속에서 밖에 나와 자립하는 힘을 기르고 공부도 자신이 스스로 양을 조절하면서 공부해야 한다. 비록 공부의 시달림에서 벗어나기까지는 오랜 시간이 걸리겠지만 언젠가는 현명하게 벗어나야 한다. 이런 아이들의 생각을 부모들은 전혀 이해하지 못하고 있으니 이것이 문제이다.

「지붕 밑의 세계사」

이영숙 (지은이) | 창비

한 줄 소개

역사를 만나면, 평범한 집안도 의미심장한 공간으로 탈바꿈한다!

정승원

— 지붕

유명하고 독특한 지붕은 둘 다 이탈리아, 하나는 로마, 하나는 피렌체에 있다. 두 지붕의 공통점은 반구형이라는 것이다. 로마는 건축 실력이 뛰어나다. 콜로세움, 수도교, 다리, 개선문 등이 유명하다. 또 판테온의 돔모양 지붕은 마치 현대 기술을 사용해서 만든 것처럼 보인다. 피렌체의 두어모 성당은 140년 동안 지어졌다고 한다. 특히 토목기술과 건축기술이 뛰어났다. 그 시대에 현대기술을 사용했다니 정말 신기했다.

— 서재

요하네스 구텐베르크가 인쇄술을 발명하면서 활자기술의 혁명을 가져오게 된다. 금속활판이 나오기 전에는 수도사가 일일이 필사를 했었다. 책을 만드는 데 양 200마리의 가죽이 필요했고 그렇기 때문에 귀족과 부자만이 책을 가질 수 있었다. 구텐베르크는 인쇄기도 만들었다. 금속활자들을 배열해 판면을 만든 다음, 인쇄기를 올려 인쇄하는 방식이 목판인쇄와는 비교도 되지 않을 정도로 빨랐다. 성경이나 하나님의 말씀을 널리 전파하기 위해 많은 책이 필요했기에 인쇄기는 종교개혁을 일으킬 수 있는 중요한 수단이 되었다.

—방

예전에 비해 여성들에 대한 이야기는 늘어났지만 사회는 그렇게 발전하지 못했다. 여성은 독립적으로 사는 것이 불가능했다. 여성은 직업을 선택할 수 없었다. 여성의 권리를 주장한 초기의 성직자 중에 가장 대표적인 사람은 '페미니즘의 어머니'라고 불리는 메리 울스턴 크래프트이다. 메리는 인류의 절반인 여성이 억압에서 해방되고 남성과 똑같이 평등해져야만 사회가 발전할 수 있다는 논리를 펼쳤다. 여성이 열등한 것처럼 표현되는 것은 여성이 열등하게 타고난 것이 아니라 단지 여성이라는 이유로 남성과 똑같이 교육을 받을 기회가 없었기 때문이라고 설명했다. 그리고 메리가 여성의 권리를 주장하기 시작하면서 변화의 물결은 시간을 두고 도도하게 번져나갔다. 여자라고 원하는 것을 할 수 없던 시대였다니 여자들이 힘들었을 것 같다.

세계사. 우리는 잘 알지 못하는 다른 나라의 이야기에 대한 책이다. 사실 우리는 배우지 못한 것이 아니라, 배우지 않은 것이 아닐까. 내가 몰랐던 이야기들이 너무나 많다. 세상은 이렇게 넓고 다양한 것 같다. 이 책을 읽으면서 내가 알지 못했던 역사들을 알게 되었다. 역사는 역시 감긴 나의 눈을 새롭게 열어주는 창이 되었다.

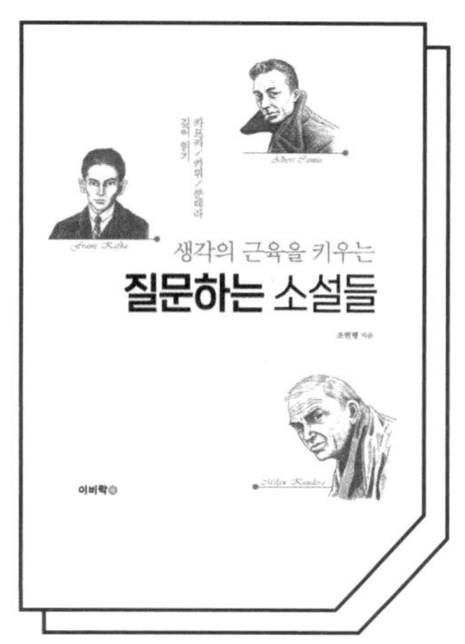

「생각의 근육을 키우는 질문하는 소설들」

- 카프카 / 카뮈 / 쿤데라 깊이 읽기

조현행 (지은이) | 이비락

한 줄 소개

인간과 세계에 대한 섬세한 질문을 담고 있는 철학 서적.

최지안

대개의 소설은 수많은 질문을 품고 있다. 그 중에서도 카프카와 카뮈, 쿤데라의 소설은 우리에게 인간과 세계를 이해할 수 있는 의미심장한 질문들을 던진다. 소설들이 던진 질문에 대답하는 일은 독자들의 몫이다. 하지만 그 질문은 소설가만 던지는 것이 아니라 소설을 읽는 독자들도 얼마든지 만들어 낼 수 있다.

이 책에 등장하는 여러 작가들 중 카프카의 이야기가 가장 흥미로웠다. 일생의 대부분을 책을 읽고 글을 쓰며 살았던 자신의 글을 통해 그가 전하고자 하는 바가 무엇인지 카프카의 소설 〈변신〉을 통해 조금이나마 짐작할 수 있었다. 프란츠 카프카는 어렸을 때부터 많은 책을 읽으며 문학에 빠져들었고 인간에 대한 고찰을 하며 글을 썼다고 한다. 그의 소설 〈변신〉에서 벌레로 변해버린 주인공 그레고르는 더 이상의 존재 가치를 지니지 못한다는 이유로 가족들에게 외면당한 채 죽는다. 아버지를 대신하여 가장이 되고 그로써 권력을 가지고 있던 그레고르가 벌레가 되어 약해지자 가족들은 그를 무시하며 폭력을 행사하는 모습을 보여준다.

저항할 수 없는 약한 자를 대상으로 자신의 권력을 휘두르는 모습. 카프카는 이 소설을 통해 인간은 누구든지 잔인하고 나약해질 수 있는 존재임을 상기시킨다. 그레고르를 외면하는 가족들의 행동은 비단 자본주의 사회를 뜻하는 것만은 아니다. 쓸모없어진 것을 버리고 쓸모있는 것만을 좇는 현대사회에서 사람들은 인간으로서의 가치를 상실하고 있다는 것을 보여준다. 그는 100년전부터 인간이 만들어낸 자본주의의 원리와 구조가 인간사회에 어떠한 악영향을 끼치는지 꿰뚫고 있었다.

이 소설의 끝 부분에는 가족을 위해 열심히 살았던 그레고르가 갑자기 벌레로 변해버린 이유에 대해 묻고 있다. 그 이유는 아마 그레고르가 벌레로 변하기 전에는 자아가 없는 사람이었기 때문이 아닐까 생각했다. 매일이 스트레스인 하루하루를 살아가는 과정에서 그레고르는 스스로가 누군지 잊어갔다. 그러나 외관이 변하고 나서야 비로소 자신의 내면을 들여다보았다. 자아를 성찰하고 자신을 깊이 들여다봄으로써 자신의 존재를 찾을 수 있었다. 그러나 아주 촘촘하게 얽혀있는 자본의 굴레에서 어느샌가 사람들이 타인을 판단하는 기준점은 외적인 모습이 전부가 되어버렸다.

내면의 가치가 아닌 외관에만 집중하느라 사람들은 점점 자신이 누군지 잊고 텅 빈 인간이 되고 있다. 그렇다고 해서 이미 우리 사회에 뿌리 박혀 있는 자본주의를 사라지게 해야한다는 말은 아니다. 그저 한번쯤은 자신에 대한 고찰의 시간을 가지고 스스로의 존재에 대해 고민하는 시간을 가져보는 것이 어떨까. 이것이 나에게 던진 과제이다.

「책과 노니는 집」

이영서 (지은이), 김동성 (그림)
| 문학동네

한 줄 소개

아이의 눈으로 담아낸 천주교 탄압을 배경으로 한 역사소설

안서현

'책과 노니는 집'은 천주학이 금지되었던 조선시대의 이야기로, '문장'이라는 아이의 주변으로 되어있는 이야기이다. 어린 나이에 장독을 앓고 있던 아버지를 잃고, 책방에서 심부름꾼으로 지내는 일상들이 대부분이다. 그런 장이는 책방에서 일하면서 필사를 연습하고, 작은 책방을 주고 싶다고 했던 아버지의 꿈을 항상 생각한다. 그러던 중 책방에서 일이 터지고, 책방 근처에는 가지도 말라는 최 선생의 말에 근처 절에 숨어 지낸다.

이 책의 시대적 배경은 영 · 정조 시대 이후이다. 그 당시 천주학을 필사하거나 천주학 책을 가지고 있으면 목숨이 위험할 수도 있는 그런 시대. 장이의 아버지같은 경우, 사실은 천주학 책을 필사하다가 천주학쟁이로 몰려서 목숨을 잃은 것으로, 그만큼 천주학이 엄격하게 금지되어 있었다. 책방도 마찬가지로, 책 중에서 천주학이 있으면 책방의 주인도, 직원도, 근처 주민도 목숨이 위험하다는 것은 마찬가지였다. 결국 이 시대에서 천주학은 근처에 존재하는 것 자체만으로도 아주 위험하고, 서서히 자신의 목숨을 갉아먹는 바이러스와 같은 존재로 취급됐다. 이런 시대에서 살았던 장이와 같이 천주학 책을 필사하던 아버지를 잃고 살아가는 것이 마음 아프듯이, 천주학으로 인해서 누군가를 잃은 사람들도 마음이 아팠을 것이다. 이 책에서 최 선생이 장이에게 책방 근처에도 가지 말라고 했던 것은 천주학 책이 그 책방에서 발견되어, 관야에 잡혀갈 위기에 처해 있어서 그랬던 것이다. 장이가 무사하길 바라면서. 그만큼 최 선생에게는 장이가 소중했다고 생각한다. 책에서 최 선생이 장이를 양아들처럼 말하는 것을 보면 아까와 같이 그만큼 장이를 소중한 사람이라고 생각했다는 것을 짐작할 수 있다. 현재에서는 상상할 수 없는 일이다. 종교를 제한하는 것은 국가가 할 수 없는 일이다. 그랬던 조선에서 자유를 존중받지 못하던 사람들의 슬픔이 가득 담겨있었던 것 같다. 천주교의 고난사를 좀더 자세하게 공부해 보아야겠다는 생각을 갖게 했다.

「철의 시대」

- 철과 함께한 인류의 역사

강창훈 (지은이) | 창비

한 줄 소개

과학과 인문학이 만나 새로 써 내려가는 세계사

남유주

이 책의 지은이인 강창훈 작가님은 책 내에서 삼천 년 넘게 계속되고 있는 철기 시대 동안 철과 인류가 어떤 영향을 주고받았는지 알아보기 위해 철을 중심으로 과거를 재구성하고 미래까지 고찰한다. 철의 탄생에 얽힌 과학적 지식으로 시작하여 철기 시대가 시작하고, 제철 기술이 혁신을 거듭하며 강철이 대량 생산되어 현대 문명을 일군 과정을 차근차근 알려주고 있다. 이를 통해 철이 역사를 움직인 중요한 원동력이었고, 그 바탕에는 더 나은 삶을 살고자 하는 인간의 욕망이 숨어 있었음을 말하며 지식을 전달하고 나아가 인간의 본성과 세계의 미래에 대해서도 고민해 보게끔 한다. 우리의 눈높이에 맞춰 역사, 과학, 미술을 비롯한 다양한 분야의 정보를 전하면서 다양한 사진 자료 덕분에 더욱 즐겁게 책을 읽을 수 있었다.

철의 역사에 대해 간략하게 소개하고 싶다. 우주는 120억년 전에 생기게 됐고 지구는 약 70억년 전에 생기게 되었다. 생명의 생존에는 무조건 원소가 필요하다. 생명에 필요한 원소는 8번 산소, 6번 산소, 11번 나트륨, 12번 마그네슘, 1번 수소가 있다. 원소는 103가지의 원소가 존재한다.

남조류는 10억년 이상 생존을 하며 한가지를 터득하였다. 바닷물을 빨아들여 수소를 먹고 산소를 뱉어낸다. 이것이 최초의 '광합성' 현상이다. 남조류가 광합성을 하자 지구에 엄청난 양의 산소가 만들어졌다. 그 당시 바닷물에는 수많은 철들이 떠돌고 있었다. 남조류의 광합성으로 생성된 산소는 바닷속 철을 산화시켰다. 103여가지 원소 중에서 여러가지의 원소로 철이 만들어진다. 그만큼 철에는 여러 원소가 포함되어 있다.

'철의 제국' 히타이트, 유럽보다 천 년 앞섰던 송나라의 제철 기술, 산업 혁명의 원동력이 된 철도와 증기선 등 역사의 전환기에는 항상 철이 있었다. 작가님은 철의 발전 과정을 따라 지역과 시간대를 넘나들며 세계사를 새롭게 알려주셨다. 서아시아에서 처음 만들어진 철기가 세계 각지로 전파되고, 중국에서 기술이 발전되어 한나라와 몽골 같은 대제국이 건설되었으며, 중국보다 뒤처졌던 유럽이 중세 이후 급격히 기술을 발전시켜 산업 혁명을 선도하고 19세기 말과 20세기 초 전 세계를 지배했다고 한다. 철과 인류 문명이 주고받은 영향에 신경씀으로써 이전과 다른 방식으로 세계사를 읽어 낸 것이다. 또한 터키에서 발견된 최초의 제련 흔적, 현대 기술로도 복원할 수 없는 인도의 강철 검, 시속 19킬로미터로 달리는 당대 가장 빠른 기관차 등 교과서에서 다루지 않던 내용까지 담아내어 책을 읽는 내내 흥미로웠다.

120억년 전부터 철이 생성되어 지구로 넘어오게 돼서 아직까지 철이 존재하는 것이 신기하다. 그리고 철에는 하나의 원소가 아닌 여러가지의 원소로 이루어져 있어 이해가 조금은 어렵지만 이해할 수는 있었다. 철로 만들어진 물질들이 많지만 그 안에서 많은 원소들이 사용되는 것이 정말 신기하다. 여러가지의 원소들이 철 뿐만 아니라 다른 물질에도 원소들이 포함되어 물질들이 만들어진 것이 너무 신기하다. 이렇게 철이라는 하나의 물질을 중심으로 세계사를 읽어낼 수 있는 다른 종류의 책들도 접해보고 싶다.

「체리새우 : 비밀글입니다」

황영미 (지은이) | 문학동네

한 줄 소개

관계의 피로함에 지쳐버린 청소년들을 위로하는 따듯한 메세지.

노연서

주인공은 6학년 때 왕따를 당했다. 그래서 반 배정이 잘되어야 했다. 중학생이 된 지금 주인공은 반 배정이 잘되었지만 짝이 같이 다니는 무리에서 밉상 2위인 노은유이다. 하필 조별과제가 노은유와 시후, 해강과 같이 하는 것이었다. 조별과제는 은유의 집에서 같이 하는 것이기도 했다. 그런데 은유와 친하게 지내면 지낼수록 은유는 생각보다 그렇게 밉상이 아니다. 오히려 은유와 친하게 지내면 지낼수록 친구들에게 진심으로 고마워하고, 즐거워하는 은유가 좋아진다.

그럼에도 나는 초등학생 때 왕따를 당했던 기억 때문에 무리에서 떨어질까봐 내 무리의 아이들에게 허락을 받고 은유의 집에 가서 과제를 했다. 그렇게 넘어갈 줄 알았는데, 멤버들이 알게 되었다. 나는 은유가 좋아졌지만, 멤버들은 나를 왕따시키는 것 같은 느낌이 들었다. 그런데 이게 무슨 일일까. 멤버들끼리만 영화를 보러갔다 왔다. 나는 울분이 터졌다. 아니, 무리에서 떨어질까봐 항상 끙끙대며 멤버들 기분 맞춰주고, 선물도 주고, 장단 맞춰줬었는데. 결국 내가 준 흔한 머리핀에 진심으로 고마워한 것은 내가 틱틱대면서 행동했던 은유였다. 무리 중 가장 친했던 나의 변호사 설아가 본모습을 드러냈다. 그것에 실망하여 나는 멤버들끼리 있는 단톡방에서도 나왔다. 그 후 나는 은유, 시후, 해강이와 같이 어울렸다. 나는 이제 안다. 나를 진짜로 친구라고 생각하는 자가 누구인지.

아무래도 친구라는 존재는 엄청나지 않은 것 같으면서 대단한 것 같기도 하다. 내가 정말로 잘 지내고 싶었던 친구는 나를 친구로 생각하지 않고 있었고, 내가 딱히 친하게 지내고 싶다고 생각하지 않았던 친구는 나를 정말로 위해주던 친구였다. 주인공도, 은유도 정말 대단하다. 본인들을 괴롭히는 과거의 아픔에서 스스로를 지켜내었다. 각자의 아픔을 이겨내고 서로를 진짜로 이해해주고 배려할 수 있는 친구를 만나게 되었으니. 이제는 서로 우정을 쌓을 일만 남았으면 좋겠다.

그런데 만약 주인공과 은유가 친구가 되지 못하고 원래 무리 안에 있었다면 은유는 본인에 대한 이상한 소문이 퍼지고 퍼져 왕따를 당하고, 주인공은 계속해서 본인을 친구라고 생각하지 않는 아이들과 함께 지냈어야 했을 것이다. 은유의 소문은 사실이 아니었지만, 다른 아이들은 그런 건 상관하지 않는다. 그냥 은유가 마음에 들지 않아서 소문을 퍼뜨린 것이다. 그 작은 소문이 커지고 커져 은유는 학교의 괴물이 되었다. 그런데 그런 소문을 보고 그것이 은유의 진짜 모습이라고 생각하던 주인공도 잘못이 있다. 하지만 주인공은 다른 사람들과는 달리 은유를 직접 만나면서 은유의 소문, 그리고 은유를 향하고 있는 시선이 잘못된 것임을 알고 반성하는 사람이다. 확인되지 않은 소문으로 남을 평가하는 것은 스스로에게 하는 잘못이기도 하다. 나는 그런 경우가 없었던가를 스스로에게 물어본다.

• • •

남유주

이 책의 화자의 블로그 닉네임은 '체리새우'이다. 화자는 중학생이고 곧 반 배정을 앞두고 있다. 블로그에 자신의 염원을 담아서 같은 반이 되었으면 좋겠는 사람을 생각하며 기도한다. 다음날 반 배정은 성공하였으나, 짝꿍 배정은 성공하지 못했다. 짝이 된 아이는 바로 화자가 속해 있는 다섯손가락이라는 모임안에서 두 번째로 미움을 사고 있는 아이이다. 화자는 모임 친구들이 왜 그 아이를 미워하는지 이유도 모른 채 그 아이의 욕을 할 때마다 동조한다.

어느 날 반에서 과제를 내주는데 앞뒤로 앉은 친구들 4명이 한 조가 된다. 가뜩이나 다섯손가락 안에서 그 아이와 짝이 돼서 눈치를 보고 있는데, 그 아이의 집에까지 가서 과제를 정해야 했다. 눈치를 봐야하는 자신도 짜증나고 그 아이 집에 가서 과제를 해야하는 것도 짜증나는 상태이다.

지금 중학생인 주인공은 5,6학년때 은따를 당했다. 중학교 첫날 자리가 결정되었을 때 초등학교때도 은따를 당해서 약간 걱정이 몰려왔다. 하지만 초등학교때보다 중학교 친구들은 그나마 나았다. 여주인공처럼 영어를 잘하는 친구들이 초등학생때와는 다르게 많았다. 그런데 주인공은 별로 예쁘지도 않은데 왜 밉상 2위에 랭크가 되었는지 친구들은 의문이었다.

영어말하기 대회에 나온 주인공을 보고 감탄하는 친구들이 많았지만, 지금 학교에는 주인공처럼 잘하는 학생이 여러 명이었다. 그래서 밉상 명단에 없다. 게다가 주인공은 나서지 않는 성격도 아니기 때문이다. 그 성격 탓인지 5,6학년때 은따를 당했다. 이 경험을 안고 중학교에 입학하여 같은 성격이 중학생때까지 유지가 된 것이다.

무리가 생기면 그 안에선 반드시 겉도는 친구가 생기는 것 같다. 그 겉도는 친구를 의도적으로 왕따시키려고 해서가 아니라 분위기 때문에 그럴 수도 있다. 그러나 이 책에 나오는 경우에는 의도적으로 은따를 시킨 경우였다. 아무리 어렸을 때라도 친구들에게 밉보이거나 누군가가 나를 싫어한다는 사실을 알게 되었을 때의 상처는 오래 간다. 더더욱 그 대상이 내가 믿고 의지했던 누군가 중 한명이라면 상처는 더 치료하기 힘들다.

친구도 나와 가깝지만 다른 사람이기에 마음에 들지 않는 부분이 있을 수도 있다. 가장 중요한 것은 그런 다름을 인정하고 마음을 터놓고 친구와 이야기를 하는 것이다. 대화의 결과가 좋지 않을 수도 있다. 하지만 서로 거짓으로 속이고 싫으면서 좋은 척, 좋으면서 싫은 척 하는 것보다는 훨씬 건강하게 관계를 유지할 수 있다고 생각한다.

주인공이 초등학생 때 은따를 당해서 힘들었을 것 같다. 5,6학년

2년동안 은따를 당하고도 그 친구들에게 말을 못하고 지내서 힘들었을 것 같다. 초등학교 때 교우관계가 좋지 못해서 중학교까지 그 영향을 받고 좋게 지내지 못했다. 초등학생일 때 담임선생님도 차별을 하고 친구들도 주인공과 잘 지내지 않아서 은따를 당한 그때는 힘들었을 것 같다는 생각을 했다. 나는 만약 누군가가 겉도는 걸 알게 된다면 그 친구를 위해 친하게 지내 줄 것 같다. 이 마음이 현실 속에서 제대로 실천되어야 할 것인데…

• • •

안서현

황영미 작가님의 이 소설은 관계의 굴레와 스트레스에서 벗어나 스스로를 있는 그대로 사랑하기까지 다현이의 여정을 담고 있다. 다현이는 2학년 반 배정으로 자신이 있는 '다섯 손가락'에서 선정한 사람 중 밉상 명단 2위인 은유와 짝이 된다. 그런 다현이는 아무도 모르게 '체리새우'라는 블로그를 운영하지만 비공개 설정을 해 두었다. 그런 일상 속에서 마을 신문을 시후, 은유, 해강이와 함께 만들게 된다. 마을 신문을 작성하게 된 이후로 다섯 손가락에서 은유와 친하게 지낸다는 이유로 다현이는 아람이와 병희, 설아, 미소가 자신을 다섯 손가락에서 은따 시킨다는 느낌을 받게 된다.

그 과정에서 친구들과 오해가 쌓이고 은유가 다섯 손가락의 밉상 2위란 사실도 알게 되어 다현이는 아무 대답도 하지 못한다. 그런 적막한 분위기에서 안경 기부 캠페인에서 함께 활동한 현우를 만나 간단한 이야기를 나누고 마음을 풀게 된다. 그 새 중간고사 기간이

지나고 미소의 생일이 다가와 쇼핑몰에서 시집을 하나 사간다. 미소 생일 당일 날, 미소 옆에는 밉상 1위인 효정이가 앉아 있어 깜짝 놀랐다. 그렇게 찝찝한 생일파티가 지나고 효정이는 다섯 손가락 단톡방에 초대되었다. 그 뒤로 다현이는 그 아이들에게서 제외가 되고 마을 신문만들기 활동은 계속 진행되었다.

은유네 집에서 편집회의를 끝내고 동네 화장품가게를 들리고 나왔을 때, 설아와 미소를 만나고 싸늘한 대화로 아이들과 손절을 한다. 그 뒤로 마을신문을 같이 쓰기로 한 아이들과 새로운 인연을 만들고 다현이가 좋아하는 안경기부 캠페인을 하고 있는 현우와도 친분이 쌓이면서 다섯손가락 아이들을 잊은 채로 말이다.

나는 은유를 보며 어디에도 속하고 싶어하지 않는 아이라는 생각이 들었다. “우르르 무리 지어서 다니는 거, 사실은 별로 안 좋아해.” 라고 말까지 하기 때문이다. 노은유는 좀 특이하다. 특별히 친한 단짝이 없는데도 아무렇지 않아 보인다. 혼자 있어도 어색해하지 않고 누가 볼까 싶은 독립영화 얘기도 태연하게 하는 아이이다. ‘다섯 손가락’ 친구들 사이에선 학교 밉상 2위로 통하지만 다현이는 사실, 은유가 욕먹는 이유를 잘 모르겠다. 하지만 다현이는 은유를 싫어해 보기로 한다. 친한 친구들이 싫어하는 아이는 당연히 함께 싫어해야 하니까.

새학기 첫날, 다현이는 은유와 짝이 된 데다 수행 과제까지 같은 모둠이 되어 버렸다. 설상가상으로 과제 모임을 자기 집에서 하자고 제안하는 은유. 노은유와 말을 섞어선 안 된다는 ‘다섯 손가락’의 암묵적 룰을 깨야 하는 걸까? 친구들한테 노은유 집에 갔었다는 얘기를 어떻게 하지? 단톡방에 툭 던지듯 가볍게 말할 자신도 없고, 친구들에게 직접 얘기할 자신도 없다. 다현이는 이러지도 저러지도 못한 채, 은유를 미워하지는 못하지만 좋아하지도 않겠다고 굳게 다짐하지만 다현이와 은유, 둘의 만남으로 완전히 새로운 관계가 펼쳐지기 시작한다.

친구들과 사이 좋게 지내는 것은 늘 힘들다. 친구 또한 다른 사람이기 때문에 늘 친구를 이해하기 위해 노력해야 한다. 누군가의 의견에 휩쓸려 다니는 사람이 아니라 내가 좋아하는 사람과 친구를 할 수 있는 마음의 힘을 가진 사람이 되어야겠다고 생각했다. 사람과 사람사이의 관계란 언제나 힘든 과제임을 다시 한번 깨닫는 계기가 되었다.

• • •

조희경

이 책에는 다양한 아이들이 나온다. 어딘가에 속하고 싶은 아이 다현. 다현이에게는 친구가 가장 중요하다. 중학교에 들어와 '다섯 손가락'의 멤버가 된 건 행운이었다. 하지만 친한 친구들에게도 절대 말해선 안 되는 것이 있는 법. 아이돌 노래보단 가곡이랑 클래식 음악이 좋고, 주근깨 있는 자신의 얼굴이 실은 꽤 마음에 들며, 동네 골목길을 걸을 때마다 돌아가신 아빠를 생각한다는 사실을 '다섯 손가락' 친구들에게는 말할 수 없다. 다시는 은따가 되고 싶지 않으니까. '진지충' 소리 들으며 무리에서 은근하게 겉도는 것만큼 무서운 일은 없다. 가끔 답답할 때면 다현이는 블로그 앱을 켠다. 체리새우블로그에서만은 온전히 자신으로 있을 수 있다. 물론 비공개로.

주인공인 '나'는 불안감이 많은 편이다. 그래도 미소랑 설아는 각각 다른 반이 되었는데 나랑 아림이, 병희는 한 반이 되었다. 기도의 효험인지 담임은 좋은 쌤을 만났다. 근데 짝이 노은유였다. 싫은 아이와 짝이 되었다. 나는 친구가 중요하다. 왜냐하면 나는 초등학교 5학년 때 은따를 당했기 때문이다. 6학년 때 잠시 은따 후 병희, 아람, 미소, 설아를 만났다. 우리는 밉상 명단이 있다. 1위는 황효정이고 2위가 노은유다. 3위 부터는 자주 바뀐다. 몇 주 후 모둠 과제가 있는데 노은유랑 같은 모둠이 되었다. 노은유가 자기 집에서 의논하자고 했다. 우리는 마을 신문을 만들기로 했다.

내가 노은유랑 어울려 다니니 다섯 손가락 아이들이 나를 빼고 놀러 가기 시작했다. 마을신문 중에서 '나를 안아주세요.'라는 것을 맡았다. 몇 주 뒤 체육시간이 있었다. 아람이가 배가 아프다고 해 나는 아람이 책상위에 생리대가 든 파우치를 올려 놓고 왔다. 나는 아람이가 너무 티 안나게 해놓는 거 아니냐고 하는 등 이런 생각 때문에 머리가 복잡했다. 어쨌든 오늘은 체육하기 좋은 날씨이다.

주인공이 불안감이 많을 때 미소랑 설아는 각각 다른 반이 되고, '나'와 아람이, 병희는 한반이 된 걸 기쁘게 생각했을 것 같다. 만약 내가 주인공 입장에서 누구와도 같은 반이 안 되었다면 새 친구를 사귀면 될 것 같다. 또 아람이가 배가 아프다고 할 때 나 같으면 그냥 신경 안 쓰고 "괜찮아?" 라든가 티 나게 생리대를 주면 더 편했을 것 같다. 마지막으로 마을 신문을 만들 때 우리 마을을 탐방하는 것이 재밌었을 것 같고 나를 빼고 다섯 손가락들이 놀러가서 기분이 나빴을 것 같다.

똑같은 청소년이 주제였기에 더욱 재미있게 책을 읽을 수 있었다. 특히 책을 읽으며 기억에 남는 구절이 있었다. "원래 그렇다. 누구 한 명이 '그 애 좀 이상하지 않아?' 이렇게 씨앗을 뿌리면, 다른 친구들은 '이상하지, 완전 이상해.'라며 싹을 틔운다. 그 다음부터 나무는 알아서 자란다. '좀 이상한 그 애'로 찍혔던 아이는 나중에 어마어마한 이미지의 괴물이 되어 있는 것이다." 이 내용이 너무 공감이 되었다. 처음에는 별 생각 없다가도 누군가가 '걔 이상하지 않아?' 하고 얘길 하면 속으로 '정말 그런가?' 하고 생각하게 된다. 이게 어쩔 수 없는 사람의 심리라고는 하지만 결코 바람직하지 않다. 특히 오해로 생겨난 일들을 풀기는 굉장히 골치 아프기에 처음부터 색안경을 끼지 않고 새로운 친구를 사귀는 게 가장 좋다는 생각이 들었다. 인간관계를 제대로 한다는 것이 얼마나 힘든 일인가를 새삼 느꼈다.

「토요일의 심리클럽」

김서윤 (지은이), 김다명 (그림) | 창비

한 줄 소개

재미있는 심리실험을 통해 알아보는 청소년들의 고민과 꿈.

정승원

이제 막 열다섯 살이 된 안나는 진정한 꿈을 찾기 위해 고민하는 평범한 청소년이다. 안나는 중학교 2학년 계발활동 부서로 우연히 심리 실험반을 택하게 된다. 안나 외에도 연예인이 되려는 용이, 심리학자를 꿈꾸는 주영이, 속을 알 수 없지만 진지하고 예리한 종찬이, 공부라면 자신 있는 선아가 찾아오고 여기에 심리학을 전공한 최이고 선생님이 더해져 '토요일의 심리 클럽'이 탄생한다.

토요일의 심리 클럽 멤버들은 많은 사람들에게 깨달음을 주었던 역사상 유명한 심리 실험들을 최이고 선생님의 안내를 따라 하나씩 직접 경험해 본다. 왜 자꾸 벼락치기 공부를 하게 되는지, 연예인이

광고하는 물건을 사고 싶어지는 까닭은 무엇인지, 남들이 예라고 할 때 아니라고 하기 힘든 이유가 무엇인지 등 생활 속에서 접하기 쉬운 사례를 통해 심리학의 이론을 접하게 된다. 그러면서 안나는 천방지축 장난꾸러기인 줄만 알았던 친구 용이의 새로운 면을 발견하기도 하고, 비밀스러운 매력을 풍기는 선배 종찬이에게 호감을 품기도 한다. 그렇게 안나는 자기 마음을 심리학적으로 탐색하는 한편 자신을 둘러싼 사회 문제를 새로운 눈으로 바라보게 된다.

여러 심리학적 지식 중 인상깊었던 두 가지가 있다. 첫번째는 "비합리성의 심리: 나도 용한 점쟁이가 될 수 있다" 란 파트이다. 1948년, 한 심리학자는 실험을 했다. 자기가 가르치는 대학생들에게 성격을 분석해 준다고 하고는 모두 같은 결과지를 나눠주었다. 그것은 그가 점성술 책에서 무작위로 골라 만든 결과지였다. 그랬더니 그 대학생들은 평균 4.26점이라는 높은 점수를 줬다. 그 결과지가 스스로와 잘 맞다고 생각한 것이다. 이것은 보편적인 심리적 특성을 자신만의 특성이라고 착각한 데서 나온 결과이다.

심리학에서는 이런 현상을 바넘효과라고 한다. 바넘은 서커스에서 관객들의 성격을 잘 알아맞히는 것으로 유명했다. 심리테스트의 맹점을 이용하였던 것이다. 우리는 생활 속에서 이러한 심리테스트뿐만 아니라 다른 데서도 바넘 효과에 빠지곤 한다. 대표적인 예로 오늘의 운세나 혈액형 별 특성 같은 것들이 있다. 이런 것들과 달리 과학적으로 성격을 알아낼 수 있는 방법은 성격유형을 분석해주는 MBTI검사, 직업 적성을 알려주는 홀랜드 검사 같은 것들이 있다.

두 번째로 인상깊었던 부분은 "타고난 고집쟁이(확증편향)"라는 파트였다.

1979년에 참스로드, 리로스, 마크레퍼라는 세 사람이 사람이 자신의 신념과 다른 증거에 대해 어떤 태도를 보이는지 알아보는 심리실험을 했다. 사형제도를 찬성하는 사람과 반대하는 사람에게 두 가지 증거를 함께 보여주었다. 하나는 사형 제도가 범죄를 억제한다는 증거, 하나는 별 효과가 없다는 증거였다. 그러나 사람들은 자신의 생각을 바꾸지 않았다. 이 심리실험에 참여한 사람들은 자신의 생각과 맞는 증거가 더 조리 있고 설득력이 있다고 판단했기 때문에 원래의 생각이 변하기는 커녕 더욱 확고해졌다. 이렇게 자신의 주장을 지지하는 정보를 중요하게 여기고 반대되는 정보는 무시해 버리는 경향을 확증편향이라고 한다.

평소에 쉽게 접하기 힘든 심리학적 지식을 재미있는 내용으로 접할 수 있어서 좋았다. 나의 심리상태는 어떤 모습일지 궁금해졌다.

「편의점 가는 기분」

박영란 (지은이) | 창비

한 줄 소개

함께 있어 외롭지 않은 공간이 되어주는 작은 편의점에 대한 이야기.

김유송

책에서 등장하는 인물들은 각기 다른 사연을 가지고 있었다. 공통점이라는 것을 찾기 힘들 정도로 서로 너무 다른 사람들인데, 처음에는 서로에게 신경을 전혀 쓰지 않다가, 이제는 없으면 찾으러 다니는 사이가 되었다. 각자 상처를 받아서 벌어졌던 틈 사이에 서로가 채워졌다는 증거이지 않을까. 솔직히 편의점에서 스치듯이 만난 사람과 가까워질 기회는 많지 않을 것이다. 책을 기준으로 나누었을 때, '신지구'에 사는 '나'는 편의점에서 만난 사람과 친해질 기회는 없었다. 그래서 처음에 책 제목만 보았을 때는 편의점에 가는 것이 기분 좋은 것 말고 무엇이 있겠냐는 생각을 했다. 하지만 다른 사람들은 물건을 사려는 목적이 아닌 다른 목적으로 편의점을 갈 때, 여러 가지 기분이 들 것 같다는 생각을 하였다.

나는 주인공 '나'의 사연이 가장 슬펐다. 주인공 '나'의 엄마는 16살 때 주인공을 낳아서 '나'의 할아버지, 할머니께 '나'를 맡기고는 집을 떠났다. 어렸고, 자식을 본인의 부모님께 맡겼어야 하는 처지였고, 주인공을 임신하고 있는 동안도 힘들었을 주인공의 엄마를 생각하니까 주인공도, 주인공의 엄마도 불쌍하다는 생각을 했다. 누가 더 못되고, 누가 더 불쌍하다는 생각보다는 주인공과 주인공의 엄마의 인생 둘 다 슬펐기 때문에 슬픔이 배가 돼서, 다른 인물의 사연보다는 나에게 더 와닿았던 것 같다. 나는 책에 나오는 것 같은 관계가 좋다. 친하다고 하기에는 서로 모르는 부분이 많고, 먼 사이지만 말을 섞고, 서로 깊이 알지 않은, 그런 사이가 좋았다. 편의점에서 만나는 인물들이 그런 사이인 것 같아서 책을 읽을 때 특별히 더 끌리기도 했었던 것 같다. 오히려 가깝기 때문에 더욱 이야기하고 싶지 않은 부분이 있는데, 이 책에 나오는 이야기들과 인물들은 아마 서로의 '비밀스러운 이야기'를 해도 상대방이 소문을 낼 만큼의 가까운 사이가 아니기 때문에 마음에 있는 이야기도 잘할 수 있었던 것이 아닐까. 멀지만 가까운 사이도 존재한다. 그렇다면 가까운 사이를 더욱 가깝게 할 수 있는 길은 무엇일까?

• • •

노연서

박영란 작가의 청소년 장편소설 『편의점 가는 기분』은 야간에 편의점에서 일하는 열여덟 살 소년 '나'를 중심으로 도시 변두리의 삶과 이웃 간의 연대를 그리며 깊은 울림을 전하는 작품이다. 이번 작품에서 주인공 소년과 편의점을 찾는 여러 인물들의 사연을 펼쳤다. 한 밤중의 편의점이라는 시공간이 신비롭고 서정적인 분위기를 연출하는 가운데, 외롭고 가난한 인물들이 서로 보듬고 연대해 가는 과정을 담아 가슴 뭉클한 감동을 전달받을 수 있었다.

여기엔 주인공과 훅, 꼬마 수지, 캣맘 아줌마들이 나온다. 주인공의 엄마는 주인공을 16살에 낳아서 주인공을 원망했다. 하지만 주인공은 커서 엄마에게 몇 마디 하니 엄마가 집을 나갔다. 그래서 지금은 외할아버지, 외할머니와 같이 살고 있다. 주인공은 편의점의 밤을 지키고 있다. 그러면서 처음으로 훅을 만났다. 이름이 훅인 이유는 매일 훅훅 빠르게 움직이기 때문이다. 꼬마수지는 엄마와 추운 겨울에 집 보일러가 고장나 편의점에서 몇 밤을 있었다. 재개발이 예정된 오래된 마을에서 외할아버지의 마트 일을 도왔던 소년 '나'. 외조부모와 살고 고등학교마저 자퇴한 소년에게 마음을 나눌 친구라고는 한동네에 사는 장애인 소녀 수지뿐이다. 소년에게는 밤마다 수지를 뒤에 태우고 스쿠터를 모는 것이 소중한 일상인데, 어느 날 수지가 감쪽같이 자취를 감추어 버린다. 그리고 할아버지는 마트를 접고 새로 생긴 원룸가에 24시 편의점을 연다. 이제 소년은 밤새 편의점을 지켜야 한다.

소년은 계산대를 지키며 다양한 손님들을 만난다. 아픈 엄마를 데리고 와서 유통 기한이 지난 도시락을 얻어먹으며 밤을 지새우는 꼬마 수지, 주민들 몰래 길고양이 밥을 주러 다니는 캣맘, 비밀리에 동거 중인 고등학생 커플, 불쑥 나타났다가 훅 사라지는 정체 모를 청년 '혹' 등이 그들이다. 소년은 그들과 가까워지고 아픈 사연을 하나씩 알게 되면서, 그리고 자신을 버린 엄마와 떠나간 수지에 대해 고민하면서 조금씩 성장해 간다.

소설 속에서 편의점은 새로운 인연의 가능성을 열어 주는, 따뜻한 이웃집과 같은 공간이다. 주인공 소년은 반복되는 노동 속에서 묵묵히 삶을 일구는 법을 배우고, 여러 손님들과 가까워진다. '한밤의 편의점'이라는 시공간은 비밀스럽고 신비로운 느낌을 주었다. 특히 실어증에 걸린 엄마 곁을 지키며 부러 더 명랑하고 씩씩하게 구는 열한 살 꼬마 수지의 모습이 인상깊었다. 꼬마 수지는 중국으로 떠난 아빠와 조금이라도 가까이 있고 싶은 마음에 공항을 찾아가기도 하는 독특한 아이이다. 원룸의 보일러가 고장 나 추위를 견딜 수 없어지자 아픈 엄마를 이끌고 와 편의점에서 밤을 보낸다. 소년은 모녀를 차마 내쫓지 못하고 유통 기한이 지난 도시락이나마 말없이 건넨다. 누군가 골목 한구석에 놓아 둔 사료 한 그릇이 배곯은 길고양이에게 큰 힘이 되듯, 꼬마 수지와 엄마에게는 원룸가 편의점이 추위와 배고픔을 더는 소중한 안식처이다. 편의점 공간이 지닌 또다른 면모의 의미를 읽게 되었다.

이 책을 읽으며 내가 주인공이라면 이 인물처럼 다른 사람들에게 따듯하게 대해 줄 수 있을까 고민했다. 그리고 다짐했다. 나중에 어려운 이웃을 만나게 된다면 나도 다른 사람을 도울 수 있는 따듯한 사람이 될 것이라고 말이다.

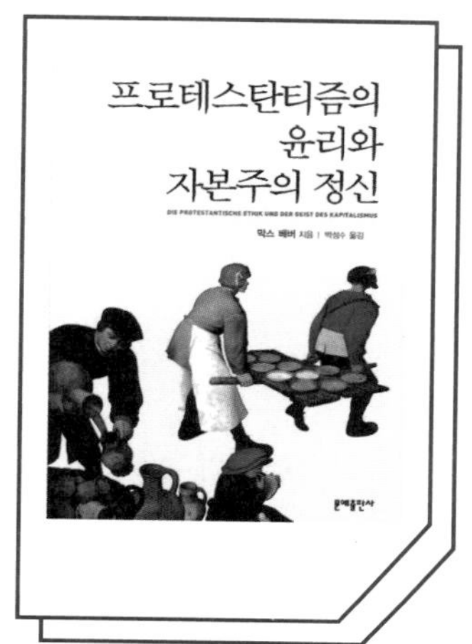

「프로테스탄티즘의 윤리와 자본주의 정신」

막스 베버 (지은이), 박성수 (옮긴이)
| 문예출판사

한 줄 소개

근대 사회과학의 가장 유명하고도 논쟁적인 저작.

노효준

마르크스와 베버, 그 둘은 어떤 관련이 있는가? 이 책을 읽게된 이유는 위의 질문에서 시작되었다. 마르크스는 1818년에 태어나 그 당시 영국의 산업 혁명 이후 자본가들의 횡포를 보며 자본주의의 모순을 비판하였다. 여기서 자본주의의 모순은 자본가가 노동자들의 노동을 착취하는 위치에 있다는 점을 일컫는다. 그러하여, 자본주의의 모순에 대항할 공산사화를 꿈꾼 학자가 바로 마르크스이다. 그에 반해 약 50년 늦게 세상에 나온 '막스 베버'는 부르주아 계층들이 노동자들의 노동을 착취하는 현상이 경제적인 측면 이외에 실존적이고 윤리적인 이유가 있음을 설명했다. 그 중심에는 '자본주의 정신'이라는 것과 프로테스탄티즘 중의 '신학적 교리'가 중요한 역할을 하였다고한다. 나는 이 중 '자본주의 정신'에 초점을 맞추어 글을 전개해보고자 한다.

막스 베버는 자본주의에서 돈보다 '자본주의 정신'을 더욱 강조했다. 베버는 시간을 굉장히 중요시 여기며 '쉼 없는 노동'을 강조하였다. 과거의 낡은 형태의 도매제도, 다시 말해 근대 자본주의 이전에는 성경의 말씀처럼 자족하는 삶을 추구하였고 꼭 필요한 만큼만 일을 하며 삶의 템포 또한 전반적으로 느긋한 경향을 찾아볼 수 있다. 허나, 합리적인 젊은 선대업자의 등장 이후 즉, 자본주의 정신의 도래 이후부터는 경영의 합리화 과정을 통해 생산의 효율성을 극대화하여 이윤을 추구하기 시작했다. 결국 베버가 말하는 끊임없는 노동과 효율적이며 합리적인 시간 경영은 자본주의 정신과 직결되며 부의 기본적 원리를 뜻한다.

또한 자본주의에서의 사회 계층의 차이는 세속의 문제만이 존재하는 것이 아닌 사회 계층간의 윤리적 차이도 존재한다는 것이다. 나는 윤리적 차이가 사회적 계층의 차이를 만든다는 점에 관해 동의한다. 자본주의의 원리를 이해하며 열심히 움직이는 현대의 '무한경쟁 시대'에서 살아남기 위해서는 자본주의 정신이 절실하다 느낀다. 실제로 TESLA, SPACE X의 리더인 일론 머스크는 막대한 돈을 손에 쥐었고 부를 쌓았음에도 불구하고 주 100시간 이상의 근무시간을 고집한다. 최고의 정점에 도달하기 위해서 압도적인 노동량과 근무량이 필수가 되어야 한다는 점은 '자본주의 정신'에서 가장 강조하는 부분이며 부를 위한 필연적인 단계이다.

하지만 현대사회에서 윤리적인 정신이 세속된다고 말하긴 힘들 것 같다. 과거의 비교적 낮은 계층에 속한 사람들은 어떤 윤리가 옳은 것인지조차 구별하지 못했다. 하지만 그에 비해 부르주아 계층은 올바른 윤리와 정신을 교육받았다. 이 두 계층의 차이는 무엇인가? 바로 정보의 차이이다. 관련된 정보를 쉽게 얻고 배우기 힘들었으며 그저 자본가에게 노동을 착취당하던 사람들은 바른 윤리와 자본을 축적할 수 없었다. 하지만 현대사회에서는 다르다. 물론 지금도 우리가 모르는 정보의 차이가 존재하지만 이전과는 달리 인터넷이나 책으로부터 빠르게 정보 습득이 가능하고 오히려 더 많은 정보와 윤리를 학습할 수 있다. 나는 이 점에서 계층 간의 윤리적 차이는 어느 정도 보완되었다 보고 큰 차이가 없다고 말하고 싶다. 그러나 그 차이가 여전히 존재하고 있음이 우리의 현실임도 부정하기 힘들다.

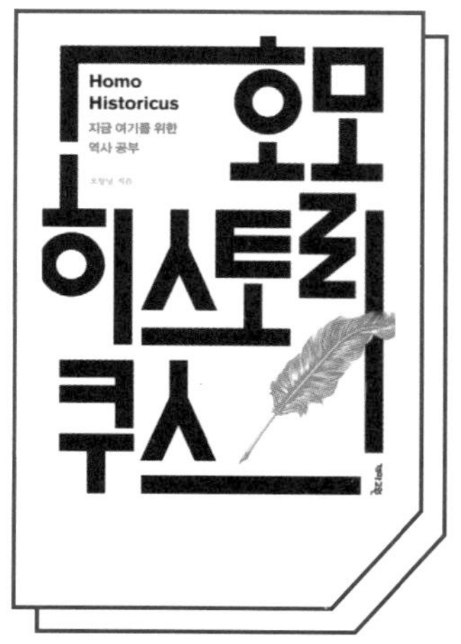

「호모 히스토리쿠스」

- 지금 여기를 위한 역사 공부

오항녕 (지은이) | 개마고원

한 줄 소개

역사의 주요 주제들을 살피며 독자들의 편견 없는 역사관 구축을 위한 교양 서적.

박우진

흔적을 남기고, 전하고, 이야기하는 존재인 인간은 그래서 역사 그 자체, '호모 히스토리쿠스(Homo Historicus)'다. 역사공부가 결국 인간 공부인 이유다. 저자 오항녕은 대학입시를 앞두고 진로를 고민하는 아들에게 역사학을 권한 바 있다고 한다. 파는 음식을 자기 자식에게도 먹이는 음식점이 좋은 식당이듯 이 책은 자식에게 역사학이 좋은 음식이라며 권한 역사학자가 청소년 세대를 위해 쓴 '조금 다른' 역사학개론이란 느낌이 들었다. 무엇보다 이 책은 역사의 주요 주제들을 두루 살피며 역사학이 그간 소홀해온 역사공부의 기초를 다지는 한편, 역사학이 범한 왜곡과 오류를 경계함으로써 독자들의 편견 없는 역사관에 보탬이 되고자 했다. 또한 거대사 · 국가사 중심의 역사교육으로 인해 역사적 존재로서 우리들 개개인이 간과해 온 '작은 역사' '여러 역사'의 가치를 일깨우는 데도 중점을 뒀다.

역사는 과거 사람들의 경험을 기록으로 남기고 전하는 것이다. 기록의 과정에서는 왜곡과 오류가 발생할 수 있는데 이 책은 사도세자 이야기와 그 외의 우리나라에서 있었던 일 등을 예로 들어 이러한 것들을 어떻게 해석하고 받아 들어야 하는지를 알려준다. 또한 우리가 그간 소홀히 했던 역사공부의 기초를 다져주고 역사의 가치를 일깨워 준다. 우리가 역사를 배우다보면 궁금한 점이 생기기 마련이다. 특히 사도세자를 죽인 영조의 행동은 우리가 평소 알고 있는 생각으로는 제대로 이해할 수 없다, 아버지가 아들을 죽이는 것이 얼마나 잔인하고 야만적인 일인가? 그러나 우리가 조금만 더 관심을 가지고 그 일이 일어난 이유를 살펴보면 이해할 수가 있을 것이다. 영조가 자신의 아들을 죽인 이유는 사도세자가 백성들을 괴롭히고 궁에 있는 많은 사람을 죽이는 짓을 하였기 때문이다. 이처럼 우리가 알고 있었던 것과는 다른 사도세자의 죽음의 이유는 앞서 말한 이야기를 듣고 어느 정도 이해가 간다. 하지만 이것도 수많은 가설 중 가장 그럴듯한 이야기일 뿐이지 완전한 사실은 아니라는 것이다. 그래서 우리는 더 역사에 관심을 가지고 진실에 한발짝 더 다가가야 한다고 책은 말하고 있다. 우리가 살고 있는 삶도 언젠가는 후손들에게는 역사로 남아서 길이길이 보존 될 것이다. 그렇기 때문에 우리가 후손들에게 역사의 중요성과 역사를 제대로 이해하는 방법을 알려줘야 한다. 그러기 위해서는 우리가 먼저 역사에 대해 더 깊이 생각하고 배우는 자세를 길러서 모범이 되야한다.

우리나라 국민 중 역사를 안 배운 사람은 없을 것이다. 나도 현재 학교를 다니면서 역사를 배우고 있는데 우리나라 교육 특성상 학생들은 점수만 잘 받으려고 하기때문에 역사를 제대로 배우려는 학생은 거의 없다. 그리고 역사는 많은 부분이 암기를 차지하기 때문에 학생들이 가장 싫어하는 과목 중 하나이기도 하다. 그래서인지 주변 친구들의 말을 가끔씩 들어보면 '어차피 과거 일인데 우리가 알아서 뭐해?' 또는 '역사가 사라졌으면 좋겠다'라는 말을 하곤 한다. 그러나 '역사를 잊은 민족에게 미래는 없다'라는 말이 있듯이 우리는 역사를 통해 과거의 잘못된 일을 반복하지 않으려고 노력해야한다.

Ⅱ. 아이들 글 속으로

세상 공부(사회문화) - 지속 가능한 세상을 위한 이야기.

TOPIC

한국 고양이 협회를 비롯해 길고양이 보호운동가들이 보살핀다 하더라도 여전히 유기, 학대가 사회적 문제로 대두되고 있습니다. 그들과 함께 공생할 수 있는 방법은 정말 없는 걸까요?

배수현

요즘 불쌍한 길고양이들을 보살펴주고 치료해주는 캣맘, 캣대디들이 늘어나고 있다. 하지만 아직 '집고양이'는 치료의 대상, '길고양이'는 불쌍하기는 하지만 치료할 필요가 딱히 없는 대상이라고 생각하는 사람들이 많다. 심지어 어떤 사람들은 '길고양이들은 잡아서 죽여야지. 집고양이는 당연히 치료해줘야 하지만 오히려 길고양이는 없애야 하는 대상'이라고 하는 등 길에 사는 고양이들을 생명 취급도 하지 않는다. 나는 그런 사람들의 생각에 동의할 수 없다.

길고양이 덕분에 해충들이 줄어들지 않는가. 고양이는 밤이건, 낮이건 물체를 볼 수 있기 좋은 눈을 가졌다. 실제로 고양이들은 도로의 하수구에서 나온 벌레들을 잡는 경우가 있다. 하지만 집에 익숙해진 집고양이들은 쥐와 해충을 잡기는 커녕 무서워서 피하는 경우도 있다. 만약 길고양이들이 쥐와 해충을 잡지 않는다면 쥐의 엄

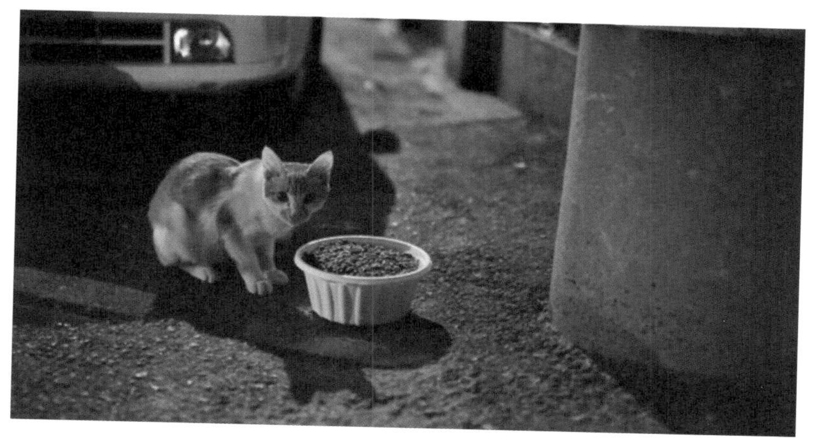

청난 번식력으로 세상이 쥐로 가득 차게 될 수도 있다. '고양이가 쥐를 잡는다는 증거는 없지 않은가?' '실제로 효과가 나타난 것이 아니잖아?'라는 생각을 하는 사람도 있을 것이다. 맞다. 길고양이들이 전부 쥐와 해충을 잡지는 않는다. 하지만 우리는 이런 이유를 대서라도 길고양이와의 공존을 목표로 삼아야한다고 말하고 싶다.

고양이들을 잡아서 죽여야 한다고 말하는 사람들의 주장은 이렇다. '고양이들이 쓰레기를 뒤져서 거리가 더러워진다' '밤마다 울어대서 시끄럽다' '사람한테 공격적이다' 이런 이유로 길고양이를 싫어하는 사람들. 고양이는 인간의 규칙을 알지 못한다. 당연히 배고픔에 시달리는 고양이들은 아무거나 헤집고, 쓰레기통을 뒤져서 생존한다. 고양이들의 본능이다. 그렇다면 오히려 캣맘, 캣대디들이 길고양이들에게 밥을 주는 것을 막으면 안 된다. 배고픈 고양이들은 언제든 다시 쓰레기들을 헤집어 놓을 것이다. 요새는 길고양이들의 중성화도 지원한다. 고양이들이 밤마다 우는 것은 발정때문이기도 하고, 다른 고양이들과 싸우기 때문이기도 하다. 그런데 사실 밤마다 시끄럽게 하는 것은 오히려 인간이다. 고양이들은 언제나 사람이 없는 곳을 피해 다니며 길 위에서 생존할 뿐이다. 우리는 길 위의 생명체들을 싫어할 것이 아니라, 길고양이들과 함께 하는 삶을 준비해야 한다고 생각한다.

• • •

노연서

길고양이는 매일 쓰레기를 뒤져 배고픈 배를 채운다. 캣맘과 캣대디들이 고양이들에게 사료를 줘서 길이 더러워진다고 주장하는 사람들이 있는데, 만약 캣맘과 캣대디의 사료가 없으면 지금보다도 더 많이 길 위의 고양이들은 쓰레기를 뒤질 것이고, 더 많이 길이 더러워질 것이다.

원래 고양이의 평균 수명이 약 10년~15년이라면, 길고양이의 수명은 약 5년. 도대체 길 위의 고양이들은 평균수명만큼 살지 못하는지 인간은 반성해야 한다. 길고양이를 향한 인간의 혐오, 폭력은 결국 길 위의 고양이들을 더욱 죽음으로 향하게 한다. 길고양이들은 인간의 혐오와 학대가 없어도, 인간이 버린 쓰레기 때문에 질병과 감염에 시달리다 죽는다. 고양이가 인간의 생활을 방해하기 때문에 길고양이들은 없어져야 한다는 생각은 잘못된 생각이다. 지구는 인간 만의 것이 아니다. 지구에는 인간 뿐만이 아니라 인간이 알지 못할 수도 있는 엄청나게 많은 생명체가 살고 있다. 그 중에는 고양이도 포함된다. 정말로 길고양이는 인간에게 해를 끼치는 동물인가? 인간은 길고양이를 어떻게 대하고 있는가? 이 부분에 대한 생각을 먼저 해야하지 않을까.

TOPIC

'동물권'이란 인간과 똑같이 다른 동물도 인권에 비견되는 생명권을 가지며 학대 당하지 않을 권리를 뜻합니다. 오늘 날 우리가 추구해야 할 인간과 자연의 관계, 특히 동물과 같은 생명체와의 관계는 어떡해야 할까요?

정승원

인간은 동물보다 뛰어나고, 제일 늦게 탄생했음에도 제일 빠르게 발전하였다. 사람들은 자신들이 가장 대단하다고 생각한다. 인간은 본인들의 지능을 이용하여 발전했고, 그 어떤 시대보다 편안하게 생활할 수 있게 되었다. 하지만 인간이 편리하게 생활하면 할수록, 많은 생명체가 아프거나 죽고 있다. 인간과 생명체와 자연의 관계는 복잡하다. 일단 서로 주고 받는 것이 있어야 하는데, 자연은 인간에게 인간이 살아가는 데에 있어서 무조건 필요한 공기, 가죽, 식량, 자원을 주는데 인간은 받기만 한다.

우리는 생명체와 좋은 관계를 만들어 나가고, 유지시켜야만 이 지구에서 함께 잘 살아나갈 수 있다. 제일 중요한 것을 말하자면, 벌목을 쓸데없이 많이 하면 안 된다. 나무는 지구의 생명체에게 꼭 필요한 공기를 만들어 내기 때문에 나무를 베는 것을 줄이고, 벌목

을 한 만큼 나무를 많이 심어야 한다고 생각한다. 인간이 오염시킨 공기는, 인간이 심은 나무에서 만들어진 공기로 다시 채워질 것이다. 두 번째로 중요한 것은, 식량을 생산할 때 동물들을 위한 최소한의 공간과 환경을 마련해주어야 한다는 것이다. 인간은 인간들을 위한 환경파괴, 동물학대를 너무 많이 한다고 생각한다. 인간의 발 하나 들어가지 않은 공간에 닭을 키우고, 소를 키우고, 돼지를 키우고, 물고기를 양식하고. 인간은 동물들의 희생을 밟으며 살아가고 있다. 단지 인간이 똑똑하다는 이유만으로 말이다. 인간은 지구에서 인간과 '함께' 살아가고 있는 동물들을 인간이 할 수 있는 최선을 다하여 배려하고 '함께' 살아가야 한다. 동물들이 지구에서 제대로 살지 못하면 인간 역시 지구촌에서 결국은 사라지고 말 것이기 때문이다.

•••

구연경

영화 '해리포터'에는 '마법사'가 '머글(마법을 사용하지 않는 일반인)'을 차별하는 모습이 나온다. 옛날에도 머글을 '마녀사냥'을 했던 것처럼, 머글과 친한 사람을 소외시키고, 동상을 만들면 머글을 밑부분에 위치해서 아예 미천한 것이라고 생각했다. 왜냐하면 마법을 못하는 사람이기 때문이다. 이처럼 인간은 동물들이 지능이 떨어진다는 이유로 인간이 더 우월하다고 말한다. 하지만 왜 우리는 지능이 높으면 우월하다고 하는 것일까. 사실 동물들은 인간이 생각하는 것보다 똑똑하다. 고마운 기분, 미안한 기분같은 아주 다양한 감정을 느낄 수 있고, 서로 무리를 만들고, 다른 종의 친구를 사귈 수도 있다. 인간처럼 똑똑한 머리를, 서로를 파괴하는 곳에 사용하는 인간보다, 인간의 논리로 보면 바보같다고 생각할 수 있지만 동물들처럼 자연의 섭리에 맞추어서 자신들 나름대로의 지능을 사용하며 살아가는 것이 훨씬 좋다.

어떤 식으로 보면 동물들이 인간보다 지구에서 가장 가치있는 생명체일 수도 있다. 더 선하고, 더 필요한 존재이다. 동물들을 돌보는 것을 귀찮아 하는 사람도 있고, 좋아하는 사람도 있을 것이다. 하지만 그런 선호의 차이는 당연한 것 같다. 인간이 지능이 높은 것도 사실이다. 이런 저런 부분을 살펴볼 때, 인간은 그 똑똑한 지능을 이용하여 지구의 착실한 지도자가 되어야 한다. 지금처럼 자연을 망치고, 동물들의 목숨을 위협하면 안 된다. 우리는 아직 동물들에 대해서는 독재자에 가깝다. 조금 더 동물과 자연을 생각하는 지도자가 되어야 한다.

TOPIC

대중문화란 '대중이 형성한 문화'를 말합니다. 대량 생산, 대량 소비를 전제로 하기에 생길 수 있는 문제는 어떤 것이 있으며 이러한 현상에 대해 어떻게 바라보나요?

김유송

지금 우리네가 누리고 있는 대중문화의 가장 큰 문제점은 중독성이다. 우리나라 사람들의 뛰어난 드립력과 마케팅 전략으로 사람들을 홀린다. 현실 세계에서 찌든 사람들은 가상 세계에 빠지기 쉽다. 현실 세계에서 찌든 사람일수록 현실과는 다른 가상 세계에서 더 끌림을 얻는 것 같다. 내가 현실 세계에서 하지 못하는 것들, 내가 누리지 못하는 것들을 가상 세계에서, 대중문화 안에서는 할 수 있다.

사람들은 계속 자극적인 것을 찾고, 현실 세계에서는 사람들이 자극적이라고 느낄 수 있는 요소가 적다. 그래서 사람들은 이를 오락을 함으로써 채우려고 하는데, 사람들이 즐길 수 있는 매체로는 TV프로그램, 게임, 웹툰처럼 전자기기를 사용한 것이 많다. 전부 가볍게 손 안에 들어오는, 우리가 24시간 내내 가지고 있는 스마트폰으로 할 수 있는 것들이기 때문에 접근성이 좋다. 다시 말하면 우리는 24시간 내내 자극적인 대중문화에 접근할 수 있고, 중독될 수

있다는 것이다. 현대인들에게 가장 많이 노출되어 있는 오락인 스마트폰은 위험하다. 본인에게 있는 공허함을 채우기 위해 연예인이나 유명인을 우상화시키는 방송이 스마트폰에서 터져 나온다. 대중화는 점점 사람들의 취향을 동일하게 만들고, 개인의 개성을 없애버리는 경우도 있다. 우리 대중문화는 사람들의 공허함을 채워주기도 하지만 중독으로 인해 개개인을 피폐해지게 만들기도 한다. 현대인들은 본인들의 공허함을 대중문화가 아니라, 본인의 개성으로 채워야 한다. 그렇지 못할 때 우리는 자신도 모르게 어리석은 대중이 되어갈 수밖에 없다.

• • •

안형준

우리는 너무 많은 곳에 노출되어 있다. 지금 당장 유튜브를 켜서 보아도 성적이거나 폭력적인 영상이 어린이들도 볼 수 있게 되어있다. 이렇듯 우리는 너무나도 심각한 수준의 대중문화에 개방되어져 있는 상태이다. 우리에게 대중문화가 개방되어 있는 것이 아니라, 대중문화에 우리가 무방비 상태로 개방되어 있다.

물론 모든 대중문화가 나쁜 것은 아니다. 사람들에게 위로의 말을 전해주는 것도 있고, 유익한 지식을 전해주는 것도 있다. 그런데 사람들은 그런 대중문화에는 관심이 없다는 것이 문제이다. 하다 못해 스포츠, 음악, 영화, 드라마, 예능, 아이돌 등 수없이 많은 대중문화들 중에서도 자극적이고, 극단적인 재미를 찾는 사람들이 많다. 대중 문화가 너무 많아져서 자신들이 가지고 있는 정체성을 잃어버린 경우도 있다.

최악의 경우, 대중문화는 사람들의 취향을 획일화시키기도 한다. 결국에는 우리를 '전체주의'로 몰아갈 우려가 있는 것이다. 가장 대표적인 것이 '성형'일 것이다. 지금의 외모지상주의는 사실 대중 문화가 만들어 낸, 인공의 미라고 할 수 있다. 전부 쌍꺼풀을 만들고, 뼈를 깎고, 살을 빼서 지금의 사람들이 동경하고, 이상적이라고 생각하는 외모를 만든다.

언제부터인가 현대인들은 이러한 대중마취현상을 매우 바람직한 것으로 받아들이거나, 심지어 일부 지식인들은 이를 찬양하기까지 한다. 문제점은, 대중 문화에 취하게 되면, 결국 원래대로 서로의 개성과 취향을 존중해주는 사회의 분위기로 회복시키기가 힘들다는 것이다. 이미 취해 있는 대중들은 더욱 자극적이고, 재미있는 문화를 요구하고, 기업이나 문화 사업들은 무분별하게 이에 맞춰 문화를 만들어 낼 것이다. 현대사회 안에서의 우리는 사실 물리적 전쟁보다도 이런 대중 문화와의 전쟁을 하고 있는지도 모르겠다. 대중문화를 비평적인 관점에서 바라보는 훈련이 필요한 이유이다.

TOPIC

스포츠 이벤트는 국민들을 하나로 단합시키기도 '왜 국민들이 이러한 국가 이벤트에 열광하는가?'까지에 대한 논의는 이루어지지 않는다. 스포츠 이벤트에 대한 성찰을 함께 해보자.

안형준

한일전과 관련해 영상들이 나오면, 한국 사람들 대부분 일본을 욕하거나, 한국이 지게 되면 한국 선수들을 욕한다. 이렇듯이 심각하게 감정을 이입해서 스포츠 이벤트에 참여한다면 심각한 상황을 초래할 수 있다. 다만, 당연히 올림픽이나 월드컵같은 국가대항전의 성격을 띠는 경기에는 적당한 감정이입, 그러니까 애국심이 조금이나마 들어갈 수밖에 없다.

사람은 누군가의 주인이거나 노예가 아니다. 우리는 본인의 의지대로, 더 이상 파시즘의 먹잇감, 문화 국수주의의 희생자가 아니라, 우리가 무엇에, 왜 열광했는가를 성찰해야 한다. 그 성찰의 과정부터가 사실은 포스트 월드컵 이후, 우리가 다시 시작해야 할 '기초 세우기'와 '기초 다지기'의 일부라고 생각한다.

어느 나라든지 국민은 정말 하나로 일심동체가 되는 순간이 없을

까. 아니면 단순히 애국심으로 인해 나타난 현상일까. 우리나라를 한번 돌아보자. 사실 우리나라는 그 어떤 나라보다, 애국심이라는 차원보다 더욱 깊은 차원에서의 협동이 가능했던, 가능한 나라이다. 멀리 생각해보면 조선시대 때 민란을 겪으면서도, 가까이 생각해보면 박근혜 전 대통령 국정농단 사태 때도, 우리나라 사람들은 그 어떤 민족보다도 깊은 차원에서의 협동을 보여주었다.

사실 우리나라 사람들에게 스포츠 이벤트에 이입하지 말아라 라는 말을 하는 것은 소용없을 지도 모른다. 사실 우리나라 사람들은 그 어떤 나라의 국민들 보다도 스포츠는 스포츠로, 애국심은 애국심으로. 본인들 스스로 잘 통제하고 있을지도. 그럼에도 우리는 언제나 스포츠 이벤트에 매몰되지 않도록 스스로에게 질문하는 것이 출발점이고, 성숙한 판단이라고 생각한다. 감정에 휘둘리지 않기 위해서는 스포츠 현상을 거리를 가지고 객관적으로 바라볼 수 있는 비평적 눈이 필요한 것이다.

TOPIC

자살은 자신의 몸에 대한 폭력이자 살아남은 자에게 커다란 상처를 남기는 것은 물론 생의 의욕과 의지를 저하시킨다는 점에서 하나의 커다란 사회문제입니다. 삶과 죽음을 가볍게 여기는 풍조에 대해 어떻게 생각하나요?

배수현

삶과 죽음을 가볍게 여기는 풍조에 대해 어떻게 생각하는가? 옛날에는 인간의 죽음은 사람들에게 엄청난 두려움의 대상이었다. 그러나 지금은 다른 생명을 존중하지 않고, 하찮게 여기는 사람들이 죽음을 두려워하는 사람보다 더 많아졌다. 심지어는 그냥 마음에 들지 않는다는 이유로 살인을 저지르는 사람들도 많고, 사소한 일 때문에 하나뿐인 소중한 자신의 목숨을 여러 가지 방법으로 져버리는 사람들도 있다.

동물들도 그렇다. 서로 죽이며 싸우는 것은 본능이라서 어쩔 수 없지만, 인간들 손에 죽임을 당하는 경우가 요즘에는 훨씬 더 많아지고 있다는 사실에 몇몇의 사람들은 매우 안타까워하는 모습을 보여준다. 특히 개나 고양이들은 몇몇의 사람들에게는 사랑받고 보호받지만, 다른 몇몇의 사람들에게는 버림받고, 학대당하고, 안락사당한다. 여기서 인간은 다른 동물들과 식물들은 물론이고 같은 종의

생명지킴이

인간의 생명조차 소중하게 여기지 않는다는 것이 보여진다. 안락사도 마찬가지라고 생각한다. 인간들의 입장에서는 동물들이, 한 인간이 더 이상 살 수 없게 되어 스스로를 포기한 것처럼 보여, 동물이나 인간이나 '어쩔 수 없이' 죽이는 행위이지만, 그 '어쩔 수 없이' 라는 감정은 오직 인간들만 이해할 수 있고, 인간들에게만 해당한다. 요즘 아무리 동물들의 말을 번역할 수 있는 번역기들이 등장해도 정확하게 동물들의 말을 알아들을 수는 없다. 그러므로 인간들이 동물들의 마음을 이해하였다고 생각해도, 동물들의 입장에서는 오히려 '오답'일 수 있는 것이다. 그러므로 이러한 행위도 우리가 이해할 수 없는 '삶과 죽음을 가볍게 여기는 것'이다. 인간은 지구의 한 생명체로서 인간과 다른 동물들의 삶과 생명을 지켜야 한다고 생각한다. 모든 생명체들이 공존할 수 있게 만드는 일이 지금 우리가 해야 할 최대의 관심사이다.

Ⅱ. 아이들 글 속으로

에세이 – 청소년들의 마음 속 이야기

청소년 비평가들의 자유로운 주제에 대한 그들의 생각을 들어볼 시간!

현재

노연서

다른 사람들은 현재를 중요시하지 않고 미래를 너무 중요하게 생각하고 있다. 아마 그렇기 때문에 미래의 막막함을 느끼고 사람들이 자살을 하고, 우리나라의 자살률이 높은 것 같다. 사람들은 현재를 중요시하지 않고, 불확실한 미래를 중요시하기 때문에 자살률이 높다고는 하지만, 사실 사람들은 그 누구보다도 현재를 중요시하기 때문에 오히려 내가 살아갈 미래의 불확실성을 온 몸으로 느끼고 있는 것일 수도 있다.

현재를 즐겨라. 이 말은 학생들이 공부를 하기 싫어서 하는 말이 아니다. 학생들이 "현재를 즐겨라"라는 말을 한다면, 그것은 해야 하는 일을 내버려두고 진짜로 노는 것이 아니라, 나한테 주어진 상황 속에서 그럼에도 내가 해야 하는 일을 하면서 현재와 미래, 두 시간을 함께 살아가는 것을 뜻할 것이다. 하기 싫은 일을 억지로 하는 것이 아니라, 자신이 하는 일을 충실히 하며, 그것에 즐거워할 수 있도록 노력하는 것. 나는 현재와 미래 두 가지의 시간을 살아가고 있는 것이다.

인생

조희경

나는 친구랑 놀 때가 제일 재미있다. 예를 들면 뛰어노는 것. 게임하는 것. 무엇을 사는 것. 이것 전부 노는 것에 들어간다. 또 나는 친구랑 같이 학원가기, 숙제, 과제를 같이하는 것도 재미있다. 숙제를 같이 할 때 모르는 것을 물어볼 수 잇어서 숙제를 같이 하는 것을 좋아한다. 또한 친구가 있으면 누군가가 숙제를 안들고 왔을 때 빌려줄 수도 있다.

난 내가 중학생, 고등학생, 대학생. 배움의 길을 걷고 있는 사람이 되었을 때, 그때도 친한 친구와 같이 공부하고 싶다. 친구와 독서실에 가서 같이 공부하고 싶다. 공부를 마치고 회사에 다니게 됐을 때도, 사람들과 함께 어울리고, 행복하게 일을 하고 싶다. 남한테 피해주지 않고, 피해 받지 않고, 내 일을 다하며, 충실하게, 만족스럽게 살아가고 싶다.

자존감

정승원

자존은 '자아존중감'의 줄임말이다. 자존감을 버리지 않기 위해서, 더는 할 수 없을 것 같으면서도 계속 하는 사람들이 있다. 나는 어릴 적에 이어달리기를 했다. 1번 더 달려야 했을 때, 힘들어서 달리지 못할 수도 있겠다는 생각이 들었다. 그럼에도 나는 사람들이 보고 있고, 내가 포기하는 모습을 보여주기 싫어서 달려야 한다는 생각이 들었고, 결국 뛰었다. 며칠 전, 미술시간에 친구가 시간 안에 다 못할 것 같다는 말을 하면서 놀렸다. 입으로는 당연히 다 할 수 있다고 큰소리 쳤지만 결국 완성하지 못했다. 아마 오랜만에 꽤나 창피했던 기억이었다.

자존이란 내가 생각했을 때 매우 중요한 '사회생활'이라고 생각한다. 왜냐하면 옛날에는 양반들도 명예가 목숨보다 중요하다고 하지 않았나. 나한테 자존은 그 시절의 양반들이 가지고 있었던 '명예'에 가까운 것 같다. 그래도 자존심과 자존감은 다른 것 같다. 근거없이, 노력없이 우기는 것이 자존심. 넘어져도 일어나게 해주는 것이 자존감. 사회생활을 할 때 자존이 없으면 자신을 믿지 못하고, 할 수 있는 일도 실수하게 된다. 모든 사람들에게는 넘어져도 다시 일어날 수 있게 해주는 자존이 필요하다. 모두가 자존감을 가지고 있다면 다른 사람에게 열등감을 느낄 일도. 좌절할 일도 없을 것이다.

인생

최지안

처음 '인생'이란 키워드를 받았을 때 당장 떠오르는 것이 많지 않았다. 그만큼 내가 나의 인 생에 있어 뚜렷한 목표를 가지고 있다거나 인생에 대해서 생각해보지 않았기 때문인 것 같다. 그렇기에 '인생'이란 키워드는 더욱더 나에게 많은 생각을 하게 하였다. 앞으로의 나의 인생에 있어 목표, 계획 또는 중요한 것, 하고 싶은 것에 대해서 말이다. 하지만 그 모든 것을 한 번에 생각해내기엔 지금까지의 나는 인생에 대해서 생각해본 것이 너무 없었다.

그렇게 나는 무작정 유튜브에 들어가 "인생"이란 키워드로 검색을 하다 '조던 피터슨'의 "목표가 없을 때 해야 하는 것"이라는 강의를 보게 되었다. 그는 직접적으로 영향을 미치는 부분에서 지속적으로 문제가 발생하는 부분을 고침으로써 '혼란'과 '질서'를 구분하라고 했다. 그러한 문제들에는 아주 사소한 방청소나 학교에서 내어준 과제나 업무가 될 수도 있다.

내가 직접적으로 영향을 미치는 범위를 구분하고 내가 통제할 수 있는 부분은 정돈되게 유지하는 것이 목표 설정의 첫 걸음이다. 어질러진 방을 청소하고 당장 눈 앞에 닥친 과제를 함으로써 혼란된 삶에서 질서 있는 삶으로 나아가야 하는 것이다. 언뜻 보면 도덕책에 등장하는 "방을 깨끗이 청소하세요." 란 이 문장을 보고 누군가는 웃을 수 있다. 그러나 어떤 일이든 하루 아침에 이루어지는 일은 없다. 실제로 나의 방을 살펴보면 아주 흥미로운 부분들이 많다. 내가 그 공간을 청소하고 꾸민다고 하더라도 그 방은 나의 소유가 되는 것이 아니다. 방과 '동적인 관계'를 만들었을 때 그것이 가능하다. 그렇게 아주 사소한 것부터 시작해 그 다음날에는 일의 강도를 높이는 것이었다. 이 일을 반복하다 보면 어느 순간에는 해야 할 것과 하지 말아야 할 것을 구분할 줄 알게 되며 혼돈에 대응할 수 있는 사람이 된다. 이렇게 성장한 자신을 찾을 수 있다는 것이 조던 피터슨의 강의 내용이었다.

조던 피터슨의 '목표가 없을 때 해야 하는 것'이란 주제를 다룬 강의는 세세하고 구체적인 목표가 없었던 나에게 아주 적절한 영상이었다. 그의 6분의 짧은 강의영상만으로도 나는 지금 내가 해야 하는 아주 중요한 것을 찾을 수 있었다. 바로 당장 내일 까지인 과제를 마무리하고 어질러져 있는 방을 청소하는 것이다. 그리고 내일은 일의 강도를 높여 토플 공부를 해 볼 것이다. 이렇게 나는 어제의 나보다 더 성장하고 나은 사람이 되도록 노력할 것이다.

언론은 국민의 알 권리를 완전 보장하는가?

노효준

지난 12일 영국 콘월에서 G7 정상회의가 열렸다. G7이란 세계 경제의 방향성을 마련하기 위한 주요 7개국의 모임이다. 여기서 주요 7개국은 미국, 영국, 프랑스, 독일, 이탈리아, 캐나다, 일본 등이 있다. G7 모임은 1973년 당시 1차 오일쇼크에 대한 대책마련을 위해 미국, 일본, 서독, 프랑스, 영국 5개국이 모인 것으로 시작되었으며, 이후 이탈리아, 캐나다가 참여하게 되었다. 당시에는 대한민국의 국력과 세계에 미치는 영향력이 미미했기에 G7에 합류할 수 없었다. 하지만 2000년 대에 들어서는 대한민국이 세계적으로 문화강국임이 입증이 되었고, 2020년 코로나19로 인해 전 지구적 위기에 직면한 상황에서 안정적으로 방역을 성공한 명실공히 선진국이라는 평가를 받고 있다. 이에 대한민국은 G7 정상회의에 2년 연속 초청을 받아 참가했으며, 사실상 대한민국이 합류되어 G8이 되었다는 평가도 잇따르고 있다. 매우 반가운 소식이라고 할 수 있지만 우리는 여기서 대한민국의 언론의 폐해를 찾아볼 수 있다.

몇 년전, 박근혜 전 대통령의 영국 국빈 방문에 대해서 언론이 집중보도 했었다. 언론은 기사와 뉴스를 통해 대통령이 무슨 옷을 입었고, 무슨 말을 했는지 빠짐없이 보도하였다. 당시 조선일보에서는 박 전 대통령의 국빈방문 사진이 신문의 1면에 실리기도 했다. 하지만 이번2021년 6월 12일 G7 회담에 한국이 초청받아 참석하였다는 것조차 모르는 국민들이 많았다. 미국의 대통령 바이든은 한국의 G7 회담 참석을 환영하는 듯한 인터뷰를 했고, 영국의 총리와 프랑스의 대통령은 대한민국의 방역에 대한 극찬을 아끼지 않았다. 추가로 오스트리아의 크루츠 총리는 한국의 방역을 인상깊게 봤고, 이를 참고하고 있다고 언론에 밝힌 바 있다. 인터넷 기사와 뉴스를 보아도 찾아보기 힘든 소식이었다. 불과 몇 년 전만 해도 영국 국빈 방문과 관련하여 황금마차라고 집중보도 했었던 언론들이 너무나도 침묵하고 있다. 아니, 사실 완전히 침묵해 있지는 않다. 얼마 전 국민의힘 당대표로 선출된 이준석이 따릉이를 이용하여 국회로 첫 출근을 한 내용은 집중보도 되었다.

언론들은 지금 어디에 초점을 두어 보도를 하는 것인가? 왜 문재인 대통령이 G7에 초청되어 대한민국의 방역에 대하여 극찬을 받은 사례는 보도하지 않고 이준석이 따릉이를 이용하는 것을 보도하고 있는 것인가? 언론은 국민들에게 알 권리를 완전히 보장하고 있는 것이 맞는 건가? 언론은 본인들의 정치적 성향에 편향되어 시민에게 '사실'을 알려야 할 책임을 확실히 이행하고 있지 못하는 것은 아닌가 라는 생각이 들었다.

비발디 <사계>

장인서

사계는 이탈리아인인 비발디가 지은 곡으로 제목에 맞게 봄, 여름, 가을, 겨울 부분으로 나누어져 있다. 초심자로서 가장 접하기 쉬운 클래식이 비발디의 “사계”가 아닐까 생각된다. 실제로 클래식 음악 중 가장 많은 음반을 판매하였다고 한다.

악장은 12개로 나뉘어 있다. 봄 부분은 1악장부터 3악장까지이고 여름 부분은 4악장부터 6악장까지, 가을은 7악장부터 9악장까지 그리고 겨울은 10악장부터 12악장까지로 분류된다. 각 계절에는 특색이 있다. 봄은 통통 튀는 듯한 느낌을 주고 밝고 경쾌한 느낌이다. 반대로 여름은 더위에 처지는 듯한 느낌을 주고 힘들다는 느낌을 들게 한다. 가을은 시원하다는 느낌을, 겨울은 춥고 메마른 듯한 느낌을 들게 해 준다. 각 악장의 특징으로는 봄의 1악장은 겨울이 끝나고 생명이 넘치는 봄이 온다는 느낌을 2악장에서는 한가하고 나른한 느낌을, 3악장에서는 경쾌한 느낌을 준다. 여름의 4악장에서는 더워서 지쳐버린 모습을, 5악장에서는 시원해지려고 하는 사람의 생각을, 6악장에서는 자연현상으로 인해 일어난 일들을 다룬 것처럼 느껴진다. 가을 7악장에서는 밝고 기쁜 감정을, 8악장에서는 편안한 느낌을, 가을 9악장에서는 여가를 즐기는 듯한 느낌을 받았다. 겨울 10악장에서는 날씨가 추워지면서 산과 들이 얼어붙는 듯한 느낌을, 11악장은 아늑하고 평화로운 집의 느낌을, 12악장은 춥지만 희망을 전달해주는 겨울을 느끼게 해준다. 이 곡은 주변에서도 쉽게 들을 수 있는 곡으로 음악의 느낌이 4번 달라지는 것이 특징이다.

음악을 통해 사계절을 표현할 수 있다는 점이 뜻깊었다. 또한 실제 계절처럼 한 계절 당 3개의 악장으로 나뉜 것 또한 재미있는 요소였다. 비발디가 표현한 사계절은 악장에서 다른 악장으로 넘어 갈 때 연결된 느낌이 부드러웠고 드보르자크의 신세계 교향곡이나 다른 클래식들과는 달리 한 번에 폭발하는 부분이 없지만 잔잔한 느낌의 음이 계속되면서 듣기 편하다. 다만 아쉬운 점은 강렬한 포인트 부분이 없다는 것과 비슷한 부분이 계속해서 반복되어 조금은 지루하기도 하였다.

클래식이라는 음악 장르가 익숙한 것은 아니다. 그러나 오랜 세월 동안 없어지지 않고 많은 사람들에게 전해져 내려왔다는 건 예술작품이 힘을 가졌단 것을 뜻한다. 잠깐 반짝 히트했다 사라지는 유행가가 아닌 오랜 동안 질리지 않고 사람들에게 사랑받는 음악인 클래식. 여러 번 반복해서 듣다 보면 나도 클래식과 더 친해질 듯하다.

Ⅲ. 세대를 가로지르는 대화적 비평광장

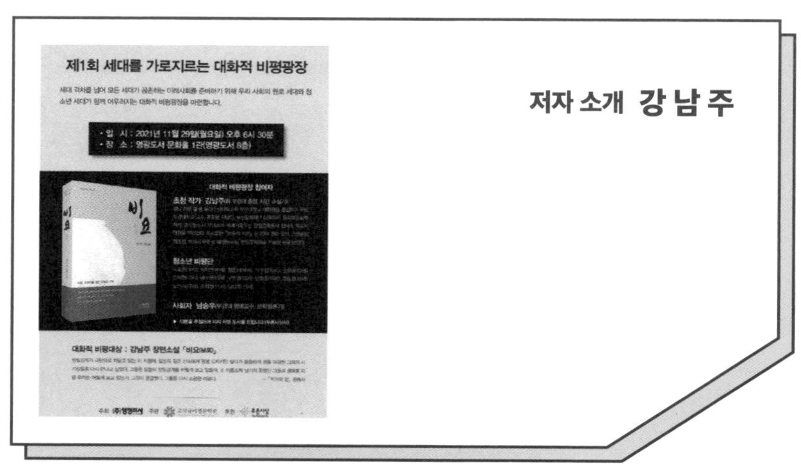

저자 소개 강남주

경남 하동 출생. 부산수산대(現 부경대)를 졸업하고 부산대 대학원에서 문학박사 학위를 받았다. 부산수산대 교수, 부경대 총장을 거쳐 부산문화재단 대표이사를 역임했으며 조선통신사 유네스코 세계기록유산 한일공동 등재 한국 측 학술위원장을 맡았다. [시문학] 추천이 완료되어 시인으로 활동했으며, 2013년 [문예연구] 신인 소설상에 당선되었다. 저서로는 『반응의 시론』 등 20여 권이 있다. 근정훈장 청조장, 부산시 문화상, 봉생문화상, 한일문화교류 기금상 등을 받았다.

강남주(지은이)의 말

역사는 과거의 사실을 기록한 것이라고 한다. 그러나 그 과거는 절대 과거가 아니다. 해석된 과거다. 그런 기록 속에 미시적인 참된 가치는 매몰되어 버리기도 한다. 현재의 역사는 그런 것들을 다시 조명한다. 그리고 해석의 연역적 방법을 발굴하기도 한다. 구름 속의 흐릿한 빛을 통해 읽었던 과거의 역사는 현재와 대화하면서 다시 빛을 발하기도 한다. 그러면서 미래에 편입된다. (중략)

한일관계가 극단으로 치닫고 있는 이 시점에, 일본의 깊은 산속에서 평생 도자기만 빚다가 쓸쓸하게 생을 마감한 그때의 사기장들을 다시 만나고 싶었다. 그들은 오늘의 한일관계를 어떻게 보고 있을까? 또 이름조차 남기지 못했던 그들의 생애를 지금 우리는 어떻게 보고 있는가? 그것이 궁금했다. 그들을 다시 소환한 이유다.

아이들, <비요>를 읽다

「비요」
강남주 (지은이) | 푸른사상

한 줄 소개

비요에 갇혀 역사속으로 사라진 조선 사기장들의 발자취를 찾아서

박우진

바야흐로 1592년 도요토미 히데요시는 대륙 정복의 야욕과 함께 조선을 침입하여 한반도를 쑥대밭으로 만들었다. 임진왜란을 둘러싼 명나라와 일본 간의 강화협상이 결렬된 후, 1597년에 정유재란이 터지면서 수많은 조선인들은 일본으로 납치되고 만다. 특히 조선 도공들을 납치하여 일본의 토기보다 훨씬 질 좋은 조선의 도공 기술을 약탈하고자 했다. 강남주 작가는 도자기를 굽는 비밀의 가마, 비요에 갇혀 평생 세상과 단절된 채 명품 도자기만 굽다가 역사 속으로 홀연히 사라져버린 조선 사기장들의 비극적인 서사를 이 소설집에 소환한다.

일본이 한창 조선을 침략하던 시절 하동에서 사는 주인공 삼룡이는 그저 평범한 사기장이었다. 그러나 갑작스럽게 들이닥친 일본군들과 그의 뒤를 따르던 순왜에 의해 삼룡이는 영문도 모른 채일본으로 끌려가게 된다. 열악한 뱃속 환경, 너무 적은 식량, 가혹한 순왜와 일본인까지 겹쳐 삼룡이가 일본에 가는 길은 지옥이 따로 없었다. 겨우 일본에 도착한 삼룡이는 일본에서 하룻밤을 자고 도자기를 만들 재료인 흙을 찾는 일을 처음으로 하게 된다. 그러나 아무것도 모르는 곳에서 흙 찾기는 여간 어려운 일이 아니었고 며칠간 계속된 조사작업과 이사 끝에 흙을 찾을 수 있었다.그렇게 산속에 가마를 짓고 삼룡이와 사기장들은 평생을 도자기만 만들다가 쓸쓸하게 생을 마감한다.

이 책에 나오는 삼룡이는 한 가족을 책임지던 가장이었다. 그러나 일본 사람들의 욕심 때문에 한순간에 가족을 잃고 평생을 일만하며 살아야 했다. 이러한 삼룡이의 삶은 너무나도 안쓰럽고 힘들어 보인다. 또한 이런 일을 저지르고도 죄책감 없이 평화로운 삶을 사는 일본인들의 태도에도 화가 난다. 자신의 이익을 위해 남의 인생을 망치고 한 나라의 문화를 훔쳐가는 것이 맞는 행동일까? 또한 조국을 배신하고 일본의 손을 잡은 순왜도 일본인 만큼 잘못한 행동을 했다는 생각이 든다. 만약 나였다면 앞장서서 우리나라의 문화를 지키고 일본에게 맞서 싸우진 않더라도 적어도 자신의 나라를 지키려고 노력하고 뒤에서 조국을 응원하는 행동을 했을 것이다. 지금 우리가 사는 사회는 이러한 점을 잊지 말고 과거의 실수를 반복하면 안된다.

한일 관계가 점점 더 고조되고 있는 상황 속에서 일본은 과거 우리나라에 저질렀던 만행을 덮으려 하고 있다. 이러한 상황에서 우리는 계속해서 이러한 일에 관심을 가지고 사실을 널리 알려야 한다. 우리가 지금 한일 관계에서 해야할 일은 일본의 정식적인 사과를 받아 일본 때문에 억울하게 돌아가신 조상님들의 한을 풀어주는 것이고 그 후 일본과의 완만한 관계를 유지시켜 더 발전해야 하는 것이다. 그러기 위해서는 우리가 더 많이 공부해서 일본에 대한 지식을 쌓고 이런 책과 비슷한 내용의 책을 많이 읽어야 할 것이다. 〈비요〉를 통해 내 삶과 우리나라의 역사를 다시 한번 새롭게 고쳐 세우게 되었다.

• • •

장인서

이 책은 정유재란으로 인해 사기장인 박삼룡이 일본으로 끌려가면서 생기는 일, 그리고 일본에 도착해서 생기는 일 등을 다루는 책이다. 이 책을 중반 정도 읽었을 때 왜 하필 잡혀간 사기장들의 이야기일까? 정유재란 당시라면 다른 이야깃거리도 많지 않나? 라는 생각이 들면서 작가님과의 인터뷰 때 한번 여쭈어 보아야겠다고 생각했다.

비요는 사기골의 박삼룡의 시점으로 시작된다. 박삼룡은 여느 날과 다를 것 없이 가마를 정비하고 있었는데 어느 순간 순왜와 왜병들이 들이닥쳐 박삼룡을 잡아 진제포로 끌고 간다. 그곳에서 다른 서기장들과 함께 선진 왜성으로 끌려가 구출될 날을 기다린다. 하지만 풍신수길(도요토미 히데요시)이 죽었다는 소식을 들은 왜군들은 사기장들과 함께 일본으로 후퇴하게 된다. 그러나 고니시 유키나가라는 장군이 이순신으로 인해 오도가도 못하는 상황이 되자 다른 곳의 왜장들에게 도움을 요청하게 된다. 한편 이순신은 명나라 수군 도독인 진린과 함께 노량에서의 전투를 준비하게 되고 전투는 시작하게 된다.

이순신은 전투 도중 진린의 함선을 구해주고 예전에 진린에게 받았던 빚을 갚게 된다. 전투가 한창일 때 이순신은 적들을 몰아붙이다가 총탄을 맞고 숨을 거두게 된다. 고니시는 이틈을 타 도주했고 사기장들을 태운 배들 또한 일본의 쓰시마 섬에 도착하게 된다. 쓰시마섬에 도착했던 사기장들은 다시 순왜의 안내를 받으면서 이키섬으로 향하는 배에 몸을 실었다. 그러나 이키섬에 도착한 후 사기장들은 무슨 일인지 노예상에게 끌려가 유럽으로 갈 뻔했지만 다행히도 나베시마 영주의 명을 받고 온 순왜 김하룡은 삼룡이와 다른 사기장들을 데리고 나베시마 영주의 땅으로 가게 된다. 그곳에서는 영주가 사기장들을 잘 돌보라는 지시가 떨어져 있었기 때문에 순왜는 사기장들을 잘 대해 주었다. 자신이 조선에서 했던 일들을 물어본 후에 순왜는 영주의 지시로 도자기를 구울 만한 흙을 찾으러 산으로 향한다.

그곳에서 또다른 사기장들과 순왜인 이상병을 만나고 김하룡과 이상병은 과거 사기장이었다는 사실이 밝혀진다. 숲속으로 들어가 한참동안 흙을 찾지만 결국 찾지 못하고 많은 시간이 흐르게 된다. 결국 영주의 심복인 다쿠 장군은 김하룡이 데리고 온 사기장들과 함께 말의 편자와 비슷한 오카와치야마에 가마단지를 조성하라는 명령을 내리게 되고 사기장들은 움집을 짓고 가마를 만들며 서서히 정착할 준비를 마무리하게 된다. 그러나 흙을 찾는 일은 진전이 보이지 않고 다른 지역의 흙을 가지고 오는 방안까지 논의하게 된다. 그러던 차에 이마리 산속의 석면 전체가 도자기를 만들 흙이라는 소식이 들려오게 되고 오카와치야마와 또다른 가마인 아리타에서는 도자기를 생산하게 된다.

그러나 아리타와는 다르게 오카와치야마는 수도로 진상하는 진상품이었기 때문에 많은 양의 도자기들이 아직 오카와치야마의 창고안에 잠들어 있었다. 하지만 이 도자기들은 수출되기 시작했고 오카와치야마의 창고 속에 숨겨져 있던 도자기들은 세상 빛을 보게 된다. 그 사이 나베시마 영주가 세상을 떠나고 그의 아들이 영주가 된다. 다쿠는 주군의 꿈을 그가 죽고 난 후에라도 이루었고 오카와치야마와 아리타에는 도자기를 배우고 싶은 제자들이 생겼고 상급 사기장들은 새로운 인물들로 채워져 나갔다. 삼룡이는 상급사기장이 되어 장인의 반열에 올랐고 김하룡과 같이 끌려온 사기장들 또한 장인으로 대접받았다. 그러나 사기장들은 세월이 지남에 따라 하나둘씩 늙거나 죽어갔다. 박삼룡 또한 생을 마감하게 되는데 야마카나라는 무명도공의 묘에 묻히게 된다. 조선 도공들의 묘가 하나 둘씩 모여 피라미드 형태를 띄게 되고 묘비에는 신경을 써주어 봤 자 도공이라 적힌 글귀만이 존재했다.

앞선 줄거리로도 알 수 있듯이 이 책은 정유재란 당시 일본으로 끌려간 도공들에 관한 이야기이다. 내가 이 책을 알게 된 것도 역사를 좋아하는 친구의 추천으로 알게 된 만큼 역사를 좋아하는 사람들에게 추천할 만한 책이다. 사실 처음에는 책이 두꺼워 조금 겁을 먹었던 것 같다. 그래서 이 책을 받고 얼마 동안은 책을 아예 안 보았는데 친구가 이걸 왜 안 읽냐 라는 말에 읽게 되었다. 사실 처음 읽었을 때에는 이해도 잘 안 되고 머리가 어지러웠다. 그러나 두번째 읽자 이해가 되더니 세번째 읽었을 때에는 왠만한 내용을 외울 정도로 몰입해서 읽었다. 역사를 좋아하기 때문일 수도 있지만 내용자체가 좋았기에 더욱 인상깊은 책이었다. 우리 조상들의 불행했던 역사를 이제는 반복하지 않아야 한다는 다짐이 마음에 용솟음쳤다.

• • •

최지안

'비요'는 강남주 작가님의 두번째 장편소설이다. 그의 첫번째 장편소설인 '유마도'와 '비요' 모두를 읽고난 후 작가님이 한일문화교류에 얼마나 많은 관심을 기울이고 공부를 하신지 알 수 있었다. 작가님의 그러한 관심과 노력으로 책 '비요'는 무려 4년에 걸쳐 준비되었다고 한다. 이렇게 오랜 시간에 걸쳐 만들어진 '비요'는 어떤 이야기를 담고있을지, 나의 호기심을 자극했다.

장편소설 '비요'는 정유재란 당시 일본 산속에 갇혀 세상과 단절된 채 도자기만을 굽다 세상을 떠난 조선 사기장들의 비극적 서사를 풀어낸 소설이다. 이 이야기 속 주인공인 박삼룡을 따라가면서 나는 정유재란 당시 일어난 처참하고 비극적인 일들을 간접적으로 알 수 있었다. 수많은 조선인과 사기장들이 포로로 일본에 잡혀가던 당시, 사기장이었던 주인공 박삼룡 또한 한 밤중에 순왜와 왜군들에 의해 끌려가게 되었다. 소설 속 나를 놀라게 했던 장면 중 하나는 바로 순왜의 존재였다. 여기서 순왜는 왜란 당시에 조선인으로서 일본에 협력하고 부역한 자들을 말한다. 소설속 순왜의 존재는 이후의 친일파들을 떠올리게 하며 전쟁이 일어나는 어디에서든 자신의 이익만을 위해 행동하는 자들이 존재할 것이라는 안타까운 생각을 들게 했다. 소설 속에서는 주인공 박삼룡이 일본에 끌려가는 과정을 아주 구체적이고 길게 보여준다. 그가 끌려가는 과정은 아주 처참했다. 밧줄에 묶여 하루 한 끼도 제대로 먹지 못한 채 왜군과 순왜들에게 끌려가는 하루가 반복되었다. 그동안 박삼룡은 지칠대로 지쳤지만 순왜들의 재촉에 걸음을 멈추어 쉴 수 없었다. 이장면이 마치 정유재란의 처참하고 비극적인 현실을 독자들에게 알려주려는 것 같았다.

나는 강남주 작가님의 비요를 중심으로 한 인문학 강연을 들을 수 있었다. 작가님께서는 '비요'를 읽으면서 전쟁이 우리에게 어떤 의미가 있는지, 전쟁과 역사는 무엇인지, 전쟁이 우리에게 주는 교훈은 무엇인지 생각하고 고민하라 하셨다. 강연을 들은 후 나는 비요에 대해서 한번 더 깊이 생각하게 되었다. '비요' 속 정유재란과 임진왜란은 우리에게 전쟁의 고통과 슬픔을 잊지 않고 다시는 그러한 전쟁을 반복하여선 안됨을, 전쟁에 의한 수많은 사람들의 희생이 얼마나 감사한 것인지를 전하는 것 같았다. 작가님께서는 또한 예전의 한일관계와 현재의 한일관계에는 변화가 없다고 하셨다. 과거 일본과 한국, 양국간의 치열했던 전쟁은 오늘날의 사람들에게도 큰 영향을 주어 여전히 좋지 않은 관계가 유지되고 있다. 이러한 역사적 사실이 우리에게 무엇을 가져다주는지 생각하며 작가님은 비요를 쓰셨다.

강남주 작가님께선 한일관계가 극단으로 치닫는 현재, 일본의 깊은 산속에서 평생을 도자기만 빚으며 보낸 그때의 사기장들은 오늘의 한일관계를 어떻게 볼지, 또한 우리는 그들의 생애를 어떻게 보는지, 그것이 이 책을 쓰신 이유라 하셨다. 나는 작가님의 말을 들은 후, 한 고민이 생겼다. 작가님의 말씀대로 우리는 그들의 일을, 과거의 역사를 어떻게 보아야하는지이다. 역사 그대로만을 받아들여야하는지, 역사를 보는 올바른 방법은 무엇인지, 앞으로 풀어가야 할 큰 숙제를 받은 것만 같았다.

• • •

노효준

일본과 대한민국의 관계는 바로 잡기 힘들어보이는 상태까지 왔지만 여전히 양국 간의 관계 회복을 위해 애쓰시는 분들이 계신다. 과거 일본과 문화교류를 목적으로한 조선 통신사 활동을 기리고 일본과 거리를 두며 서로를 멸시하기 보다는 서로를 알아가며 설령 좋은 관계가 되지 못하더라도 서로가 서로를 아는 관계를 지향해야한다는 생각을 가지신 강남주 작가님이 그 대표적인 인물 중 하나이시다. 그래서 작가님의 '비요'라는 조선 사기장들의 비극적 서사시를 읽고 대화적 비평광장에 참여했다.

처음이라 긴장했지만 준비했던 질문을 작가님께 여쭙고 그에 작가님이 처음 들으시는 질문이라곤믿기지 않는 답변을 해주셔서 놀랐던 기억이 있다. 하지만 작가님께 추가로 여쭙고 싶은 부분들을 잘 정리해서 말씀드리지 못했던 점이 아쉽기도 하다. 그 중에서도 가장 아쉬운 점은 책 안에서 사용된 "공동체"란 단어의 의미에 대해 질문한 것이다.

공동체는 사람들이 모여 하나의 유기체적 조직을 이루고 목표나 삶을 공유하는 것이라고 생각했다. 하지만 작가님께서는 어느 날 조선의 사기장들이 하루아침에 가족들과 생이별을 하여 왜놈과 순왜들에게 끌려가 일본에서 최고 품질의 도자기를 생산할 것을 강요받는 비요를 "공동체"라고 표현하신 듯 하여 질문을 드렸다. 이에 작가님께서는 그냥 사람들이 모여서 공동체라고 표현하셨고, 별 다른 의미는 없이 적으셨다고 하셨고 사회를 봐주신 남송우 교수님께서는 평등과 공존이 중요시되는 요즘세대들이 생각하는 공동체와 비교적 평등과 공존이 중요시되기 어려웠던 과거 세대들이 생각하는 공동체라는 단어의 정의가 달라서 의문이 생긴 것이라고 말씀해주셨다.

질문을 드리는 과정에서 아쉬운 점은 있었지만 구 세대와 현 세대의 생각을 공유하고 청소년과 오피니언 리더들이 함께하는 대화적 비평광장에서 볼 수 있는 최고의 현상이 그 자리에서 일어났다고 생각했다. '비요'라는 책의 공간 안에서 저자분과 직접 교류하며 생각을 나눌 수 있고 의문을 제기할 수 있었던 것은 큰 행운이였다.

또한 책에 등장하는 사기장이 아닌 순왜들에 대해서도 궁금했다. 이들은 초반에는 조선의 사기장들을 함부로 대하고 조선의 피가 흐른다곤 믿을 수 없을 만큼의 반민족적인 행동을 보이지만 후반에 가면 갈수록 긍정적인 이미지로 표현되는 듯 보였다. 특히 김하룡이라는 인물은 다른 순왜들과는 비교적 조선 사람에게 잘 대해주는 인물이다. 모든 순왜들을 똑같은 특성의 캐릭터로 묘사하지 않으신 점이 의아하였지만 작가님께서는 사람마다 다른 성향을 가지고 순왜들 또한 자의적인 것이 아닌 타인의 의지에 의해, 혹은 외부의 압박에 의해 순왜의 역할을 하는 사람들이 있다고 말씀하셨다.

295페이지의 내용을 추려보자면 이순신의 활약 덕분에 끝낸 왜군과의 전쟁이 막을 내리고, 왜군들은 후퇴하는 도중에도 포로인 사기장들을 일본에 데려간다. 그들은 쓰시마로 향했고 여전한 순왜들의 부적절한 대우에 포로들의 생활은 더욱더 힘들어졌다. 그 후, 그들은 쓰시마에서 이키에 도착했고 호명된 일부 사기장만 이제 편해질 것이라는 순왜들의 말을 들으며 히라도 항구에 도착했다. 하지만 그들은 밧줄에 묶여 노예상에 넘겨질 준비를 하고 있었다. 그 순간 그들이 다시 영주의 영지에서 사기를 만들어야한다는 지시를 받고 이마리로 떠났다. 그리고 순왜 김하룡의 지시하에 사기를 만들 흙과 나무를 찾으러 산으로 갔고 영주에 의해 나쁘지 않은 대우를 받았다. 영주 나베시마 나오시게는 아리타, 이마리 지역을 도자기의 지역으로 만들기 위함이였다. 결국 사기장들 덕분에 오카와치야마는 일본 제일의 가마단지가 되었다. 오카와치야마의 깊은 산속에 최고 도자기 장인들이 모여있는 곳을 '비요'라고 불렀다. 하지만 조선의 사기장들은 자신들의 가족의 생사도 모른 채 도자기를 빚다 쓸쓸한 죽음을 맞이한다.

역사적 배경을 바탕으로 지어진 이 소설을 읽고 많은 생각이 들었다. 공동체의 확장된 의미, 한 인물의 다면적 특성들에 대해 고민해 볼 수 있는 시간이었다. 결국 스스로에게 너는 역사의 질곡 속에 있게 될 때, 어떻게 살아갈 것인가를 질문하고 있었다.

"제 1회 세대를 가로지르는 대화적 비평 광장"
그 현장 속으로

<창작 동기>

Q. 방금 전 질문과 관련해서 좀 더 구체적으로 여쭙고 싶습니다. 이 책은 역사책이 아니라 소설책입니다. 당연히 작가 선생님이 가상으로 만든 얘기들이 많이 포함되어 있을 것이라고 생각합니다. 저희들과 같은 청소년들은 솔직히 역사에 대한 지식도 부족하고, 만들어진 인물들이 실제 인물은 아니더라도 어디까지가 사실인지 허구인지 구별하기가 힘듭니다. 이 소설의 등장인물은 가공의 인물입니까 아니면 모델이 된 실존인물이 존재하는지 알려주십시오.

강남주 작가: 대단히 예리한 질문이네요. 소설론을 언급해야 할 정도로 굉장히 심도 있는 질문이라고 생각이 되는데 역사소설은 무엇보다도 역사적인 사실을 바탕으로 하는 겁니다. 이 소설도 역사적인 사실을 바탕으로 해서 쓴 것은 틀림없습니다. 그러나 등장하는 박삼룡이라는 사람이 실제 인물이냐 아니냐 하는 것은 사실은 어떤 의미에선 중요하지 않을 지도 모릅니다. 하지만 소설 속 상황에서 "이런 인물이 탄생한다."란 측면에서 의미가 있습니다.

소설 속 주인공은 작가의 눈에 의해서 만들어내는 겁니다. 박삼룡이라는 인물도 그렇게 해석을 하면 좋겠습니다. 그리고 이 소설이 역사책이냐 물으신다면 전혀 아니라고 대답하고 싶습니다. 그러나 역사적 사실을 100% 바탕으로 하여 쓴 허구의 이야기라고 보시면 됩니다. 이상입니다.

<등장인물에 대하여>

Q. 등장인물에 대한 질문을 이어가겠습니다. 임진왜란 때 조선에 있는 많은 도공들이 왜군에 의해 납치되어 일본으로 끌려갔다고 들었습니다. 책 속의 주인공인 박삼룡은 경남 하동현 진교 백련리에 살고 있는 자로 묘사가 되는데요. 다른 지역에도 도공이 많았을텐데 왜 하필 하동에 살고 있는 도공을 주인공으로 선택하셨는지요?

강남주 작가: 사실 임진왜란과 정유재란때는 전국 곳곳에 도공들이 다 잡혀갔습니다. 소설 속에 그 모든 사람들을 다 넣을 순 없습니다. 한 케이스를 잡아서 스토리를 진행해야 하는데 그 케이스가 하동에 사는 인물입니다. 실제로 이 지역에서 박삼룡이라는 사람을

찾아가서 호적을 찾으면 그런 사람은 없습니다. 그러나 직접 현장 답사를 가 봤을 때 여기서부터 배가 출발해서 삼룡이가 잡혀서 가는 길까지도 상상을 하면서 쭉 걸어봤습니다. 그 결과 지리적으로도 정확하고 상상하기 쉬운 하동으로 선택하게 되었습니다. 사실 하동은 저의 고향이기도 합니다. 이 정도로 대답을 해 드릴 수 있겠네요.

Q. 책 속에는 도공들을 납치하는 데 앞장선 조선인들이 등장합니다. 왜국의 앞잡이 노릇을 하는 나쁜 조선인들을 순왜하고 부르던데, 저는 특히 이 부분에서 마음이 많이 아팠습니다. 어떻게 왜군의 앞장이가 되어 같은 민족, 동포들을 잡아가는 데 앞장설 수가 있습니까? 정말! 반드시 벌을 받아야 합니다. 그런데 이들은 벌을 받기는커녕, 최소한 반성하고 뉘우치는 장면도 없는 것으로 알고 있습니다. 조선 포로에게 조금 나쁜 순왜, 많이 나쁜 순왜, 조선포로에게 잘해주는 순왜… 이런 식으로만 순왜가 묘사되어 있는 것처럼 느껴졌습니다. 작가님은 일제 강점기에 태어나셨기에 어린 시절에 대한 기억도 있으실텐데 일본 앞잡이인 순왜를 이렇게 묘사하신 이유가 궁금합니다. 말씀해 주십시오.

강남주 작가: 사람을 당황스럽게 하는 강력한 질문이네요. (웃음) 순왜가 등장한 그 시대의 상황을 이 인물이 대표하는 겁니다. 사람은 어느 경우든지 살아남고자 하는 생존본능이 있습니다. 만약 이 사람이 일본에 고개를 숙이고 시키는 대로 하지 않는다면 이 사람은 죽는 겁니다. 죽느냐 사느냐의 기로에서 삶을 택하는 것은 인간의 본성입니다. 물론 순왜의 행동을 정당화할 수는 없습니다. 그래서 전쟁이라는 게 비극이고 인간이 저질러서는 안 되는 범죄인 것입니다.

순왜는 순순히 일본에게 순종했기 때문에 순왜이고 책 속에서 악행을 저질렀습니다. 이 인물을 통해서 전쟁의 비극이 무엇인가를 확실히 보여주겠다란 의도를 가지고 글을 썼을 수도 있고 아닐 수도 있습니다. 그러나 독자가 이렇게 받아들였다면 성공적이라고 생각합니다.

Q. 주인공 삼룡이는 일본에 끌려가면서 매우 혹독한 고생을 하는데, 그때의 상황을 상상하는 것만으로도 힘이 들었습니다. 전쟁 때 포로가 되어 끌려간 사람들을 조선피로인이라고 한다는 것을 이번에 배웠습니다. 얼마나 많은 조선인들이 일본에 끌려갔는지 실제 통계가 있습니까?

강남주 작가: 실제 통계는 없습니다. 정확한 자료는 제가 찾아본 범위 내에서는 없습니다. "수십 명 혹은 수백명이 끌려갔다." 이런 기록뿐입니다. 그런데 남해안 일대의 소설에 나오지만 정유재란이 있기 전에 일본이 준비한 재침략을 위한 기지로서의 성이 30개 정도 있었습니다. 그 성마다 사기장, 즉 이 소설 속 도공과 같은 인물이 전국 곳곳에서 끌려왔습니다. 그렇기에 삼룡은 하동에서 끌려왔지만 "이삼팽"이라는 또 다른 인물은 김해 사람이라는 설도 있고 남원에서 잡혀왔다는 설도 있습니다. 그때 잡혀온 사기장이 누구냐에 대한 기록은 없습니다.

소설 속에는 가마를 새로 만든 장군들이 몇 등장하는데 이러한 가마는 거의 조선의 사기장들이 만든 겁니다. 임진왜란 이후 일본에 도자기들이 얼마나 많이 새로 생겼고, 사기장들이 얼마나 많이 잡혀

갔는지는 통계는 없습니다. 그러나 상당히 많은 수의 사기장이 잡혀 갔다고 이해하면 될 듯 합니다.

Q. 주인공 삼룡이 선진리 왜성에 잡혀 있을 때나 쓰시마, 이키를 거쳐 나흘 만에 도착한 규수의 서북단 요부코라는 작은 항구에 올 때까지 집에 두고 온 자신의 부인과 아이들에 대한 걱정이나 생각은 작품에 자세하게 나타나지 않고 있습니다. 그저 〈집 걱정 〉 정도로 표현하고 있습니다. 왜군에 붙들려 어떻게 될지 알 수 없는 상황에서 두고 온 가족들에 대한 생각만을 붙들고 살 수는 없었겠지만 그래도 아버지로서의 안타까움은 있지 않았겠습니까? 이를 상세하게 표현해주었으면 삼룡의 내면적 고통이 더 짙게 드러날 수도 있지 않았을까 하는 생각이 들었습니다. 이런 감정들을 내용에서 의도적으로 빼신 것인지, 만약 그렇다면 이유가 뭔지 궁금합니다.

강남주 작가: (웃음) 저 또한 고민을 많이 하였습니다. 어떤 분은 소설을 읽고 난 후 저에게 "왜 사기장들은 잡혀가면서 반란을 일으키지 않았느냐. 천막 속에서 들어갔을 때 항의를 하면 되는데 왜 안 했느냐." 이런 질문을 하기도 하셨습니다. 이 질문을 듣고 '그럴 수도 있겠다.' 란 생각을 했습니다. 책을 보면 사기장이 칡넝쿨에 목을 매서 죽는 장면이 나옵니다. 이 죽는 장면에서 그것을 엎을까 고민하다가 얘기가 복잡해질 듯하여 설정을 추가하지 않았습니다.

또한 삼룡이 이야기도 달 항아리를 만들 때까지만 해도 가족 생각을 합니다. 하지만 생각 이외에 자신이 할 수 있는 것은 없었습니다. 그래서 중간중간 가족을 생각하는 것만으로도 박삼룡의 인간미를 잘 그려내고 있구나 생각을 했는데 학생의 질문을 듣고 나니 아쉽다는 생각도 듭니다. 질문 고맙습니다. (웃음)

Q. 폭력적이고 비열한 다른 순왜와 달리 유독 김하룡은 조선 사람들을 잘 대해주는 인물로 그리셨는데, 이런 차별성을 두고 인물을 만들어낸 이유가 있으신지요?

강남주 작가: 사람은 한 가지 성격의 사람만 있는게 아니고 여러 성격의 사람이 있습니다. 삼룡이를 잡아가던 순왜는 그야말로 악질입니다. 왜놈들과는 맛있는 걸 먹으면서 한 쪽 구석에 삼룡이를 앉혀놓고 삼룡이는 거들떠보지도 않는다든지. 이런 순왜도 있습니다. 그런 순왜가 처음부터 끝까지 이 소설을 이끌어간다면 순왜의 인간성을 너무 단편화시키는 것 같다는 생각이 들었습니다. 그래서 순왜 중에서도 어느 정도는 표독스럽지 않은 순왜도 한 명 등장 시켜야겠다 생각했습니다.

실제로 정유재란 당시 포로를 잡아가면서도 가슴 아파했던 인물도 있었을 겁니다. 그렇기에 책에 등장하는 김하룡은 순종적이고 표독스럽지 않은 타입의 사람으로 소설에 등장시켰습니다.

Q. 이 질문과 관련해서 하나 더 질문을 드리고 싶습니다. 책을 읽으면서 일본인보다 더 악랄하게 조선인들을 괴롭히던 순왜가 내용이 전개될수록 부정적인 이미지보다 긍정적인 이미지로 세탁되는 것 같다는 느낌을 받았는데요. 작가님은 순왜를 왜 이런 이미지로 그리셨는지 궁금합니다. 특별히 작가님의 역사관과도 관련이 있는지에 대해서도 여쭙고 싶습니다.

강남주 작가: 등장인물의 성격이 천편일률적인 것보다는 인물의

다양한 면을 보여주고 독자들의 인식이 어느 정도 정해졌을 때 그렇지 않은 인물을 등장시키는 것이 더 효과적인 것이 아닐까 생각했습니다. 처음부터 이것을 의도하고 쓰지는 않았고 책을 쓰면서 처음에는 김하룡도 상당히 악질로 나오다가 나중에 '대비되는 인물도 필요하겠다.' 싶어 바꾼 것입니다.

Q. 하라도 항구에 도착해서 소위 노예창고에 감금되어 있을 때, 많은 사기장들이 포르투갈이나 네델란드 노예상으로 넘겨져 유럽으로 향하는 배에 실렸다는 기록을 읽었습니다. 혹시 유럽으로 팔려간 사기장들의 기록이나 이후 이야기가 전해지는 바가 있는지 궁금합니다.

강남주 작가: 사기장들이 유럽으로 가서 살았던 기록은 많지 않습니다. 그러나 이태리에서 한국 조선옷을 입은 신부가 등장한 일은 있습니다. 이것은 그림에 등장하는 인물인데 그림을 보고 '조선사람이다.' 그리고 그 사람이 사기장이었는지 포로인지는 알 수 없습니다. 다만 끌려가던 그 사람을 카톨릭 신부가 보고 처량해보여 돈으로 사서 해방시켜주었고 그 사람은 이 영향으로 이태리에서 카톨릭 신자가 되었다는 얘기도 있습니다. 제가 조사한 바로는 거기서 잡혀갔던 사람들이 어떻게 살았는지는 알 수 없었으며 저는 그러한 기록을 찾을 수 없었습니다. 혹시 나중에라도 발견되면 기록으로 남겨주세요. (웃음)

Q. 책을 읽으면서 궁금한 점이 많았는데, 직접 뵙고 질문을 드릴 수 있어서 기쁩니다. 저는 나베시마 영주의 영지에서 지낸 사기장들

의 삶을 작가님은 너무 미화하고 계신 게 아닌가 하는 생각이 들었습니다. 실재 포로로 잡혀간 사람들이고, 최고의 도자기를 만들기 위해 영주한테 이용당하는 사람들인데, 책 속에서는 보호란 표현을 쓰고 계셔서.. 이런 저의 생각에 대해 작가님의 입장이 듣고 싶습니다.

강남주 작가: 사기장들이 미화되고 있다는 말인거죠? 이 부분은 제가 동의하기 어렵습니다. 사기장이 얼마나 척박한 환경에서 내팽겨진 인생으로 살았느냐. 저는 그 부분에 역정을 두고 썼습니다. 그들이 끌려간 곳은 도자기를 굽기 위한 흙 하나도 발견할 수 없는 곳이었습니다. 흙이 없는 상태에서 도자기를 굽도록 강요당하는 것은 얼마나 잔혹한 일인가. 이 산 속에서 흙을 찾고 다른 사람들과 섞여서 흙을 찾으며 상당히 많은 고초를 겪습니다.

책을 보면 이런 장면도 나옵니다. 산을 돌다가 돌다가 산 속에 잡초만 우거진 곳에 길이 생기는 장면입니다. 이것은 아마 독자들이 그것을 어떻게 받아들일지는 모르지만 삶이라는 것도 척박함 속에서 계속 가다보면 삶이 살아갈 수 있는 길이 생기지도 않겠느냐 라는 의미였습니다. 이것은 중국 작가의 〈고양이〉라는 작품의 뒷 부분을 보면 "본래는 길이 없지만 사람이 다니면서 길이 생긴다." 란 대목이 나옵니다. 이 소설속에서도 "길이 없었지만 살아 가다 보면 길이 생긴다."란 의미를 담고 싶었습니다. 그렇기에 척박한 환경 속에서 살아가는 사람을 표현하고자 했던 것입니다.

진행자: 혹시 추가질문 있을까요? 네, 노효준 학생.

노효준: 저도 작가님이 말씀하시는 사기장들의 삶이 척박했다는 것에는 동의합니다. 그러나 책 속에 등장하는 "보호되었다." 란 대목에 의문이 생겨 다시 질문드립니다.

강남주 작가: '보호되었다.' 란 말을 어떻게 해석하는지는 모르지만 사기장들은 보호를 하지 않으면 안 됩니다. 사기장들은 그릇을 굽는데 꼭 필요한 사람들입니다. 포로이고 미천하고 일밖에 모르는 사람이지만 그 사람들을 팽개칠 수는 없는 것이 잡아갈 때부터의 목적입니다. 그리고 거기서 나오는 상급 사기장 7명은 특별 대우를 받았습니다. 사기장을 잡아가서 이런 대우를 했다는 것은 방금 질문과 아주 상충되는 얘기입니다. 필요에 의해서 그 사람들을 관리하고 보호할 수밖에 없었지만 실질적으로 그 사람들이 만족하는 삶, 행복한 삶이라는 것은 포로인 이상 있을 수 없다는 것의 양면성을 의미한 것입니다.

Q. 나베시마 영주의 배려로 그의 영지인 이마리에 도착해서 사기장들은 먼저 산으로 가 도자기를 구울 흙부터 찾기 시작하는데, 책 속에도 이 부분이 상세하게 설명되어 있었습니다. 이 작품을 쓰기 위해 도자기에 대한 공부를 하신 것 같은데, 어떤 방식으로 얼마나 도자기에 대한 공부를 하셨는지 알고 싶습니다.

강남주 작가: 사실 저는 이 소설을 쓰기 전에 도자기를 굽는 가마에도 한번 가 본 적이 없습니다. 이 정도로 관심이 없었기에 도자기를 어떻게 굽느냐 하는 것은 모르는 게 당연했습니다. 그리고 가마에 대해서도 제가 아는 지식은 이 소설 처음에 현장에 가 보고 아직도 남아있는 오름가마 혹은 비탈가마를 자세히 살펴본 적이 있습니다. 또한 불구멍이 하나만 있는 그런 가마도 도자기를 굽는 곳에 가서 보고 하나씩 배우며 도자기에 대한 책을 찾기 시작했습니다. 문헌, 자료, 도자기를 굽는 사람들의 체험단을 모두 다 찾아봤습니니

다. 도자기를 굽는데 용어들도 다 비슷해 보였기에 그러한 용어를 익히기 위해 상당히 많은 공부를 하였습니다.

Q. 책을 읽으면서 궁금했던 부분이, 역사적 사실인지 아니면 허구인지 헷갈리는 부분이 있었습니다. 나베시마 영주의 명을 받아 다쿠가 오카와치야마 가마단지를 조성할 때, 조선에서 잡아와 영지에 보호하고 있던 조선 최고 기술의 사기장 일곱 명에다가 또 다른 여러 명의 사기장이 있었다고 책 속에는 적혀 있었습니다. 187페이지인 것으로 기억하고 있습니다. 책에 나오는 최고의 사기장 일곱 명은 누구인지.. 실제 인물이라면 더 궁금합니다. 알려주세요.

강남주 작가: 이 질문은 아까도 비슷한 얘기를 한 것 같은데 책에 나오는 인물은 실존 인물을 그대로 묘사한 것은 아닙니다. 책에서 보면 임금님의 수라상에 그릇을 굽는 사기장이 나오죠? 임금님의 수라상에 올리는 사기를 굽는 사람은 보통 사기장은 아닙니다. 그런데 이런 사기장도 그때는 궁중에서 보호해야 하는데 전쟁의 상황 속에서 전혀 보호를 받지 못했습니다. 이런 인물도 잡혀올 수 있다는 것을 보여주고 싶었습니다.

그 당시 조선 사회에서 그릇 굽는 사람 중에서는 최고의 지위였으나 당시와 같은 상황에선 그런 사람도 잡혀올 수 있고, 포로가 된 후에도 조선사람의 정신을 잊어버리지 않고 끝까지 지켜나갑니다. 소설 속에서 보면 가마를 굽기 시작할 때 다른 사기장에게 "이런 정신을 갖고 하자"란 말을 수 차례 하지요. 이런 사람들은 비록 잡혀왔지만 조선 정신을 그대로 지키면서 살아가는 한 전형을 만든 한 인물일 뿐입니다.

Q. 저는 엄마, 아빠, 형제가 있는 평범한 가정에서 자라서 그런지 결혼하고 가정을 꾸리는 것을 당연하게 생각하는 부분이 있습니다. 그런데 주인공 박삼룡은 일본에 끌려가 살긴 했지만 사기장으로 자리를 잡으면서 결혼을 다시 할 수도 있었는데, 굳이 죽을 때까지 혼자 사는 인물로 만드실 필요가 있으셨나요? 원래 비극적인 인물인데, 더 가여운 느낌으로 묘사하시고 싶으셔서 그려셨는지… 궁금합니다.

강남주 작가: 참 잔인한 소리를 제가 듣기도 했습니다. 그런데 크게 나누어서 지금 이 시기에 도자기 가마가 참 많았습니다. 그 근처에 미카와치란 곳도 조선 사기장들이 끌려가 산비탈에서 무리를 이루고 살았습니다. 몇 개의 가마들이 있는 곳에 끌려갔던 사람 중 드물게는 부부가 함께 잡혀간 사람들도 있습니다. 그리고 아리타란 지역에는 시중에서 가마를 굽고 팔기도 하였습니다. 그렇기 때문에 자연히 일본인들을 상대할 기회가 있었고 결혼도 할 수 있었습니다.

그런데 현장에 직접 가보면 완전 말발굽으로 되어 있습니다. 뒤에는 바위로 된 높은 산이 있는 천혜의 절벽입니다. 오른쪽, 왼쪽에는 숲이 있고 쭉 아래로만 길이 터 있습니다. 그 길만 막으면 아무도 왕래를 할 수 없습니다. 삼룡이 일행은 이곳에서만 살고 결혼을 못합니다. 노예처럼 그릇만 굽고 살아야하기에 어떤 이는 "삼룡이에게 로맨스적인 설정을 부여하면 안 되느냐"고 질문을 하기도 했습니다. 그러나 그때의 상황 속에서 오로지 그릇만 굽게 하는 것을 강요하기 위해서는 가정을 이루고 가정 생각을 하게 하면 안 되겠고, 특히 삼룡이는 책을 보면 가을이면 낙엽이 지고 겨울이면 눈이 오고 애들이 마당에서 노는 것을 보며 한 여인이 바라보는 장면이 나옵니다. 이 장면은 삼룡이가 고향을 그리워한다는 것을 표현하기 위해 그 풍경의 한 폭을 집어넣은 것입니다. 그렇게 살았기에 그 곳에서 가정을 이룰 수 없었고 실제로 가정을 이뤘다는 흔적이나 기록도 없습니다. 그렇기에 조선 사기장의 후손과 자료가 없는 것입니다. 작가로서 소설적 측면에서 아쉽고, 어쩔 수 없었다는 말씀을 드리고 싶습니다.

Q. 이름없이 사라진 사기장들의 삶을 너무 추상적으로 묘사하신 건 아닌지.. 좀 더 구체적으로 죽음의 과정이나 조선에 남겨진 가족들에 대한 걱정들을 묘사하셨으면 좋았겠다는 생각을 하면서 책의 끝부분을 읽었습니다. 주인공 박삼룡의 마지막 죽음의 장면을 마치 영화를 보는 것처럼 드라마틱하게 하셨으면 좋았겠다는 생각이 드시지는 않는지, 질문을 드리는 제 생각에 대해 작가님은 어떻게 생각하시는지 말씀해 주시기 바랍니다.

강남주 작가: 글쎄요. 박삼룡의 죽음은 저로서는 상당히 신경을 썼습니다. 특히 그 부분은 “이 사람이 어떻게 죽음을 맞이하게 해야 하느냐.” 에 대해 고민하였습니다. 임진왜란이 등장하는 부분에 제가 사족을 단 부분도 많이 수정한 또 다른 대목입니다. 그걸 원고를 인쇄소에 넘기기 전에 남송우 평론가에게 읽어보라고 전했더니 그 부분이 길다 하여 그 부분을 다시 살폈습니다. 저는 왜 전쟁에서 우리가 졌느냐, 우리가 전쟁에 대비를 하지 않았고 많은 사람이 죽을 수밖에 없었느냐에 대해 설명을 달았습니다. 남교수님께서 독자의 상상에 맡기자는 의견을 내 주셨습니다.

삼룡이의 죽음이 등장하는 끝 부분으로 다시 돌아와 삼룡이가 화장할 때 하얀 연기가 하늘로 올라가는데 삼룡이가 가족을 그리며 만든 달 항아리가 그의 방 앞에서 하늘을 쳐다보고 있었다는 대목이 나옵니다. 이는 삼룡이를 가장 상징적으로 설명할 수 있는 부분입니다. 이 부분을 삼룡이가 마지막 생을 살아가며 항아리를 빚는 그 부분, 이것에 비중을 뒀기 때문에 달 항아리가 입을 벌리고 하늘을 바라보는 부분을 대치시키려 했던 겁니다.

삼룡이의 죽음을 저로서는 신경을 썼고 극화하고 눈에 선연히 이미지화 하려 했다는 것, 저의 표현력의 한계가 아니었나 모르겠지만 저는 애를 썼다는 말을 전해드리고 싶습니다.

진행자: 이런 부분에서 세대 격차를 느끼는 것 같습니다. 학생 세대들은 영상에 특화되어 있기 때문에 비극적인 마지막 장면을 드라마틱하게 끝냈다면 훨씬 감동적일 수 있지 않겠는가 하고 생각했던 것 같습니다. 이어서 학생의 질문을 들어보도록 하겠습니다.

Q. 이 작품은 조선 사기장을 중심으로 내용이 전개되는데, 혹시 순왜나 일본인을 중심인물로 책 내용을 다시 쓴다면 책의 내용에 매우 큰 변화가 있을 수도 있겠다는 생각이 들었습니다. 일본인들이 생각하는 임진왜란과 정유재란, 그리고 조선사기장에 대한 일본인들의 생각이 궁금합니다. 특히 일본인들이 쓴 임진왜란이나 정유재란에 대한 역사책도 많이 보셨을텐데, 일본인들은 일본에 납치되어 온 조선 사기장들을 어떻게 생각하는지 말씀해 주십시오.

강남주 작가: 그건 제가 깊이 연구하지 못했습니다. 일본인들이 정유재란을 어떻게 보느냐 하는 것에 대한 개념은 알고 있어요. 그러나 그 사람들이 쓴 책은 읽어보지도 않았고 그 사람들의 관점에서

사기장을 어떻게 썼느냐는 유감이지만 공부를 하지 못했습니다.

Q. 작가님은 책 286페이지에서, 비요를 조선의 사기장들이 중심이 된 거대한 공동체라는 표현을 쓰고 계십니다. 저는 여기서 비요를 공동체라 표현하신 것에 대해 조금 의문이 생겼는데요. 제가 생각하기에 공동체는 사람들이 모여 하나의 유기체적 조직을 이루고 목표나 삶을 공유하며 공존할 때 비로소 공동체가 이루어진다고 생각하는데요. 조선의 사기장들은 하루아침에 끌려와서 가족들과 생이별을 하면서 최고품질의 도자기 생산을 강요 받는 상황이었지 않습니까? 그런 사기장과 순왜, 그리고 왜인들과 애초부터 삶의 목표와 방향성이 다른데 이들이 모여서 설사 협력을 했다고 해도 이것을 과연 공동체라고 표현할 수 있는지요? 비요를 긍정적인 의미의 공동체로 묘사하신 것 같아서 이에 대해 질문을 드리고 싶습니다.

강남주 작가: 질문자가 말하는 공동체에 대한 개념이 제게는 잘 전달이 되지는 않지만 공동체라는 것은 2사람 이상이 함께 어울려서 살아가는 것입니다. 이곳에서 하는 일도 타의에 의해서든 자의에 의해서든 도자기를 굽기 위해 거대한 조직을 이루고 있습니다. 그 조직이 함께 살아간다면 그것은 공동체라고 할 수 있지 않을까요? 이런 점에서 거대한 공동체라고 표현하였습니다.

진행자: 이런 부분에서 세대차이를 한번 더 느끼게 되네요. 질문자가 표현한 공동체는 공동의 목표를 갖고 함께 어울려 살아가는 공동체인데 책 〈비요〉에 나오는 공동체는 상하관계도 분명하고 근본적으로 끌려온 사람들이기 때문에 지금 세대가 생각하는 공동체와는 거리가 있지 않겠느냐 하는 의미에서 의문을 제기했던 것 같아요.

강남주 작가: 이 부분은 공감합니다. 제가 생각하는 공동체와 학생이 생각하는 공동체가 다르다는 것을 부인하지는 않습니다. 감사합니다.

<한일 관계>

Q. 작가님께서는 일본에 대하여 관심도 많으시고, 실재로 매우 자주 일본에 직접 가셔서 연구하신 것으로 알고 있습니다. 저는 특히 일본의 도자기 기술과 관련해서 궁금했는데, 일본의 도자기 기술이 세계에서 가장 뛰어난 게 사실입니까? 만약 그렇다면 일본의 도자기 수준이 세계적인 이유가 임진왜란이나 정유재란 때 우리 사기장을 납치하고 우리 도자기 기술을 훔쳐간 것과 깊은 연관이 있는지요? 정말 그렇다면 화가 나지만 그래도 사실을 알고 싶습니다.

강남주 작가: 임진왜란을 잠깐 설명해줄 필요가 있겠네요. 임진왜란이 처음에 시작될 때는 임진왜란을 일으킨 히데요시가 우리는 명나라를 치러 간다 길을 비켜 라고 했습니다. 그리고 그냥 일직선으로 서울로 쳐들어갔습니다. 그런데 중국은 거기서 위협을 느껴 중국에 우리의 국군참모총장 격의 인물을 한국으로 파견을 보냅니다. 일본이 들어오는 것을 제재를 합니다. 일본이 명나라를 치러 들어가는 것은 구체적인 이유를 다 알지는 못합니다. 그러나 그 이유 중 하나가 중국에 있는 경덕진이라는 가마 도제 학당이 있었습니다. 거기에 쳐들어가서 많은 기술을 빼앗고 사람도 데려오려는 목적이 있었습니다.

그런데 그 사람들의 도자기 만드는 실력은 충분하지 않았습니다. 그 당시 이 책에 나오는 '달 항아리', 찻잔조차 제대로 만들 수 있는 수준이 아니었습니다. 물론 없었던 것은 아니지만요. 그래서 그러한 기술력을 히데요시가 굉장히 탐을 냈습니다. 중국에서 실패하니 그 다음으로 우수하다 생각했던 조선의 도자기공을 잡아가자고 생각합니다. 정유재란은 잘 알다시피 큰 목적이 조선반도의 남쪽을 모두 일본이 점령하는 것이었습니다. 그 가운데 특히 전라도 일대가 우리나라의 곡창지대인데, 그 곡창지대를 완전히 점령하여 곡식을 모두 일본으로 가져가려 했습니다.

또한 조선 팔도에 있는 사기장을 잡아간 겁니다. 사기장을 잡아간 것은 도요토미 히데요시가 특히 좋아하던 이도 차 그릇과 같은 것을 만들도록 하기 위해서였습니다. 그런 한국의 기술을 일본이 흡수하기 위해 사기장을 잡아갔다고 이해하고 있습니다.

Q. 저는 책 내용과는 별개일 수도 있는 질문을 하나 드리고 싶습니다. 일본은 근 몇 십 년 동안 독도를 '다케시마'라고 부르면서 자기네 땅이라고 우기고 있습니다. 독도대첩을 기리기 위해 한국 경찰청장이 독도를 방문했을 때도 이를 SNS에 기재했다는 이유로 일본이 한중일 공동기자회견에도 불참할 정도로 무례한 태도를 보였는데요. 제가 보기에는 칙령 제41호, 태정관 지령 등 많은 역사적 근거들이 독도가 대한민국의 땅임을 뒷받침하고 있다고 생각합니다. 그렇다면 실제로 일본인들은 독도소유권에 대하여 어떻게 생각하고 있는지, 정말 많은 일본인들이 독도가 일본땅이라고 믿고 있는지 궁금합니다. 만약 그렇다면 독도가 우리 땅임을 세계적으로 알려야 하는데, 그러기 위해서 우리 한국의 청소년들이 해야할 일들에는 어떤 것들이 있는지 강남주 작가님의 생각이 궁금합니다.

강남주 작가: 어려운 질문이네요. (웃음) 청소년들이 해결할 수 있는 일을 제시하는 것은 제가 할 수 있는 일 밖이다 라는 생각이 듭니다. 일본전문가의 한 권의 책 중 "한국의 일본전문가 200명의 인물 사전" 속에 제 이름이 들어가 있기는 합니다. 이 책의 말을 빌리자면 제가 어느 정도는 일본에 대해 전문가의 반열에는 올랐다고는 볼 수 있지만 저 스스로는 아직 일본전문가라고 생각하지 않습니다. 그리고 저의 개인적인 견해는 저는 한국사람입니다. 한국사람의 눈으로 보는 독도, 일본인의 눈으로 보는 다케시마 사이에는 차이가 존재할 수밖에 없습니다. 그리고 우리가 가지고 있는 국가적 증명 자료와 그들이 제시하는 증명 자료는 충돌하고 있습니다.

저 또한 울릉도와 독도가 한국땅임을 증명할 수 있는 신문과 같은 자료는 상당히 많이 가지고 있습니다. 하지만 저의 개인적인 심정은 독도는 우리 섬이 맞다고 생각합니다. 그런데 우리 섬이 맞다고 생각하는데 일본인은 일본땅이라 주장합니다. 이렇게 양국의 의견이 팽팽하니 어느 것이 맞는지를 판단할 수 있는 절대적 지식인이라든지 심판관이 등장하지 않는 이상 쉽게 해결되지 않을 듯 합니다.

그리고 이것을 국제재판소에 가져가도 그곳에서도 어느 쪽의 편을 들지 잘 모르겠습니다. 명백히 현존하는 증거가 있다면 승기를 들 수 있겠지만 그렇지 않다면 목소리 큰 사람이 이길 가능성도 있다 생각합니다. 그렇기에 독도에 대한 해석은 여전히 의문이지만 개인적인 견해로는 한국 땅이라고 생각한다 정도로 대답을 해 드릴 수 있을 것 같습니다.

진행자: 질문자가 궁금했던 청소년들이 무엇을 해야 할지에 대한 대답은 역시 젊은 세대들에게 숙제로 넘겨질 듯 합니다. 그런 의미에서 또 다른 질문이 있을까요?

Q. 일본과 우리나라는, 과거부터 지금까지 오랜 기간 사이도 나쁘고 감정도 좋지 않았습니다. 저를 포함해 많은 한국사람들이 일본의 위안부 문제를 비롯해서 강제 징용문제 그리고 말도 안 되는 독도 영유권 주장 등으로 인해서 일본을 부정적인 시선으로 바라볼 수밖에 없습니다. 책을 읽으면서 작가님은 한국과 일본이 평화로운 관계를 유지하는 것을 바라고 계신다는 생각이 들긴 했지만 솔직히 일본편을 많이 드는 분이라는 생각도 들었습니다. 일본과 우리나라가 사이 좋게 지내려면 반드시 일본이 우리에게 했던 나쁜 짓을 반성해야 합니다. 작가님이 생각하시기에는 어떻게 해야 우리가 일본과 평화롭게 지낼 수 있는지.. 구체적인 방법이 있으시면 그것에 대해 말씀해 주십시오.

강남주 작가: 그건 이 소설 외적인 문제이기는 하지만 국민의 수준, 정치인의 수준과 관계 있지 않나 하고 개인적으로 생각합니다. 이런 생각이 이 소설 속에서도 직.간접적으로 투영되었을 수는 있습니다. 사실 형제간도 때로는 싸우고 다툽니다. 그러나 형제 간이 원수가 되어서는 안 되고 그런 일도 잘 없습니다. 일본과 한국의 경우도 한국이 이 지구상에서 땅을 맞대고 있는 곳은 중국이고 바다 건너에 있는 곳은 일본입니다. 한국과 일본은 지리적으로 가깝습니다. 심지어 형제간의 나라라고 불리기도 합니다. 무엇이 형제간의 나라입니까? 때로는 싸우지만 때로는 의지하며 살아가는 정신이 부족하

지 않나 생각합니다. 이런 생각이 소설에도 상당히 드러납니다.

소설을 읽으신 분은 원을 풀면서 서로 살아간다란 개념을 느끼실지도 모릅니다. 일본 사람들이 삼룡이 밑에 그릇을 배우러 옵니다. 비록 일본인이지만 기술을 배우러 왔을 때 삼룡이는 그들을 포용합니다. 자기가 잘났다고 고집할 게 아니라 서로 노력하여 사이 좋게 지내야 합니다. 또 다른 이야기이긴 합니다만 과거만 가지고 싸움을 해서는 안 된다고 생각합니다. 우리도 과거만 가지고 싸울 일이 아니라 미래를 위해 경쟁할 때가 오지 않았나 생각합니다.

Q. 작가님은 조선통신사 관련 기록유산이 유네스코 문화유산으로 등재되는 데에도 큰 역할을 하셨다고 들었습니다. 역사적으로도 조선통신사는 조선과 일본 사이의 관계가 안정적으로 유지되는데 이바지한 것으로 알고 있는데요. 이 부분을 좀 자세히 말씀해 주셨으면 합니다.

강남주 작가: 좋은 질문이네요. 조선 통신사는 문화활동의 시작부터 지금까지니 거의 20년째 공부중인 듯합니다. 비교적 제가 잘 알고 있는 편입니다. 조선 통신사가 어떻게 생겨났느냐. 임진 왜란이 끝난 후 조선의 국토 60%가 초토화되었기에 농사짓고 살 땅이 없을 정도로 척박했습니다. 어떻게 원수가 되지 않을 수 있겠습니까.

또 한국의 많은 청년들이 임진왜란과 정유재란의 군인으로 끌려갔었습니다. 두 나라의 관계가 악화되었는데 임진왜란이 끝난 뒤 히데요시가 죽고 난 후 도쿠가와 이에야스란 사람이 일본 전국을 통일시킵니다. 전쟁을 해 보니 양반은 물론 보통 평민, 심지어는 백정, 첩 들까지 모두 전쟁에 나서서 싸워야 했습니다. 남원에서는 남원성이 무너지고 난 후 10000명이 죽습니다. 모처럼 일본을 하나의 나라로 만들려 하는 통일의 꿈을 이루기 위해선 바로 옆에 위치한 조선과 사이좋게 지내지 않으면 안 되겠다란 생각을 합니다.

조선 또한 마찬가집니다. 끔찍한 전쟁 후 원수의 나라를 옆에 끼고 사는 것은 위험하다. 이런 생각이 맞아 떨어져 일본에서 한국의 조선통신사를 초대하는 계기가 있습니다. 일본이 조선을 초청합니다. 조선도 잘됐다 싶어 길을 떠납니다. 임진왜란 이전에도 조선통신사가 일본에 가기는 했었습니다. 그때는 왜구가 조선을 침략하지 말아달라 부탁을 하러 갔었습니다. 그러나 이번엔 싸우지 말고 평화관계 유지를 위해 길을 떠났던 겁니다. 일본과 한국은 서로 신뢰하며 교류해야 한다란 일념하에 양 국의 왕래가 시작됩니다.

왕래가 시작되며 카메라가 없던 시기였기에 궁중 화가도 함께 따라갑니다. 그리고 정사는 상당히 높은 사람이 가는 겁니다. 3-500명 정도 되는 사람이 일본으로 가게 되는데 남의 나라에서 생길 만약을 대비하여 궁중 의사 또한 함께 갑니다. 일본 사람들은 이 얘길 듣고 의술을 배우고 교류를 합니다. 이때 조선의 동의보감이 일본에 전달되고 조선 인삼 또한 전해집니다. 일본과 한국의 교류가 시작되고 우리가 그들을 위해 그림도 그리고 글도 쓰고 때로는 노래도 불렀던 자료가 일본과 한국에 남아있었던 겁니다.

이런 것이 없어져서는 안 되기에 역사적 화해와 문화 교류를 증명할 수 있는 자료를 유네스코에 등재하는 게 좋겠다 생각했기에 2006년에 조선통신학회에서 제의를 했습니다. 그런데 이게 실제로 이루어진 것은 2012년에 남송우 교수님께서 필요성을 강조하시며 국제세미나를 연 것이 출발점이 되었습니다. 2014년에 조선통신사

유네스코 세계기록유산 등재를 위한 위원회가 결정이 됩니다. 그래서 일본과 한국에 남아있는 333점이 귀중한 문화적 자산이기에 이것을 유네스코에서 세계의 기록으로 보관할 수 있도록 등재를 합니다. 이것은 근본적으로 일본과 한국이 같은 문화를 누렸고 더 이상 싸우지 말자는 생각이 바탕에 있다고도 얘기할 수 있겠네요.

진행자: 조선 통신사 유네스코 기록유산 등재 이야기는 짧은 시간 안에 설명하기 힘든데 중요한 설명을 대목을 간추려 설명을 해주셨습니다. 바로 이어서 다음 질문으로 넘어가겠습니다.

Q. 책을 읽으면서 혼란스러웠던 부분이 있습니다. 이 책은 역사책이 아니라 역사소설이기 때문에 많은 부분을 작가님이 지어냈을 수도 있었을 거라는 생각을 합니다. 그렇다면, 어디까지가 지어낸 얘기이고 어디까지가 역사적 사실인지.. 저는 조금 혼란스러웠습니다. 책 내용과 관계없이, 조선과 일본이 임진왜란과 정유재란이라는

큰 전쟁을 겪은 후 두 나라가 외교적으로 다시 관계가 회복된 시기가 언제인지, 이 과정에서 가장 큰 역할을 한 사람이 있다면 누구인지, 저의 역사공부를 도와주셨으면 합니다.(웃음)

강남주 작가: 간단히 얘기하자면 일본과 한국이 평화의 기틀을 마련하게 된 것은 조선통신사입니다. 왕래를 위해선 초청하도록 만든 사람이 있습니다. 그 사람이 스시마의 도주였습니다. 그 덕분에 왕래가 시작되었습니다. 또 소설 속 역사적 사실과 관련된 질문에 대한 답은 초반에 이야기했듯이 역사적 사실을 바탕으로 하되 창조해낸 인물을 통해 이야기를 진행하였다 정도로 이해하시면 될 듯 합니다.

Q. 과거 일본과 한국, 양국간에 치열한 전쟁도 있었고 우리는 실재로 일본의 식민지가 되어 36년간을 괴롭힘을 당하고 살았습니다. 이러한 역사적 사실 때문에라도 두 나라 간에는 어쩔 수 없는 나쁜 감정들이 있을 수 있는데요. 이러한 현실을 생각한다면 일본과 우리는 결코 좋은 관계가 될 수 없다는 부정적인 생각도 많이 듭니다. 우리가 일본에 대해 가져야하는 올바른 인식이 있다면 무엇이라고 생각하시는지 말씀해 주세요.

강남주 작가: 이 소설이 근본적으로 지향하는 법은 화해와 상생입니다. 화목하게 지내며 살아가자. 저 또한 부질없이 싸우지 말고 발전을 위한 경쟁을 해야 한다고 생각합니다. 예를 들어 코로나 시대에 비유를 하자면 코로나 극복을 위한 신약 경쟁과 같은 선의의 경쟁을 해야한다고 생각합니다.

Q. 저자께선 한일 문화교류를 탐구하고 조사하면서 일본의 각 지역을 150번 넘게 방문하셨다고 들었습니다. 그동안 일본을 다니시면서 일본사람이나 일본이라는 나라에 대해 특별히 깨닫거나 알게 된 점이 있으신지요? 작가 선생님이 일본과 매우 친한 분이시라는 얘기를 듣고 저는 혹시 친일파가 아니신지 걱정도 되었습니다.(웃음)

강남주 작가: 어떤 걸 친일파라 하는 지는 모르겠지만 단어 그대로는 일본과 친하니 친일파라고 할 수 있습니다. (웃음) 하지만 다른 의미로 생각하자면 무조건 굽신거리며 일본이 하라는 대로 하는 친일파는 아닙니다. 친일파라는 단어 그대로를 제대로 해석해서 보자면 저는 친일파입니다.

그러나 우리가 이야기하는 굴종하고 비겁한 친일파는 결코 아닙니다. 개인적인 이야기지만 제 가계를 통해서도 용서할 수 없는 일입니다.

Q. 저는 작가님의 전작인 '유마도'도 읽었는데요. '유마도'부터 특히 작가님이 한일 문화교류에 관심을 기울이시게 된 이유가 있으신지요? 대학총장님으로도 계셨던데, 일본의 청소년이나 청년들은 어떤 가치관과 사고방식을 가지고 있는지 궁금합니다. 아울러, 조선 사기장들의 비극적인 이야기를 보여주시면서, 지금 우리 청소년들이 알아야하는 역사적 사실 또는 전하고 싶으신 말이 있으시다면 함께 말씀해 주십시오.

강남주 작가: 유마도도 읽었다면 독서력이 대단하신듯 하네요 (웃음) 사실 눈에서 멀어지면 마음에서도 멀어지는 겁니다. 150번도 근거 없는 숫자가 아닙니다. 일본에 여러 번 다녀오면 좋은 것도

보이고 나쁜 것도 보입니다.

우선 일본사람들은 친절합니다. 겉만 친절하지 속은 친절하지 않은 아주 딱딱한 사람도 있습니다. 하지만 우리나라 사람 중에서도 그런 사람은 있지요. 가미카제 특공대의 비행기에도 가봤습니다. 일본의 잔인성을 속속들이 봤습니다. 그런데 잔인성이란 것은 인간이 가지고 있는 특성 중 하나입니다. 우리는 그런 잔인성이 없나요? 이런 것을 다스릴 수 있는 것은 높은 교양과 사람을 사랑하는 마음 밖에 없으니 교육같은 것이 중요하다 생각은 합니다.

Q. 작가님의 연세를 전해듣고는 조금 놀랐습니다. 우리 할아버지보다 훨씬 연세가 많으세요. (웃음) 앞으로도 계속 책을 쓰실 건지, 하시고 싶은 일이 더 남아계신지 궁금합니다.

강남주 작가: 이번에 비요를 쓰면서 정말 혼신의 노력을 다했습니다. 오랜 시간 조사하고 자료를 모으고 글을 쓰고 고치고… 저 또한 가치관의 혼란도 겪었고 다시 쓸 수 있을까 하는 생각도 했습니다. 문학을 하며 2년 전에 그동안 발표된 단편을 모아서 단편집을 내었는데 이 책을 한국말을 할 줄 아는 일본인에게 읽어보라 보냈더니 그것을 일본어로 번역하여 출판 의사를 밝히더군요. 정신적 문제, 체력적 문제를 고려해보며 조금 쉬면서 앞으로 뭘 할지 생각해보도록 하겠습니다. (웃음)

Q. 사회자이신 남송우 교수님이 마지막 질문을 하라고 하시니까 마지막으로 질문을 하겠습니다. 저자께서는 '비요'를 쓰시기 위해 4년에 걸쳐 치열한 현장취재를 하셨다고 들었습니다. 이런 노력을 시

간을 쏟아 부으시면서 이 책을 통해 독자들에게 전하고 싶은 메시지는 무엇이신지요? 솔직한 답변 부탁드립니다.(웃음)

강남주 작가: 저는 처음에도 얘기했지만 역사가 과연 무엇인가. 역사는 우리에게 무엇을 얘기하고 있느냐. 역사는 때에 따라 거짓말도 합니다. 실제적 진실과 역사적 기록이 같은지 아닌지는 추후 연구를 하는 사람의 몫이기 때문에 오늘 기록된 역사가 옳다고 생각하지 않아야 합니다.

진짜 역사는 무엇인가? 이런 것에 대해 끊임없이 생각을 해야 한단 것을 얘기하고 싶습니다. 절대적으로 중요한 것은 무엇보다도 우리 시대의 독서의 중요성과 내재된 재능의 발굴입니다. 저 또한 시에 대한 재능을 발견하게 된 계기가 초등학교 4학년 시절 작문시간에 선생님의 한 말씀 덕분이었습니다. 그 때 내게는 나도 몰랐던 글쓰는 재주가 있구나를 알게 했고 용기를 갖게 했습니다.

여러분 또한 마찬가지입니다. 이러한 재능이 발굴되었을 때 열심히 가꾸어야 합니다. 가꾸지 않으면 흙 속의 진주일 뿐입니다. 저 또한 발굴하는 과정에서 실수도 있었지만 낙담하진 않았습니다. 한 번 실수했다고 낙담하지 말고 계속 도전하세요. 계속 되풀이해서 하세요. 그리고 사실 나도 소설이 쓰고 싶었다고 하지만 학교 다닐 땐 공부하기 바빠 소설을 쓰지 못했습니다. 퇴임 후 시간이 나서 소설을 쓰기 시작한 겁니다. 무엇이든지 정상에 올라가기 위해선 여러분 속에 있는 재능을 발견하여 열심히 해봐야 합니다. 마지막으로 이것을 이야기 하고 싶네요.

Ⅳ. 비평학교 그리고 비평광장 그 이후

- 왜 고석규 비평문학관인가

비평학교 그리고 비평광장 그 이후

– 왜 고석규 비평문학관인가

남송우(고석규 비평문학관 관장)

1. 머리말

지역자치 시대로 바뀌면서 곳곳에 문학관이 우후죽순처럼 세워졌다. 국내에 산재해 있는 문학관 수만 하더라도 87개가 된다. 이는 현재 한국문학관 협회에 가입된 숫자이다. 국립 한국문학관도 건립 중에 있다. 개인 혹은 지자체가 앞다투어 마련하고 있는 문학관의 수는 계속 늘어날 전망이다. 지역의 홍보와 관광을 위한 문화콘텐츠의 하나로 문학관이 좋은 대상이기 때문이다. 그러나 대부분의 문학관은 지역과 연관이 있는 특정한 작가나 작품을 전시하는 공간 정도에 그쳐 있는 것이 사실이다. 게다가 그 중에서 운영이 제대로 되고 있고, 관람객들에게 많은 관심을 받는 곳은 손에 꼽을 정도이고, 이외 나머지 문학관의 경우는 정부나 지방자치단체의 지원이 미비하고 관람객 수도 많지 않아 운영상 여러 어려움을 겪고 있다.

여전히 많은 문학관이 설립의 당위성만을 고려한 채 뚜렷한 운영 방안을 마련하지 못한 상황에서 사용자보다는 설립자를 위한 시설로 남아 있고 제대로 된 운영프로그램 없이 방치되거나 다른 용도로 사용되고 있는 실정이다. 설립 당시에는 국비와 지방비 등 많은 예산지원을 받았지만, 일단 설립되고 난 후에는 효율적인 운영프로그램을 마련하지 못하거나 충분한 예산지원을 받지 못해 제대로 된 기능을 하지 못하게 된 것이다. 이는 다양한 성격의 설립 주체들이 일단 설립부터 하고 보자는 생각을 앞세워 뚜렷한 운영 모델을 설정하지 못한 결과다. 이런 경우 문학관은 지역주민과 동떨어진 상황에서 박제된 문학 유물의 전시 공간으로 전락하고 만다. 이런 상황에서 왜 고석규비평문학관까지 굳이 생겨나야 하는가? 이 글은 이를 해명하기 위해 마련되었다. 지역에 소재한 비평문학관이 단순히 지역을 넘어서 한국문학판에 새로운 방향을 제시해줄 수는 없을까? 이 과제를 풀어내 보고자 함이다. 이를 위해 현재 문학관의 정체성과 방향성을 먼저 알아보고, 고석규 비평문학관이 지향해야 할 지점을 가늠해보고자 한다.

2. 문학관의 정체성

1) 문학관 유형과 개념

일반적으로 문학관은 설립과 운영 주체의 성격에 따라 세 가지 부류로 나누고 있다. 첫 번째로 종합문학관이 있는데, 이는 '전국 규모로 고전부터 현대까지를 포함하여 한국어로 된 모든 문학작품을 보관 · 전시 · 분류한 문학관'으로, 주로 문학박물관 기능을 수행하는 데 만족하고 있다. 한국현대문학관, 한국근대문학관 등이 이에 속한다. 두 번째로 도(시·군)립 문학관이 있는데, 이는 '지방이 배출한 문인이나 작품의 배경이 된 지역의 특성을 기리며, 지역 주민이나 학생들에게 고장 출신 문인이나 작품의 소재를 알게 하는 문학관'이다. 목포문학관, 경남문학관의 경우가 그렇다. 마지막으로 우리나라 문학관 중에서 다수를 점하는 개인 기념관이 있는데, 이는 '그 지방 출신 중 특별히 문학적 가치와 후세에 이름이 회자되는 작가를 기리려는 지방자치단체, 후학 · 후손들이 문학관을 세우는 경우'다.

현재 한국에서 '문학관'의 개념은 명확히 정립되지 않았다. 문학의 집, 문학촌, 문학공원, 문학기념관 등이나 House of Literature, Literary Gallery, Literary Village, Museum of Literature 등의 표현이 나타내듯, 문학관의 개념 정의가 확정된 것은 아니다. 하지만 특정 문학자를 대상으로 하는 개인 문학관이든, 해당 지역의 대표적인 문학자들을 대상으로 하는 지역 문학관이든, 문학작품 및 관련 자료를 수집하여 보존 · 전시한다는 점에서는 공통적이다. 물론 문학관이 단순히 '문학박물관'으로서의 기능에만 충실한 것은 아니다. 그곳은 낭송회나 강연회, 문학콘서트 등 문학 관련 행사나 지방 축제 및 문화재 등과 연계된 각종 문화행사를 실시하는 곳이기도 하다. 또한, 문학 · 문화 콘텐츠에 기초해 지역 주민들을 대상으로 시민 교육의 장으로 기능하기도 한다. 이에 따라 문학유산의 보존과 향유, 문학 아카이브 구축과 활용, 문학연구와 대중화, 문학생산을 위한 창조의 창, 문학교육의 공간으로 문학관의 기능을 강조하게 되었다. 세계적으로도 복합공간에 대한 논의가 활발하다. 2008년에 미국 텍사스대학의 메건 윈젯(Megan Winget)은 '라키비움(Larchiveum)'을 최초로 제안했다. '라키비움'은 도서관(Library), 기록관(Archives), 박물관(Museum)을 합한 신조어이다.

또한, 시민이나 관람객들에게 문학과 문화, 교육 그리고 휴식과 정서적 힐링을 제공하는 복합 공간으로서의 역할을 수행할 것을 요구하거나, “문학 활동과 더불어 그 기능을 지역관광거점, 보조교육기관, 주민문화시설, 연구지원공간, 문학박물관 등으로 확장해야 한다”고 주장하기도 한다. 어찌 되었든, 문학관은 “문학과 관련된 자료를 수집 · 보존 · 전시하며 이를 바탕으로 한 다양한 교육/교양 프로그램을 운영하여 이용자들이 문학에 대한 교양 습득은 물론 재미까지 느낄 수 있는 공간인 동시에 문학과 관련된 모든 문화활동이 이루어지는 복합문화공간”으로서의 위상과 역할을 부여받고 있다.

특히 1995년 지방자치제의 실시 이후 지역정체성 확립과 지역문화 활성화를 목적으로 문학관 건립이 활발하게 이루어지면서, 복합문화공간으로서의 문학관의 기능과 역할을 전면에 내세우게 되었다. 한국에서 문학관 건립은 문학의 대중화와 지역 이미지 제고라는 이중의 관심에서 출발했지만, 주로 후자의 측면이 강하게 작용하였다. 연고주의에 기초한 지역의 인물들은 다른 지역과의 차이를 드러내는 기호가 되고, 이 기호는 로컬리티(locality)의 이미지를 제고하는 작업에 배치되었다. 이러한 틀 속에서 각 지역에서는 기념관, 문학관, 지역축제 등을 통해 지역의 정체성을 재구성하는 이른바 ‘상징적 재구성(symbolic reformation)’ 작업을 활발하게 진행하였다. 지자체에 의한 문학관의 건립은 이러한 작업의 일환이었다. 사실 “경관, 토산품, 공간, 인물, 유적 등을 통해서 문화적 연속성을 창안하고 이를 통해 특정한 지리적 공간을 토대로 한 공동체성을 창출하는 이른바 ‘지방 만들기’와 전통 창안의 작업은 근대 국민국가 형성 이래 지속된 작업이다. 또한 기념의 정치는 이러한 국민 국가의 지방 만들기와 전통 창안의 프로젝트와도 연결되면서 국민국가의 공식적 제의 형성과 이에 대한 저항과 이탈의 역학 속에서 창안된다.”

1990년대 중반 이래 20여 년 동안 활발하게 진행되어오고 있는 문학관 건립을 ‘지방 만들기’와 ‘전통 창안의 작업’으로 이해할 수 있다면, 한편으로 그것은 근대 국민국가의 자기 정체성 구축을 위한 프로젝트의 일환이라고 할 수 있다. 문학관 건립이 지역정체성 확립과 지역문화 활성화를 기치로 내걸고 있지만, 결국 그것은 국민국가의 자기 완결성으로 회수되어버리기 때문이다. 그럼에도 국민국가의 중심/주변, 중앙/지방이라는 이분법적 위계 체제로부터 소외되었다고 여겨졌던 주변 지방(지역)이 자신들만의 새로운 정체성을 구축하기 위해 현재까지 문학관을 비롯해 다양한 문화시설을 건설하고, 문화행사를 실시해오고 있다는 지역문화사의 새로운 장을 열어나가는 과정으로 볼 수 있다.

2) 문학관광으로서의 문학관

허버트(David Herbert)는 문학관광을 “관광객이 그들의 실제 삶 속에 존재하는 작가/작품과 관련된 장소를 경험하는 것”으로 정의한다. 또 문학관광에 대한 학술적 논의를 최초로 시작한 왓슨의 경우도 문학관광을 “작가와 작품과 관련된 장소를 방문하고 흔적을 남기는 상호작용의 결과”라고 정의한다. 스미스는 두 연구자의 주장에 근거하여 문학관광을 “작가/작품, 문학적 묘사 및 창조적인 문학작품과 관련된 장소 및 이벤트성이 있는 여행과 관련된 것”으로 확장하여 살펴보고 있다.

이에 따르면 ‘문학관광자원’으로 문학관을 접근할 땐 관광객/여행객이 문학관 내 작가/작품과 상호작용하는 경험과정을 중심으로 살펴보아야 한다. 그런데 이러한 경험과정은 문학관 내의 전시를 통해서만 이루어지는 것이 아니다. 스미스가 문학관광을 4가지로 분류하고 있듯이 문학관과 문학관의 운영프로그램, 주변환경 및 경관 또한 관람객의 경험과 긴밀하게 연결되어있다. 스미스에 따르면 문학 관광은 크게 4가지의 형태로 분류된다.

첫 번째는 작가의 탄생지역이나 성장한 장소를 방문하여 작가가 창작자로서 성장해온 배경을 감상하는 다소 역사와 연관된 교육목적의 문학관광, 두 번째는 작품의 배경이 되는 문학 장소(literary space)를 견학하거나 산책하면서 작품의 주인공이 되어 보는 노스텔지어적인 경험을 하기 위한 관광과 세 번째는 창조적 글쓰기 워크숍 등으로 대표되는 다각적인 학습경험을 위한 관광, 마지막으로 네 번째는 문학 장소와 연관된 경관을 통해 작품을 기억하고 주인공을 기억해내는 과정 속에서 관람객에게 창의력이나 상상력 즉 영감을 받는 기회를 제공하는 관광으로 나누고 있다.

이처럼 문학관광으로 본 문학관은 관광객/여행객의 상호작용 경험을 유도하는 프로그램과 주변 환경과 경관과의 '어울림' 또한 반드시 고려해야 할 대상이다. 하지만 중요한 것은 이 모든 경험이 작가/작품과 관광객/여행객이 만나는 접점을 중심으로 한다는 것이다. 그렇다면 이러한 접점을 만들기 위해 어떤 방식이 필요할까. 이는 허버트가 구분한 일반적인 문학 장소와 특별한 문학 장소의 조건을 비교한 논의를 통해 방법을 찾을 수 있다. 허버트는 일반적인 문학 장소와 특별한 문학 장소의 조건을 다음과 같이 비교한다. 허버트는 일반적인 문학 장소는 매력적인 시설 및 서비스, 문학관광 장소로서의 위치적인 조건을 더해 정책적으로 관광객의 접근성을 위한 개발이 바탕이 된다고 표현한다. 국내문학관의 경우 일반적인 문학 장소의 조건은 갖추고 있다.

그런데 허버트는 특별한 문학 장소의 조건으로 이에 더해 다음과 같은 조건이 더 필요하다고 주장한다. 첫 번째, 문학 작가와 연결되고 개연성의 확보를 위한 이야기 구성이 필요하다. 두 번째, 관람객의 기억과 노스탤지어를 자극하여 문학 장소의 상징성과 연결하는 과정이 필요하다. 세 번째, 정책적 지원으로 문학 장소의 개발 및 보전에 대한 중요성을 다루어야 한다. 즉 작가/작품과 관람객이 상호 연결할 수 있는 기회가 확대되어야 한다. 허버트의 이러한 논의는 문학 장소가 더 이상 역사적이고 작가가 태어나고 죽은 곳에 그치는 것이 아니라 문학 장소 자체가 하나의 사회 건축물이며 창조되고 관광객을 유치하기 위해 홍보되는 장소라는 의미를 확인하는 것이다. 그러므로 문학 장소의 일부인 문학관 또한 문학 작가와 관광객/여행객이 연결될 수 있는 이야기 구성을 만들고 관광객/여행객의 감성을 자극하여 문학관의 상징성과 연결시키려는 노력이 필요하다. 이를 위해 문학관의 주변 환경과 연결하려는 노력과 장소에 대한 은유적 표현이 요구된다. 또 전시를 통해서는 작가나 작품의 주인공과 정서적 연결을 느낄 수 있도록 유도하는 기획방식이 고려되어야 할 것이다.

3) 라키비움(Larchiveum) 관점에서 본 문학관

일찍이 인류는 다양한 형태의 기록물을 만들어왔고 도서관 박물관 미술관 등의 문화시설은 도서자료 유물자료 미술품에 대한 보존 기능 및 사회 구성원에게 제공하는 커뮤니케이션 기능을 수행해왔다. 20세기 들어 기술의 발전은 디지털 정보자원의 양적 증가 및 영역. IT 확대로 이어졌고 디지털정보에 대한 상호호환성이 확대되면서 정보 간 경계가 무너지게 되었다. 이용자들은 도서 문서 영상물과 같은 다양한 유형의 정보를 하나의 공간에서 복합적으로 체험할 수 있기를 원하고 있다. 사회 통합의 관점에서도 정부의 지원과 관심이 증대되면서 박물관 및 도서관 아카이브 영역은 지금까지 수행해 온 전통적인 역할은 물론 새로운 사회적 역할을 부여받게 되었다. 통합의 관점에서 시작된 복합공간에 대한 논의는 기관 자체의 서비스의 질을 높이고자 하는 시도로 발전하였다.

유럽 및 아메리카의 대표적인 국가에서는 세기 후반부터 복합공간의 형태를 모색하였는 데 대표적으로 캐나다의 영국의, LAC(Library and Archives Center), MLA(Museums, Libraries and Archives) (2009, 1–6), (Media Center)가 있고 국립중앙도서관 미디어센터라이브러리 파크 또한 이러한 형태의 종류이다. 2008(Megan Winget) (Larchiveum)년에 메간 윈젯 이 제시한 라키비움은 도서관(Library) (Archives), (Museum)과 기록관 박물관을 통합한 복합적인 개념으로 각 문화 기관 간의 협업이 나타나는 계기가 되었다. 무엇보다 기관의 특정 자료가 아닌 주제에 대한 정보를 요구하는 이용자가 나타남으로써 복합적 공간에 대한 요구가 증가(Marcum 2014, 74) 하였다는 점이 라키비움이 출현한 주된 이유로 볼 수 있다. 국내에서도 외국에 비해서는 다소 늦게 진행되기는 하였으나 1990년대에 이르러 기록관, 도서관, 박물관, 문예회관 등의 복합, 문화시설 설립을 위한 협력 논의가 이루어졌다.

문학관은 소장된 자료의 종류가 아니라 이용자들에게 어떠한 서비스를 제공하느냐에 따라 의미가 달라지며 이용자의 관점에서는 문학 자료를 자유롭게 열람할 수 있고, 전문적으로 구축된 아카이브 자료를 활용할 수 있고, 문학에 대한 연구와 교육이 이루어지고, 문학과 관련된 체험이 가능한 복합공간으로서의 문학관을 기대하고 있다.

문학관의 정체성 여부 및 운영의 성패가 소장 자료의 충실성에 있다는 점은 더 말할 나위도 없다. 그러나 앞으로 세워질 새로운 문학관은 중요한 자료의 소장처로서의 박물관형 문학관을 기저로 하면서도 방문객과 지역사회의 능동적인 체험과 문화적 상상력을 자극하는 공간이 되어야 21세기형 문학관으로서의 의미를 지닐 수 있다는 것이다. 이것이 라키비움(Larchiveum) 관점에서 지향하는 문학관의 정체성이다.

이렇게 문학관이 복합공간의 형태인 라키비움으로 운영됨으로써 얻을 수 있는 기대효과는 상당히 많다. 첫째 다양한 자료를 원하는 이용자의 요구를 충족시킬 수 있다. 독립적인 문화공간이 아닌 복합공간으로서의 문학관은 다양한 자료 및 서비스에 대한 이용자의 요구를 더 다각적으로 수용할 수 있다. 둘째 자료의 효율적인 관리가 가능하다. 디지털화된 자료를 서로 공유함으로써 전국적인 네트워크망으로 다양한 프로그램을 기획하고 이용자에게 제공할 수 있다. 디지털화와 희귀본 관리는 도서관과 기록관이 가진 전문적 영역으로 협업을 통해 효과를 극대화할 수 있다. 셋째 전시 기획에 있어서도 박물관과 미술관의 노하우를 바탕으로 특색 있는 전시 기획이 가능하며, 궁극적으로는 전시의 질과 이용자의 만족도를 높일 수 있다. 넷째 프로그램 구성 및 운영에 있어 타 기관과의 유사점이 발견되며 질적인 측면 강화를 위한 문학관 간의 협업 도서관 박물관 미술관 같은 타기관 간의 협업을 도모할 수 있다. 마지막으로 인력 및 예산 문제는 문학관이 아닌 모든 문화 기관에서 겪는 문제로 협력으로 인해 예산 및 공간의 낭비를 어느 정도는 해소 가능하며, 탄력적 운영을 기대할 수 있다.

3. 문학관 운영의 방향성

이상에서 살펴보았던 것처럼, 1995년 지방자치제의 실시 이후 지역정체성 확립과 지역문화 활성화를 기치로 내걸고 문학관 건립이 활발하게 진행되어오면서 문학관의 역할과 위상에 변화가 발생했다. 문학관은 문학자와 그의 문학작품을 전시하고 기념하는 문학 박물관에서 복합문화 공간으로서의 기능을 충실히 수행할 것을 요청받게 되었기 때문이다. 그에 따라 문학관 및 그곳을 중심으로 한 문학마을이 새로운 문화공간으로서 자신의 위상을 재정립해나가고 있다. 하지만 문학자와 그의 작품을 현창하는 기념관에 머물러 있는 한계를 보이기도 하였다. 그 동안 지역 문학관 활성화 방안에 대한 나름의 제언이 이어졌지만, 문학자와 문학작품에 대한 고답적 인식이 문학관을 '열린 공간'이 아니라 '닫힌 공간'으로 만들었으며, 그로 인해 많은 문학관이 사람들로부터 외면받는 결과를 낳았다. 이와 관련하여 기존 문학관 운영의 실태를 조사하고 문제점을 도출한 뒤 그에 대한 개선방안을 모색하는 가운데 지역문학관 활성화 방안을 제안하는 것이 무엇보다도 시급한 과제로 떠올랐다. 그 논의 중 문학관이 관람객들의 신체를 어떻게 재구성하는 한편, 관광객들로 하여금 문학관이 위치한 문학마을을 감각적으로 소비하게 하는가, 그리고 이때 관람객이자 관광객들은 자신의 신체를 통해 어떠한 수행성을 발휘하는가에 논의의 초점을 맞춘 연구도 제기되었다.. 이는 무엇보다도 문학관의 공간성이나 문학마을의 문화지리적 성격에 대한 면밀한 탐색이 이루어진 뒤에야, 특히 그곳을 보거나 소비하는 신체의 수행성에 대한 고찰이 이루어진 뒤에야, 수용자 중심의 소위 지역문학관 활성화 방안을 마련할 수 있다고 판단했기 때문이다.

따라서 상황이 이러하다면 문학관과 문학마을을 문학 기념사업의 장으로서만 위치시키는 것은 근시안적 태도이다. 특히 문학 기념사업을 통해 문학 텍스트, 문학 장의 범위를 확장하여 문학 자체의 발전을 도모하고자 하는 데 골몰하는 순간 문학관과 문학마을은 '박제된 문학 유물의 전시 공간'이 되기 십상이다. 따라서 관심을 가져야 할 것은 문학관과 문학마을을 통해 어떻게 문학적 유산을 현창하고 그것의 의미와 가치를 전파할 것인가에 있는 것이 아니라, 수용자들이 문학관과 문학마을을 어떻게 감각하고 소비하는가, 그리고 그곳에서 어떠한 신체적 변화의 과정을 겪는가, 나아가 그러한 신체적 변화가 어떠한 수행적 행위로 연결되는가에 있다. 무엇보다 중요한 것은 수용자의 문학관과 문학마을에 대한 관점과 입장, 태도와 감각에 대한 면밀한 고찰이 이루어져야 한다는 점이다.

사업의 일부로 진행되는 정책의 집적화와 공간의 수직화과 전형적인 공간 기획에 그치고 관람객을 수동적인 구경꾼으로 만드는 동선설계로 관람객의 재방문율이 급격히 낮아지고 있다고 설명한다. 또 김정우는 문학관이 설립자 중심의 시설로 관람자의 요구에 맞춘 프로그램이 부재하고 '유사하고 획일적인 프로그램'으로만 운영된다면서 제대로 된 운영프로그램이 개발되지 않아 사실상 문학관이 방치되는 경우도 있다고 밝힌다. 하지만 이러한 문제점에 대한 지적이 있음에도 문학관은 여전히 이전과 유사한 방식으로 건립되고 있다. 즉 21세기 사람들이 어떻게 소통하는지, 그들이 어떤 경험을 원하는지에 대한 고려 없이 단순히 작가 혹은 작품을 기념하기 위한 목적으로 문학관이 건립되고 있는 것이다. 그러므로 문학관 또한 21세기의 관람객 요구의 변화와 그 특성에 따르는 방식에 대한 고민이 필요하다.

이와 관련해 "축제가 일상의 지위나 규칙보다는 향유자의 개성과 자아를 표출하는 장소"여야 한다는 지적을 참조할 수 있다. 개별 문학관 주최의 문학제가 해당 작가의 문학성 회고나 학술적 평가 위주로 진행되어 '작가' 중심으로 환원되는 등 대다수 참석자들을 타자화시키고 있다는 점을 감안한다면, 그러한 한계를 극복하기 위해 '향유자의 개성과 자아 표출'의 장소로서 문학관과 문학마을의 공간성을 마련할 필요가 있다. 즉, 문학관 관람객의 신체의 수행성을 균질화하여 통합하는 것이 아닌 이질적인 것들이 산포하는 방향으로 공간성을 조직하는 한편, 문학마을을 소비의 대상으로서 고착시키는 것이 아닌 관광객이 자신의 신체를 향유하는 장소로 조성해나갈 필요가 있을 것이다. 요컨대 지방자치단체와 운영자에 의해 기획된 단일하고 균질적인 문학관과 문학마을이 아니라, 다채롭고 이질적인 요소들이 뒤엉켜 서로 충돌하고 경합하는 가운데 의도치 않는 '사건'이 발생하는 문화적 실천의 장으로서의 문학관과 문학마을이 공간적 기능을 발휘할 수 있는 방안을 모색할 필요가 있다. 그리하여 세대, 계층, 지역, 젠더 등 사회 구성원들의 위계화된 관계를 고

착화하는 것이 아니라 그것들의 혼성적인 상태를 지향하는 카니발적 문화공간의 창출을 기대할 수 있을 것으로 본다.

4. 고석규 비평문학관의 궁극적 지향점

현재 전국에는 87개의 문학관이 설립되어 있다. 여기에 고석규 비평문학관이 더해졌다. 굳이 또 하나의 문학관이 필요한 이유가 있었을까? 고석규 비평가의 정신을 기리기 위해서다. 문인의 정신을 기리지 않는 문학관도 있는가? 모든 문학관들이 기릴 가치가 있는 문인을 대상으로 설립된다는 점에서 이 질문은 우문이기도 하다. 그런데 한국 문학관의 현실은 그렇지만은 않다. 소위 지자체들이 지역문화 콘텐츠로서 가장 매력 있는 것으로 문학관을 인식하기 시작하자, 우후죽순격으로 이곳 저곳에서 문학관이 세워졌다. 사립문학관이 상당수이지만, 관 주도로 세워진 문학관도 많다. 그런데 관 주도의 문학관은 그 정체성과 방향성이 오직 지역 문화관광에 초점이 맞추어져 있다. 찾아오는 사람들이 스스로 체험하고 참여하는 문학관 프로그램보다는 보여주기식에 급급한 실정이다. 한 문인의 정신에 더 가까이 다가서기 위해서는 겉으로 드러난 것을 보는 것으로는 부족하다. 찾는 자들이 스스로 찾아 나서서 체험할 수 있게 해야 한다. 수동적인 접근보다는 능동적인 참여를 통해서 문학관의 중심인 기리는 문인의 정신에 가 닿을 수 있는 기획이 필요하다.

그러나 관 주도의 문학관 대부분은 이 정신을 기리고 전수하는 일은 부차적이다. 오직 사람들이 많이 몰려오기만 하면, 성공이라 생각한다. 그래서 어떻게 하면 사람들의 이목을 끌 수 있을지에 급급하다. 관립문학관 운영의 성공을 문학관을 찾는 관람자 수에 달려 있다고 보는 이유이기도 하다. 이런 차원에서 지금의 문학관들은 그 문학관이 내세우는 문인의 정신을 어떤 차원에서든 제대로 기릴 것인가를 고민해야 하는 지점에 놓여 있다.

사립문학관인 경우도 운영상의 어려움 때문에 문학관의 중심인 문인의 정신을 기리는 다양한 행사를 제대로 펼치지 못하는 한계를 보이고 있다. 지역에서 여러 단체나 개인이 힘을 모아 시작은 거창하게 했지만, 시간이 지날수록 문학관 운영이 힘들어져 문인의 정신을 제대로 기리지 못하고 있는 곳들이 많다. 결국 많은 문학관들이 문학관의 주체인 문인의 정신을 제대로 기리지 못하고 있다는 말이다. 이는 달리 말하면 새롭게 세워지는 문학관은 그 문학관의 중심인 문인을 제대로 기리는 문학관이 되어야 한다는 말이다.

고석규 비평문학관은 이 점에서 많은 고민을 했다. 그가 26살에 요절했고, 짧은 비평활동 기간 중에 남긴 많지 않은 비평문과 시, 일기, 번역 등의 자료로서는 박물관적 성격의 문학관을 마련하기에는 남겨진 유품들이 그렇게 풍족하지 않았기 때문이다. 그가 1950년대 당시에 소장했던 4천 권이 넘는 책들도 다 사라지고 없는 현실 속에서 고석규의 분신처럼 남아 있는 그의 몇 원고와 유고집들만으로 문학관을 세워나가야 했다. 이렇게 기성의 문학관에 비하면, 토대가 취약한 현실 속에서 고석규 비평가만 지니고 있는 문학정신을 우선 내세우기로 했다. 그 정신은 남다른 비평정신이었다. 그의 문학적 이력과 생애는 짧았지만, 그 짧은 기간에 남겨놓은 고석규의 비평문들은 1950년대 당시 한국문학 비평을 새롭게 추동하는 흔적을 남겨놓았기 때문이다. 그 구체적인 흔적이 1953년에 썼던 「윤동주의 정신적 소묘」와 1957년 ≪문학예술≫에 연재된 「시인의 역설」이다.

고석규가 『초극』에 발표한 「윤동주의 정신적 소묘」는 윤동주 시인 연구사로 보면, 최초의 본격 윤동주론이다. 윤동주의 시를 거의 다 외우고 다닐 정도로 윤동주에 심취했던 고석규는 윤동주 시인을 "그는 희박한 우주에의 부단한 대결로 말미암아 끝내 제명된 젊은 수인(囚人)이다"라고 규정했다. 시인이 겪었을 정신적 내전을 소묘해 낸 글이다. 그리고 그는 "단숨에 적어버린 나의 소묘가 더욱 충실한 앞날에 이르기를 몇 번이나 생각하며 이 장의 끝을 내린다"라고 약속하고 있다. 이 약속을 1957년 ≪문학예술≫에 연재된 「시인의 역설」에서 실행하고 있다. 여기에서 김소월, 이육사, 이상과 함께 윤동주의 시를 역설이라는 관점에서 다시 논함으로써 살별처럼 나타난 비평가로서의 면모를 확실하게 보여주었다.

이어서 1958년에 나온 그의 석사학위 논문인 『시적 상상력』은 그의 문학공부가 당시로서는 최고의 수준이었음을 보여주고 있다. 그와 교류했던 많은 문인들의 전언에 의하면 그는 언제나 읽고 쓰는 일을 한 순간도 놓치지 않았다고 한다. 오직 문학을 위해 태어난 사람처럼 살았다. 미망인인 추영수 시인의 증언에 의하면 결혼 이후에도 고석규는 거의 매일 밤을 새워 글을 썼다고 한다. 그래서 추영수 시인은 고석규가 그렇게 글만 쓰도록 간섭하지 않고 밤새 혼자 둔 것을 가장 후회스런 일로 여긴다고 필자에게 말했다. 한국에 많은 문인들이 생몰했지만, 고석규 비평가만큼 일상의 삶을 거의 포기하고 문학에 미친 자를 찾기는 쉽지 않다. 이 점이 고석규 비평문학관을 마련하게 된 가장 큰 이유이다. 문학을 하려면 고석규처럼 하라고 공언할 수 있는 이력을 가진 자이기 때문이다. 그래서 국내에서는 유일한 사설 비평문학관을 개관하게 된 것이다.

현재 한국문학판은 문학을 위한 문학정신은 사라지고, 문학이 자본의 논리에 휩쓸리면서 문학이 수단화된 지 오래 되었다. 비평문학은 더 심각한 수준이다. 비평은 온당한 문학적 가치평가를 포기하고 현상만 추수하고 있다. 허물어진 비평의 정신을 새롭게 하여 한국문학을 고쳐세우는 일을 시작해야 한다. 이러한 발단의 계기를 고석규 비평문학관을 통해 시작하려 한다. 그 첫 기획으로 비평학교를 연다.

고석규 비평문학관에서 시작하는 비평학교는 국내 유일의 비평학교이다. 이 학교에서는 지금까지 시도되어본 적이 없는 우선 초등학생에서부터 시작한다. 나아가 중, 고, 대학생, 그리고 청장년, 어르신에게 이르기까지 비평수업을 통해 21세기를 살아갈 새로운 비평적 인간형을 육성시키고자 한다. 비평이 지닌 옳고 그름을 제대로 이해하고 평가할 수 있는 가치판단력을 교육하고 훈련함으로써 모든 사물에 대해 온당한 이해와 해석을 가능하게 하는 비평능력을 지닌 인간으로 키워나가고자 한다. 이 정신을 제대로 갖지 않으면 앞으로 인간은 인공지능시대의 하수인으로 살아갈 수밖에 없기 때문이다. 이렇게 비평의 대중화를 실현함으로써 인간이 인간다운 삶을 살아갈 수 있는 근본적인 토대를 만들어 나가고자 함이다. 이는 생각만큼 쉬운 일은 분명 아니다.

그러나 이를 실천함으로써 궁극적으로 온당한 비평정신을 상실하고 개인적 욕망실현에 도취되어가고 있는 한국사회의 불건강성을 치유하고자 함이다. 이 점이 현재 일상화되고 있는 한국 사회의 인문학 공부와 변별되는 지향점이다. 인간은 태어나면서부터 약간의 편차와 시차는 있지만, 누구나 자신에게 주어지는 모든 환경과 조건을 이해하고 평가하면서 자기 세계를 만들어 나간다. 그 과정이 구체적으로 잘 드러나지 아니함으로 인간의 사고 속에 작동하는 비평적 능력을 제대로 인식하지 못하고 있을 뿐이다. 비평학교를 통해 이 잠재된 역량을 활성화하고 극대화함으로써 온당한 비평적 삶의 토대를 마련해주고자 한다. 문제는 이러한 비평교육의 토대는 유년시절의 비평교육에서부터 시작되어야 한다는 점에서, 어린이 비평학교의 비평교육 프로그램을 철저히 기획해서 실행해 나가고자 한다. 여기서 비평공부를 시작한 학생들이 지속적인 다음 단계의 비평공부를 통해 다양한 영역의 비평가로도 성장해나갈 수 있는 과정으로 체계화시켜 나가고자 한다. 이는 고석규 비평문학관이 한국문학비평의 미래를 위해 새롭게 시도할 수 있는 지역문학관의 유일한 정체성이다.

이렇게 일반인을 대상으로 한 비평의 대중화를 위한 비평학교의 개설과 함께 전문 비평가들을 위한 공간으로도 그 활용도를 극대화해 나갈 것이다. 특히 젊은 비평학도들이 비평공부를 하는데 필요한 자료와 공간을 제공함으로써 미래에 한국문학비평의 산실로 자리할 수 있는 여건을 마련해 나가고자 한다. 이러한 산실이 되기 위해서는 일차적으로 모든 한국비평문학 자료를 이곳에 아카이빙할 수 있어야 한다. 그래서 한국문학 비평 자료의 검색은 고석규 비평문학관을 통하면 다 해결할 수 있는 시스템을 완성하는 일이다. 이는 시간과 인력과 비용이 필요조건이기는 하지만, 적절한 준비 시간표를 통해 실행해 나갈 것이다. 이것이 혼신을 다해 문학에 전력했다가 요절한 고석규의 비평문학 정신을 현재화하는 일이기 때문이다.

고석규 비평문학관은 이러한 방향과 지향점을 제대로 실행함으로써 단순히 관광을 위한 공간을 넘어, 고석규 비평가의 정신이 살아 숨 쉬는 공간으로 만들어 나갈 것이다. 이것이 고석규비평문학관이 한국 문학비평의 발전을 위해 내놓을 수 있는 미래의 좌표이다.

13인의 청소년 비평단

노효준(17세)

책이 나올 즈음 나는 김천에 있겠지만 마음은 언제나 함께 글을 썼던 우리들의 공간에 있을 것이다. 특별한 경험이었고 나는 충분히 그것을 누릴 자격이 있다고 생각한다. 많이 노력했으니까. 모든 분들께 감사하다.

최지안(17세)

작년 비평광장부터 책 출간까지 숨가쁘게 달려왔다. 함께 하는 작업이 아니었으면 혼자서는 절대 해낼 수 없었을 것이다. 나는 이제 무슨 일이라도 할 수 있을 것 같은 자신감이 생겼다. 선생님께 감사드린다.

장인서(17세)

감개무량하다는 말은 이럴 때 쓰는 거라는 생각이 든다. 함께 책을 만들 수도 있겠다는 생각을 해보지 못했다. 선생님과 함께(주로 선생님의 꾸지람과 함께^^) 해낸 일이다. 실망시켜드리지 않도록 더 노력할 것이다.

박우진(16세)

하루에 몇시간씩 자리에 앉아 글을 적어 나가곤 했습니다. 힘들 땐 선생님의 격려와 함께 다른 친구들이 큰 힘이 되었습니다. 미흡한 점은 있을 테지만 점점 더 발전해 나가는 저의 모습을 보여주고 싶습니다.

김유송(14세)

우리가 쓴 글이 책이 되어 나온다고 하는데, 혹 내가 못 쓰면 어쩌나, 어느날 내 분량이 아예 없어져 버리는 게 아닐까 라는 말도 안 되는 고민을 했었다. 책이 나오기 직전인 지금은 마냥 설레고 기다려진다.

배수현(14세)

처음엔 책을 만든다는 말이 잘 실감나지 않았다. 책에 실리는 것이니 잘 해야 할텐데 하는 걱정도 많았다. 하지만 글을 쓰고 또 쓰다 보니 어느새 내가 이 일을 즐기고 있었다. 많이 뿌듯하다.

안서현(14세)

6학년 한 해 동안 쓴 글들이 책으로 출판 된다는 소식에 조금 흥분도 되고 새로운 경험이 될 거라는 생각에 마음이 들떴다. 솔직히 너무 좋으면서도 글 쓰면서 많이 힘들었다.

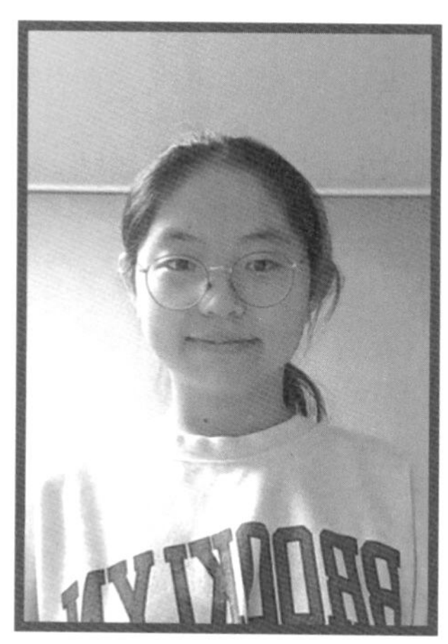

구연경(14세)

항상 책을 읽기만 했었다. 그런데 내가 쓴 글로 책을 만들 수도 있단 생각을 하니 여러 가지 감정이 들었다. 들뜨기도 하고 좀 부담스럽기도 했다. 그래도 한 발 뻗어보자는 마음.. 내겐 도전이었다.

안형준(14세)

내 글이 들어있는 책이 나온다고? 나는 글을 잘 쓰는 편도 아닌데.. 기대반 떨림반으로 책에 들어갈 글들을 써 나갔다. 내심 언제쯤 책이 나올까 손꼽아 기다렸는데 이제야 나온다. 많은 사람들이 읽기를 기원한다.

남유주(14세)

막상 책이 나온다니 설레기도 하고 기대도 된다. 내 자신이 노력을 해서 결과를 얻은 것이니 더 기분이 좋다. 내가 한 노력이 성공한 느낌, 뭔가 큰 것을 이룬 느낌이 들어서 정말 좋다.

노연서(13세)

평소 책을 많이 읽지 않았는데, 글을 쓰게 되면서 많이 읽게 된 것 같다. 그리고 글을 계속 고치고 쓰는 것을 반복하다 보니 책을 만든다는 것이 쉽지 않다는 것을 알게 되었다.

정승원(13세)

글을 쓰면서 처음엔 이렇게 해도 되는건가라는 생각을 많이 했었습니다. 여러가지 책을 읽으며 글을 쓰는 것이 재밌기도 했지만 부담이 되기도 했기 때문입니다. 하지만 이렇게 책으로 만들어지다니 기분이 좋습니다.

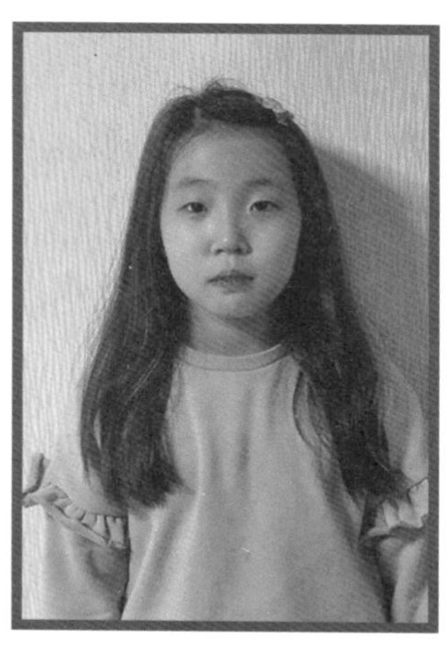

조희경(12세)

솔직히 내가 글을 써서 책을 만든다는 게 믿기지 않았어요. 글을 쓰고, 또 고치며 힘들었던 것은 사실이지만 내가 쓴 글을 나를 모르는 사람들도 읽게 된다는 게 신기하고 설렙니다.

청소년 비평의 이론과 실제

초판 1쇄 인쇄일 | 2022년 4월 15일
초판 1쇄 발행일 | 2022년 4월 25일

지은이 | 남송우 · 이진서 편
펴낸이 | 한선희
편집/디자인 | 우정민 우민지 김보선
마케팅 | 정찬용 정구형
영업관리 | 한선희
책임편집 | 우민지
인쇄처 | 신도인쇄
펴낸곳 | 국학자료원 새미(주)
등록일 2005 03 15 제25100200500008호
경기도 고양시 일산동구 중앙로 1261번길 하이베라스 405호
Tel 4424623 Fax 64993082
www.kookhak.co.kr
kookhak2001@hanmail.net

ISBN | 979-11-6797-050-3 *43800
가격 | 18,000원